ULLSTEIN

## ÜBER DAS BUCH

Obwohl George, ein Kleinkrimineller mit künstlerischen Ambitionen, den Einbruch in das Haus der wohlhabenden Roziers perfekt geplant hat, geht in der Tatnacht alles schief. Der Täter wird selbst zum Zeugen, denn George beobachtet, wie Mr. Rozier seine Frau bestialisch tötet.
Leider bleibt seine Anwesenheit nicht unbemerkt, und so wird George plötzlich doppelt verfolgt: Nicht nur der Mörder hat sich an seine Fersen geheftet, um den Mitwisser zum Schweigen zu bringen, auch der Chicagoer Polizeidetektiv Abe Lieberman erhofft sich durch den Dieb nähere Hinweise zum Mordgeschehen.
Abe »Rabbi« Lieberman und sein irischer Partner Bill Hanrahan alias Father Murphy lösen diesen Fall mit List und einer guten Portion Humor, damit das, was wirklich zählt, nicht zu kurz kommt: ihr Privatleben und ihre Leidenschaft für Baseball.

## ÜBER DEN AUTOR

Edgar-Preisträger Stuart Kaminsky, der in Florida lebt, ist der Erfinder des Polizeidetektivs Abe Lieberman, laut *Washington Post* eine »Figur wie aus dem Talmud: weise trotz seiner Schwächen und schwach trotz seiner Weisheit – einfach liebenswert«.
Kaminsky setzt mit der Einführung seines Helden Abe Lieberman, dessen nächster Fall ebenfalls bei Ullstein erscheint, eine Tradition fort, die er mit der Figur des legendären Privatdetektivs Toby Peters und mit Inspektor Rostinkow erfolgreich begründet hat.

Stuart Kaminsky

# Liebermans Juwel

Aus dem Amerikanischen
von Siegfried Wevering

Ullstein Krimi

Ullstein Buchverlage GmbH,
Berlin
Taschenbuchnummer: 24105
Titel der amerikanischen Originalausgabe:
Lieberman's Thief

Deutsche Erstausgabe
April 1997

Umschlaggestaltung:
Vera Bauer
Illustration:
G + J Photonica/Paul Vozdic

Printed in Germany 1997
Gesamtherstellung:
Ebner Ulm
ISBN 3 548 24105 0

Gedruckt auf alterungs-
beständigem Papier mit
chlorfrei gebleichtem Zellstoff

Die Deutsche Bibliothek –
CIP-Einheitsaufnahme

Kaminsky, Stuart M.:
Liebermans Juwel: Roman/Stuart Kaminsky.
Aus dem Amerikan. von Siegfried Wevering. –
Ungekürzte Ausg. – Berlin: Ullstein, 1997
(Ullstein-Buch; Nr. 24105: Ullstein gelbe Reihe)
ISBN 3-548-24105-0
NE: GT

*Für Dr. med Bernard Feinberg*
*und Dr. med. Elliott Livstone*
*mit Dank dafür, daß sie das Schiff*
*über Wasser gehalten haben.*

»Denn hier, unter meinen Freunden, lernte ich
Euer Denken zu ermessen, Eure Drohung und Eure
Feindschaft.
Wäre ich aber in Eurem Haus gefangen gewesen,
so hättet Ihr mich geradewegs in den Tod geschickt.«

Euripides, *Ion*

# 1 Der Einbrecher geht auf Streifzug

George Patniks haßte seinen Spitznamen: »Pitty-Pitty«. Ein Name wie Pitty-Pitty Patniks klang einfach unwürdig, aber Alex Sewell, der Boß von Zellenblock C, hatte sich natürlich über Georges Würde keine Gedanken gemacht. Sewell hatte einen tollen Spitznamen: »Steelhead« – »Stahlkopp«. Er drückte aus, daß nichts in Sewells Schädel eindringen konnte, weder ein Messer, gebastelt aus einer Zahnbürste, noch eine Latte, abgeschraubt von einem Pritschengestell, erst recht kein Gedanke oder eine Idee. Steelhead war ein gefährlicher Spitzname. Er machte ihn zur Zielscheibe und war gleichzeitig eine Warnung für die anderen Knastbrüder, ja nichts gegen ihn zu unternehmen.

Pitty-Pitty dagegen, was zum Teufel sollte das bedeuten? George hieß mit richtigem Namen Gregor Eupatniaks. Er war sich sicher, daß Steelhead Sewell, der wegen des Mordes an zwei entlaufenen Mädchen in Moline zweimal lebenslänglich verbüßte, keinen Gedanken an den Spitznamen für das schmächtige Jüngelchen verschwendet hatte, das gerade mal seinen ersten Haftmonat für sein erstes Delikt, Einbruch, abgesessen hatte.

Aber der Name war haftengeblieben. George konnte ihn nicht loswerden. Er verfolgte ihn bis in die Gegend der Near North Side in Chicago, wo er sein Leben lang gewohnt hatte. Das heißt, mit Ausnahme der zwei Jahre, die er für einen Einbruch gesessen hatte, und dann der zwei Jahre, die er für noch einen Einbruch gesessen hatte, und dann des Jahres, das er für illegalen Waffenbesitz gesessen hatte, wegen einer mickrigen 22er, die er im Werkzeuggürtel unter seiner Jacke trug. Das Einbruchswerkzeug war der eigentliche Grund für seine Verhaftung gewesen, nicht die Nullachtfünfzehnknarre, aber bei den Werkzeugen konnten sie ihm nichts nachweisen, und deshalb nagelten sie ihn wegen der Waffe fest. Sogar die Polizei nannte ihn Pitty-Pitty. Einen erwachsenen Mann, fast 46, der aufgrund von drei Delikten knapp sechs Jahre im Knast verbracht hatte. Das war so ziemlich das Schlimmste daran, wenn sie ihn schnappten: die Bullen, wie sie im Dezernat seinen Spitznamen quer durch den Raum brüllten.

George hielt sich für einen der erfolgreichsten Einbrecher im Cook County. Er war sich nicht sicher, wieviel Häuser, Geschäfte und Wohnungen er schon ausgeräumt hatte – zweihundert? Vielleicht dreihundert? Vielleicht auch noch mehr? Man sollte meinen, er führte darüber Buch, aber das war nicht der Fall, so ähnlich wie ein Filmstar in der Jay-Leno-Spätshow, der sich nicht erinnern kann, in wie vielen Filmen er mitgespielt hat.

George war seit seinem sechzehnten Geburtstag nicht einen einzigen Tag lang einer ehrlichen Arbeit nachgegangen; von der unehrlichen war jedoch im Laufe der Zeit eine ganze Menge zusammengekommen. Alle drei oder vier Wochen übte er seinen Beruf ein paar Stunden lang aus – die Vorbereitungszeit nicht mitgerechnet – und widmete den Rest der Zeit dem Essen, Schlafen und dem Zusammensein mit seinem Bruder, wenn der gerade da war; ansonsten versuchte er noch – manchmal sogar mit Erfolg – Frauen oder Mädchen in Unikles Bar oder in der Blue Truck Bar abzuschleppen. Aber eigentlich tat er am liebsten, was er im Gefängnis gelernt hatte. Georges Leidenschaft war das Malen. Er hatte immer schon gerne gemalt, und dann hatte im Knast ein Künstler namens Joplin aus Chicago einen sechswöchigen Malkurs geleitet – ein Typ in Jeans, mit Haaren, die ihm in die Augen fielen, und einem unansehnlichen, wuscheligen Bart. Das hatte George zugesagt. Malen lag ihm. Er konnte aus dem Gedächtnis malen, von dem Moment an, in dem er den Pinsel in die Hand nahm. Die meisten Leute dachten, Steelhead Sewell habe ihm den Namen Pitty-Pitty gegeben, weil der Name Sewells Meinung nach dem Geräusch ähnelte, das George beim Malen machte. Das

Problem bestand darin – und da war George sich sicher –, daß Steelhead Sewell gar nicht wußte, daß er an dem Kurs teilgenommen hatte oder daß er überhaupt malte.

Der Maler Joplin hatte zu George gesagt, er habe Talent. Einige Jahre später stellte George seine Bilder auf einer Kunstausstellung im Lincoln Park aus, und da traf er auf Joplin, der seine Bilder ebenfalls zur Schau stellte. Sie unterhielten sich. Joplin sagte, er sei ein paar Jahre lang weggewesen. Seine Hände zitterten. Ein Säufer. Joplins Bilder waren schlichtweg Scheiße. Wie hatte Joplin sich anmaßen können, ihm – George Patniks – zu sagen, er sei ein guter Maler? Georges Selbsteinschätzung war weitaus realistischer.

George betrachtete seine eigenen Bilder – Gefängnisinsassen, die einsam an Betonwänden lehnten, die rauchten und dabei ins Leere starrten; Gebäude, die müde wirkten und so aussahen, als ob sie jeden Moment durch einen kräftigen Windstoß vom Lake Michigan umfallen konnten; Kinder, die auf den Karussells im Park spielten, aber nicht den Eindruck machten, als hätten sie viel Spaß dabei. George wußte, daß er den richtigen Blick für die Dinge hatte. Aber ihm fehlte der geniale Zug. Den hatte er einfach nicht. Da gab's keinen Zweifel. Lohnte sich nicht, dem nachzuweinen. George konnte malen. Er konnte malen, was er sah, aber er würde es nie zu mehr als zu einem Freizeitmaler bringen, der sich Mühe gibt, auf einem Kunstmarkt einen Preis zu gewinnen.

Das reichte George eigentlich. Kein Problem. Das Leben war gut. Alle paar Wochen einmal arbeiten. Einen Volltreffer landen, manchmal plötzlich jede Menge Bargeld finden, ganz hinten in einer Schublade, versteckt in ein Paar Strümpfen. Hin und wieder ein guter Deal mit einem Pfandleihhaus auf der Devon oder der Milwaukee Street, mit Hehlern, die sich auch bei Ramschware nicht so anstellten. Ab und an wird man mal geschnappt. Den Preis mußte man bezahlen. Das nahm man gelassen. Normalerweise hatte man einfach Pech gehabt. Wenigstens war das bei George jedesmal so gewesen, wenn er geschnappt wurde. Eine wirklich raffinierte Alarmanlage, die direkt mit dem Wachdienst verbunden war; Nachbarn, die eigentlich nicht hätten da sein sollen; ein kleines Halsband mit grünen Steinen, das er unter einer Holzbohle in seiner Wohnung versteckt hatte und das ein übereifriger Detective, der seinen ersten Fall bearbeitete, per Zufall gefunden hatte.

Doch inzwischen war George älter geworden. Viel älter. Er hatte aus seinen Fehlern gelernt. Über einen Bruch sprach er nie. Er checkte jeden einzelnen Fall vorher genau durch, und zwar viel sorgfältiger, als jeder Profi es für sinnvoll gehalten hätte. Wenn er beim nächsten Mal einem Richter gegenüberstand und ordentlich Beweismaterial auf dem Tisch lag, würden sie ihn richtig bestrafen und ihm nicht nur eins über die Pfoten geben. George mußte auf der Hut sein.

Er holte seine Geldbörse heraus und entnahm ihr den Zettel, auf dem er die Telefonnummer vermerkt hatte. Dann wählte er die Nummer. Es klingelte viermal. Musik im Hintergrund. Klassische Musik. George kannte das Stück, konnte sich aber nicht erinnern, wie es hieß. »Guten Abend«, sagte eine weiche Frauenstimme.

»Mr. Harvey Rozier bitte«, sagte George und verstellte seine Stimme, indem er eine Oktave höher, etwas langsamer und artikulierter sprach als sonst. »Oder Mrs. Rozier.«

»Das Konzert fängt jeden Moment an«, sagte die Frau.

»Ist sehr wichtig«, beharrte George. »Dieser Anruf ist sehr wichtig für Mr. Rozier!«

»Einen Augenblick«, sagte die Frau, und George hörte plötzlich wieder ganz schwach die Musik. Nicht sein Geschmack. George hatte eine CD-Sammlung mit eher sanfter Musik, die allein für ihn bestimmt war, eigentlich Schnulzen. Zutritt für seine Mutter unbedingt verboten, Musik, bei der man gut malen konnte: Dinah Washington, Linda Ronstadt, Liza Minnelli. Einige Sachen lassen sich einfach nicht . . .

»Ja«, meldete sich kaum hörbar eine Stimme am Telefon.

»Ich bin's«, sagte George und verstellte seine Stimme immer noch. »Sie haben mich gebeten, Sie um zehn Uhr anzurufen. Deshalb rufe ich an.«

»Wer sind Sie?«

»Burt Chambers von der Eisenfirma Tool & Die«, sagte George.

»Ich weiß verdammt nochmal nicht, was ...«

»Hören Sie, Mr. Dozier, ich tue nur das, was ...«

»Dozier?«

»Sind Sie nicht Carl Dozier?« fragte George.

»Harvey Rozier«, sagte der Mann genervt. George fand, völlig zu Recht.

»Hören Sie«, sagte George, »haben Sie die Nummer drei-eins-zwei-eins-eins-eins-eins oder nicht?«

»Nein«, sagte Rozier und blickte dabei auf die Nummer, die auf dem Telefon stand. »Das ist nicht unsere Nummer.«

»Entschuldigung«, seufzte George. »Heute ist einfach nicht mein Tag.«

Rozier legte auf. George ebenfalls.

Er hatte das Haus der Roziers drei Wochen lang observiert. Jeden Abend. Er hatte nach einem Haus in der Saginaw-Park-Gegend gesucht, das nach Geld aussah, mit einer Mauer oder hohen Bäumen drumherum, und wo es keine Hunde und keine Alarmanlage gab. Das Haus der Roziers war ein roter Ziegelbau, der ein bißchen wie ein Schloß aussah, und befand sich am Ende einer Einfahrt hinten in einer Sackgasse. Als George sich dem Haus das erstemal näherte – der Briefträger war gerade weg –, hatte er eine Visitenkarte dabei, die ihn als Handwerker auswies. George war jederzeit bereit gewesen, die Karte blitzschnell herauszuziehen, falls er ein Hausmädchen, einen Gärtner oder jemanden aus der Verwandtschaft übersehen haben sollte. Er war direkt bis vor die Haustür gefahren und hatte geklingelt. Es hatte sich keiner gemeldet, aber George war ja auch erst in der Planungsphase und wollte nichts riskieren. Tolles Haus. Riesig. Er ging zum Briefkasten, der offenstand, und stellte fest, daß er sich vor dem Haus von Harvey und Dana Rozier befand.

Alle paar Tage und Nächte stattete George der Straße einen Besuch ab, ging aber nie in die Sackgasse. Das war nicht das einzige Haus, das er ausspionierte. Sechs andere Häuser standen noch auf seiner Liste, alle in Vororten, von Highland Park im äußersten Norden bis Morgan Park im äußersten Süden. Das gehörte zu seinem Job. Roziers vollständigen Namen und die Telefonnummer seiner Firma fand er im Chicagoer Telefonbuch – Harvey N. Rozier, Anlageberater. Seine private Telefonnummer war nicht eingetragen. Aber das war kein Problem: Man ging einfach zu Roziers Firma auf der La-Salle Street in der Nähe des Rathauses, fand heraus, welches Auto der Mann fuhr und schaute ihn sich einmal an. Rozier war ein stattlicher Mann, vielleicht in Georges Alter, wahrscheinlich ein bißchen jünger. Er sah gut aus. Sportlich. Ein ernster Typ mit einem falschen Lächeln. Einer, dem die Haare ausgingen und der sie nach vorne kämmte. Trug feine Klamotten.

Zwei Tage nachdem George Rozier zum ersten Mal gesehen hatte, sah er auch Dana Rozier. Harvey fuhr einen schikken Lexus, Baujahr '94. Sie fuhr einen roten Mazda. Von weitem sah sie jünger aus als ihr Mann. Er schaute sie sich genauer an, als sie einkaufen ging; aus der Nähe betrachtet, sah sie durchtrainiert aus, blond, vielleicht ein bißchen zu mager, zumindest für Georges Geschmack, roch aber eindeutig nach Geld. Schon allein der Schmuck, den sie an so einem Nachmittag beim Einkaufen trug, hätte Georges Unkosten für Essen, Miete, Farben und diverse Saufabende in seiner Kneipe ein halbes Jahr lang gedeckt, selbst wenn er nur fünf Cent für jeden Dollar, den das Zeug wert war, bekommen hätte.

Die Roziers hatten keine Kinder und auch keine Hausangestellte, die bei ihnen wohnten. Zwei schwarze Frauen – anscheinend Mutter und Tochter – kamen montags, mittwochs und freitags. Sie blieben den ganzen Tag über. Verließen um Punkt fünf das Haus. Hatten ihren eigenen Schlüssel. George war sicher, daß sie am Tag darauf als Tatverdächtige ganz oben auf der Liste stehen würden, wenn er in der Nacht den Laden ausgeräumt hatte.

Als er eines Abends die Roziers wieder beobachtete – es war an einem Dienstag –, kam Harvey aus dem Haus und ging zu seinem Lincoln hinüber, angezogen wie Fred Astaire; seine Frau sah aus wie Ginger. In Smoking und Abendkleid, mit allem Drum und Dran. George folgte ihnen bis in die Innenstadt, wo ein Portier ihren Wagen vor dem Bismarck-Hotel parkte. George überlegte kurz, ob er zu ihrem Haus in Saginaw zurückfahren und die Sache fix hinter sich bringen sollte, aber er hatte gelernt, sich in acht zu nehmen. Zwei Knastaufenthalte ließen einen Dieb vorsichtig werden. Vielleicht holten sie nur jemanden ab, tranken ein paar Gläser und wollten dann zu Hause eine Party feiern. Und vielleicht noch so manches andere. George war nicht der Typ, der seinen Wagen durch den Hotelportier parken ließ, aber er wollte die Roziers auch nicht verlieren. Er parkte in einer Be- und Entladezone und sprang aus dem Wagen, gerade als das Paar langsam ins Hotel ging. Dort zu parken hieß einen Strafzettel riskieren, es sei denn, man war schnell genug. Der Gedanke an einen Strafzettel ließ George die Sache noch einmal überdenken. Was passierte, wenn er zum Tatverdächtigen würde und sie herausbekämen, daß er an demselben Abend vor dem Hotel geparkt hatte, wo sich auch die Opfer des Einbruchs aufgehalten hatten? Was wäre, wenn? Was wenn? Was wenn? Wenn er einen Strafzettel bekommen sollte, überlegte George, würde er das Haus der Roziers von der Liste streichen.

George war nicht richtig angezogen für ein Nobelhotel in der Innenstadt, aber er sah auch nicht schäbig aus. Er war rasiert, trug eine schwarze Stoffhose, ein hellgraues Hemd und eine unauffällige schwarze Lederjacke mit Reißverschluß.

In der Empfangshalle des Hotels drängten sich Männer in Smokings und Frauen in Abendkleidern und Juwelen. Für sein Leben gern hätte George deren Adressen gewußt. George fragte einen Hoteljungen, was los sei.

»Kammermusik im Abonnement«, sagte er.

»Musik?«

»Nehm' ich an«, sagte der Junge ungeduldig.

»Sie sagten Abonnement?«

»Jeden Dienstag diesen und nächsten Monat. Vor dem Eingang hängt ein Programm«, sagte der Junge. »Mehr weiß ich auch nicht.«

George hatte das schon überprüft. An einem Ständer vor dem Eingang, durch den die Paare jetzt hindurcheilten, hing ein Schwarzweißfoto, auf dem eine Chinesin oder eine Koreanerin oder sonst irgendein Mädchen mit langen Haaren und einem Cello zwischen den Beinen abgebildet war.

Eine große und kühl wirkende Frau so um die Fünfzig bat alle Paare herein, indem sie ihnen zunickte. Ihr schwarzes Haar mit grauen Strähnen war fest nach hinten gekämmt; die Frisur wurde gekrönt von einem Diadem, das höchstens ein paar hundert Dollar wert war.

»Gibt es noch Eintrittskarten an der Abendkasse?« hatte George ganz unschuldig gefragt.

»Nur im Abonnement«, antwortete die Frau und nickte dabei wieder den Leuten zu, obwohl die meisten von ihnen, ohne auf ihr Einverständnis zu warten, weitergingen.

George nickte und sah sich das Programm auf dem Ständer genauer an. Es wurden keine Programmzettel ausgegeben.

Die Sache war hundertprozentig. Jeden Dienstag. Keine Feiertage dazwischen. Das Konzert dauerte jeweils von acht bis elf. Als George zu seinem Auto zurückkam, stellte er fest, daß er keinen Strafzettel bekommen hatte.

Die Sache sah hundertprozentig aus. Und doch wollte George nichts riskieren. Die Woche darauf war er wieder in der Empfangshalle des Bismarck-Hotels. Die Roziers erschienen kurz vor acht; sie hatten noch ein anderes Ehepaar dabei, älter, so zwischen sechzig und siebzig, ein sehr ehrwürdiges

Paar. Der Mann war groß, mit akkurat geschnittenem weißem Haar und Schnauzbart. Die Frau eher dürr, aber gutaussehend für ihr Alter. Den meisten Profis hätte das gereicht, nicht aber George. Am darauffolgenden Dienstag checkte er noch mal alles durch. Das Ehepaar Rozier und auch das ältere Ehepaar waren wieder da, und George fiel auf, daß die Frau mit dem zurückgekämmten Haar sie persönlich begrüßte. Er stand ziemlich weit von der Tür entfernt, so daß sie ihn nicht sah, aber er konnte durch die ganze Empfangshalle ihre selbstsichere und honigsüße Stimme hören. Irgend jemand nannte sie Mrs. Gabriel. Das genügte.

Der richtige Zeitpunkt war gekommen. George zerriß den Zettel mit der Telefonnummer der Konzerthalle des Bismarck-Hotels und spülte ihn die Toilette hinunter. Vor etwas mehr als zwei Stunden hatte seine Mutter den Fernseher ausgeschaltet und von oben zu George heruntergerufen, daß sie jetzt schlafen ginge und daß – falls er Hunger bekäme – noch ein Nudelauflauf im Kühlschrank sei, den er in der Mikrowelle aufwärmen könne. George sah sich im Zimmer um, schaute auf die Uhr. Die Decke zurückgeschlagen auf seinem Bett, seine Bilder stapelweise an der Wand, der grüne Sessel, der seinem Vater gehört hatte, neben dem Fenster und die ramponierte Kommode, deren Schubladen aus dem Leim gingen. Nichts Besonderes, aber immer noch besser als eine Zelle.

George versteckte sein Werkzeug nicht mehr, und er benutzte auch kein traditionelles Einbruchswerkzeug. Alles, was er brauchte, bewahrte er in einer gepolsterten Werkzeugkiste auf, alles Werkzeuge, die ein ernstzunehmender Mechaniker, Installateur oder Handwerker immer dabeihatte: Rohrzange, Glasschneider und Minischneide, Wasserpumpenzange, Kombizange, ein Satz Schraubenzieher, Steckschlüsselsatz, Bügelsäge, Maurerhammer, Holzbeitel, Nahtmesser und eine grobe Feile. Wie ein Handwerker eben. Das war seine Tarnung. Da konnte kein großer Zweifel aufkommen, trotz der zwei hübsch gefalteten Wäschesäcke aus Leinen, die unten in der Werkzeugkiste lagen. Der Ex-Knacki, der versuchte, sich als Handwerker zu verdingen, und der dann behauptete, daß es bei seiner Beute nur um Kleinigkeiten und um Bargeld ging, falls sie ihn schnappten. Immer eine Ausrede. Man rief jemanden an, der zufälligerweise in derselben Straße wohnte, wo man seinen Bruch machen wollte. Man fragte ihn, ob man vorbeischauen und ihm einen unverbindlichen Kostenvoranschlag für die Reparatur seiner Treppe oder für das kaputte Dach machen könnte. Wenn einen dann die Bullen schnappten, konnte man immer sagen, man habe sich in der Hausnummer geirrt. Man sei halt gleich eingetreten, nachdem man angeklopft habe. Die Tür sei offen gewesen. Natürlich machte einen das höchst verdächtig, aber das mußten sie einem erst mal nachweisen, selbst wenn sie einen im Innern des Hauses schnappten, immer vorausgesetzt natürlich, daß man nicht schon heiße Ware dabeihatte. Hausfriedensbruch war dann das Höchste, was sie einem anhängen konnten, so rechnete George es sich aus.

Er betrachtete sich im Badezimmerspiegel.

Der schmächtige Typ im Spiegel sah ganz passabel aus. Glattrasiert, ein leicht fliehendes Kinn, blaugraue Augen, die Zähne ein bißchen schief, aber gepflegt, immer noch dichtes braungraues Haar. Ein Typ in Arbeitsklamotten. Keine schwarzen Klamotten, mit denen man zwar in der Dunkelheit nicht auffiel, die einen aber gleich verdächtig machten, sondern ausgewaschene Jeans und ein rot-schwarz kariertes Baumwollhemd. Schuhe: drei Jahre alte verblichene Rockports. Sportschuhe könnten jemanden mißtrauisch machen. Wieder ein Blick auf die Uhr – die hier war nicht gestohlen. Für die hatte er gut fünfundzwanzig Dollar bezahlt, und sie stellte ungefähr das dar, was ein nicht allzu erfolgreicher ehemaliger Knastbruder, der versuchte, sich als Handwerker über Wasser zu halten, tragen durfte.

Zufrieden nahm George seinen Werkzeugkasten, als ihm etwas auf dem Bild auffiel, das auf der Staffelei am Fenster stand. Das linke Auge der Frau an der Theke war zu groß geraten. Das mußte er noch ausbessern oder wenigstens noch einmal prüfen, ob es morgens bei Tageslicht besehen besser aussah. George trat in die kühle Frühlingsnacht hinaus. Seine Wohnung im Haus der Mutter hatte einen eigenen Eingang. Nachdem Georges Vater gestorben war, hatte Wanda Eupatniaks den besten Freund ihres Mannes geheiratet, Laslo Skutnik, einen Witwer, der eine Pension vom Schlachthof bezog. Er war fast vierzig Jahre bei Swift & Company beschäftigt gewesen. Wanda und Laslo hatten zusammen vor dem Fernseher vor sich hin vegetiert, bis Laslo ein Jahr und einen Tag nach dem Tod von Georges Vater selber starb und Wanda mit einem neuen Familiennamen sowie einem komfortablen und abbezahlten Haus zurückließ.

Als George zum erstenmal aus dem Knast kam, hatte er eine kleine Wohnung im Haus der Vivlachkis angemietet, das nur ein paar Straßen von der Diversey Street entfernt war. Die Vivlachkis waren ein nettes altes Ehepaar, die Georges Mutter kannten. Sie nannten ihn Gregor. Sie gingen abends früh schlafen und konnten nicht mehr besonders gut hören. Sie mochten Gregor. Er malte ein Porträt von ihrem verstorbenen Sohn Stanley mit Hilfe eines alten Fotos; das hing dann über dem Kamin, direkt neben Jesus Christus, dem Allmächtigen, unserem Herrn und Schöpfer. Aber dann ging ihm so langsam das Geld aus. Er hatte ein paar »Jobs« aufgeben müssen. Zu risikoreich. Außerdem wurde der alte Vivlachki langsam etwas zu neugierig, was Georges Einkommensquelle und seine nächtlichen Ausflüge anging. Da war es leichter, zu seiner Mutter zu ziehen, die die Treppe bis in seine Zimmer nicht mehr herunterkonnte und die fast den ganzen Tag vor dem Fernseher saß, zeitig ins Bett ging, wie ein Murmeltier schlief und wie ein Holzfäller schnarchte.

George fröstelte in der kühlen Nacht. Es waren bestimmt nicht mehr als sieben oder acht Grad. Eigentlich ganz akzeptabel für einen Frühling in Chicago. Der Himmel war dunkel;

sah so aus, als könne er sich nicht entscheiden, ob er schiffen oder schneien sollte. Wenn es noch kälter würde oder es sogar zu schneien anfing, während George auf dem Weg zu seinem Bruch war, wollte er umdrehen und wieder nach Hause oder vielleicht zu Unikles Bar fahren. Womöglich hatte er Glück und traf zufällig Mary Ann Zdrubecki, deren Ehemann Cinch derzeit vier Jährchen für einen Raubüberfall auf einen Seven-Eleven-Laden absaß. Schnee war viel zu riskant. Bei Regen gab es auch Probleme, aber wenn es regnete, waren weniger Leute auf der Straße, die sich später daran erinnern konnten, einen Mann mit einer Werkzeugkiste gesehen zu haben.

Eine der Fertigkeiten, die George sich angeeignet hatte, bestand darin, Tote wieder zum Leben zu erwecken. Kaputten Autos das Leben wieder einzuhauchen. Seine beiden Brüder waren Automechaniker, Ernie bei einem Volvohändler auf der Elston, und Sandor hatte seine eigene Tankstelle oben im Norden auf der Howard Street. Bevor Georges Vater mit Lungenödemen in Pension ging, war er Mechaniker für Brunswicker Kegelbahnen gewesen, die Davey Moran gehörten, der mindestens so ein cleveres Schlitzohr war wie jeder einzelne von den Eupatniaks', der aber genau wußte, wie man es im Leben mit Kegelbahnen zu etwas brachte.

George fuhr einen drei Jahre alten dunkelgrünen Toyota Corolla. Von außen ganz unverdächtig, aber er glitt fast so geräuschlos dahin wie ein U-Boot. Das gehörte einfach zum Job dazu. Das Werkzeug mußte gepflegt sein und geräuschlos arbeiten. Der Toyota gehörte zum Werkzeug. War das Werkzeug nicht in Ordnung, riskierte man zusätzlich etwas.

Die Werkzeugkiste stand auf dem Beifahrersitz, für jeden sichtbar. Die Fenster waren geschlossen wegen der kühlen Nacht. Das Radio lief, und ein Typ in einer Talkshow sagte, es sei völlig in Ordnung, Frauenärsche anzustarren und sich vorzustellen, wie sie sich bewegten. Der Typ hatte recht. War doch ganz natürlich, hinzugucken und sich das vorzustellen. George fand es völlig unmöglich, nicht hinzugucken und sich nichts dabei vorzustellen.

Er fuhr an einer langen Reihe völlig heruntergekommener zweistöckiger Häuser entlang; im Erdgeschoß befanden sich jeweils Hot-dog-Buden, Fischbratereien oder Läden, in denen Autoteile verhökert wurden. Darüber jeweils ein oder zwei Wohnungen. Über »Wynettes Gebratene Garnelen« stand eine Frau am Fenster. Schmächtig. Ein Schatten, der sich selbst umarmte. Aus Angst? Oder wegen der Kälte? Was war's? Und schon war er daran vorbei und plötzlich nur noch knapp zehn Zentimeter von der Stoßstange eines dreckigen Lieferwagens entfernt. Diese Szene wollte er malen, wenn er mit dem Bild, das er derzeit in Arbeit hatte, fertig war – das mit der einsamen Frau an der Theke. Er sah die Frau über Wynettes Garnelenbraterei vor sich, sie war wenig mehr als ein Schatten; die nächtliche Neonbeleuchtung der Fischbraterei unter ihr warf gelbe Lichtstreifen auf den Asphalt. Er wollte den Geruch dieses Ortes und die Einsamkeit ihres zusammengekauerten schmächtigen Körpers einfangen. Und im Radio sagte der Typ mit der krächzenden Stimme: »Was ist denn mit Busen?« George mochte keine Musik. Er mochte Stimmen, Leute, die redeten, die ihm Gesellschaft leisteten. Er brauchte gar nicht mit ihnen zu sprechen. Sie lasen die Nachrichten oder redeten im zweiten Stadium, unaufhörlich, nervöses Gequassel, und sagten dabei gar nichts. In der Patniksschen Interpretation, die George in den Jahren im Knast entwickelt hatte, bedeutete das erste Stadium Angst, die sich jedoch in Wutausbrüchen oder Depressionen äußerte. Das konnte einen Monat dauern oder auch ein Jahr. Jeder Knastbruder hatte einen anderen Rhythmus, der direkt von der Länge der Haftstrafe abhing. Ein Typ, der wegen vorsätzlichen Mordes saß, konnte jahrelang voller Wut sein. Das dritte Stadium war das gefährlichste und sah doch am wenigsten danach aus. In Stadium drei wird der Häftling abgeklärter, zeigt kein Gefühl, sieht aus, als wenn er irgendwo ganz weit weg ist, intensiv

Sade hört. Diese Häftlinge sind von einem Raum umgeben, halten Abstand. Hier, in diesem Raum, haben sie eine Art Frieden mit der Welt geschlossen, einen tragischen. Wenn man da eindringt, können sie nirgendwohin ausweichen – und haben nicht mehr viel zu verlieren. Stadium eins und zwei kann man voraussehen. Stadium drei . . .

Das harte Grau und das staubige Rot der gedrungenen Gebäude in der Innenstadt blieb zurück und machte den massigen Fabriken Platz und später der Schnellstraße. Beton und grüne Ausfahrtschilder. Autofahrer, die sich um ihre eigenen Angelegenheiten kümmerten. Das Geräusch von winselnden Autoreifen und Radiostimmen. George fuhr bei der Abfahrt Petersen Street raus, bog in die Lincoln ein und fuhr an Hotdog-Buden, Stundenhotels und jüdischen Buchläden vorbei. Zur Linken ein Buickhändler und ein Grillrestaurant, zur Rechten eine Goodyear-Reifenhandlung und schließlich die Devon. Eine ganz andere Welt. Baumreihen und Häuser mit reichlich Abstand zum Nachbarn, sogar schon auf der Hauptstraße; hier war es zu kalt zum Spazierengehen oder für ein Schwätzchen mit dem Nachbarn über den Gartenzaun.

Als George die Straße der Roziers erreichte, sah er sich nach Leuten um, die ihre Hunde ausführten. Die waren unberechenbar. Stellten immer ein Problem dar. Diese Hundehalter. Wer konnte schon den Blasenmuskel eines Pudels vorherbestimmen? George kannte zwei Einbrecher persönlich, die wegen Hundehaltern mit einem Notizblock oder einem guten Gedächtnis geschnappt worden waren.

Am Ende der Sackgasse bog er in die Auffahrt zum Haus der Roziers ein. Er fuhr über die säuberlich verlegten roten Ziegel, saß dann ein paar Sekunden still im Wagen und betrachtete die Lichter des Hauses. Er war sich sicher, daß die Roziers die Lichter angelassen hatten, um Leute wie George Patniks bei ihren Vorhaben zu entmutigen. Bislang hatten sie die Lichter noch jede Woche angelassen, wenn sie zu ihrem Kammermusikabend gingen. »Auf geht's, George! So oder so!« sagte er sich, wie er das noch vor jedem Bruch innerhalb der letzten zwanzig Jahre gesagt hatte. Er stieg aus dem Wagen.

Blitzschnell war er um die Hausecke und an der Küche. Aus dem Innern des Hauses hörte er Musik. Er hielt sich nicht damit auf. Er wußte, daß das Radio an eine Zeitschaltuhr angeschlossen war, daß sich der Sender alle fünfzehn oder zwanzig Minuten änderte, so als ob jemand an der Radioskala herumspielte.

Das Fenster des Eßzimmers an der Rückseite des Hauses war mit einer Alarmanlage versehen, das wußte George. Er hatte nichts anderes erwartet. Keine schlechte Anlage: sie war sowohl mit der örtlichen Polizeiwache als auch mit dem Büro des Everwatch-Wachdienstes verbunden. George stellte den Werkzeugkasten ab, nahm den Glasschneider aus der Tasche, merkte sich genau, wo der Sekundenzeiger seiner Armbanduhr stand, holte tief Luft und beeilte sich, ein mehr oder weniger rundes Loch in die Scheibe zu schneiden. George wußte vom ersten Augenblick an, daß er sich beeilen mußte. Bei der Everwatch-Alarmanlage hatte der Hausbesitzer volle fünfundzwanzig Sekunden Zeit, um das Telefon zu erreichen und das System abzuschalten. Er steckte den Arm durch das Loch in der Scheibe, öffnete das Fenster und stieg ein. Die Musik war laut, irgendein klassisches Stück, Unterhaltungsmusik, ein Hauch von klirrenden Champagnergläsern und unterdrücktem Kichern. Er ging eilig durch das Eßzimmer, in dem die acht Holzstühle mit den hohen Rückenlehnen um einen Eßzimmertisch mit dürren Beinen gruppiert waren, und gleich weiter durch die Küchentür und lief dann zielstrebig auf das Wandtelefon an der hinteren Eingangstür zu. Er stellte die Werkzeugkiste ab, öffnete sie fast lautlos und nahm die Drahtschere heraus. Er hob das Telefon aus seiner Befestigung an der Wand, drehte es um, fand sofort die Drähte, die er gesucht hatte, und schnitt sie sauber durch. Sein Atem ging schwer, als er auf die Uhr sah. Sechzehn Sekunden.

George hatte es geschafft, er hatte sogar noch neun Sekunden übrig.

Plötzlich ein Geräusch von oben, hörte sich wie Schritte an. Doch jemand zu Hause? Eine quietschende Treppenstufe oder eine Holzbohle? Bei der plärrenden Musik war das schwer auszumachen. George stand ungefähr zwanzig Sekunden lang völlig still, bis er halbwegs davon überzeugt war, daß keiner da war. Er lief durch die Küche.

George brauchte keine Taschenlampe. Die Roziers hatten ihn mit dem nötigen Licht versorgt, sogar mehr, als ihm lieb war. Sein Plan sah vor, sich nicht lange aufzuhalten, nur die vielversprechenden Stellen abzuchecken, den Schmuck ausfindig zu machen und die ganz großen Fische in Ruhe zu lassen. Mit ein bißchen Glück kämen die Roziers nach Hause, würden vielleicht noch ein Glas trinken und dann zu Bett gehen, ohne das kleine Loch im Fenster zu entdecken, und auch das defekte Telefon würden sie vielleicht erst am nächsten Morgen bemerken.

George hatte die Hand an der Küchentür, als seine Welt in Scherben fiel.

Stimmen. Hinter der Tür. Zwei Stimmen. Stimmen im Streit. Hörten sich an wie von einem Mann und einer Frau. Die kamen die Treppe herunter. Und zwar schnell.

Scheiße! Scheiße! Scheiße! Sofort zum Fenster rüber. Zu weit weg. Die beiden wollten in die Küche. Schnell. Die Küche war groß. Ein Nachtlicht neben der Spüle. Moderner Tisch mit sechs Stühlen drumherum auf der Linken. Arbeitstisch in der Küchenmitte. Solider Holzblock. An den Wänden Regale, Geschirrspüler, Kühlschrank. Eine Tür. Eine Speisekammer oder ein Wandschrank. George schlüpfte hinein.

Eine Speisekammer. Kein Fenster. Der Werkzeugkasten. Sein Werkzeugkasten. Der stand da draußen, mitten in der Küche. Okay, vielleicht nicht direkt in der Mitte, aber trotzdem schwer zu übersehen. Zu spät. Die Küchentür öffnete sich. George zog die Tür der Speisekammer sofort zu und betete, daß sie gut geölt war und daß die Leute seinen Werkzeugkasten übersehen würden.

Die Küchentür flog auf.

»Harvey, Harvey«, weinte die Frau. George drückte sich fest an ein Regal mit Konserven.

»Bitte!«

Harvey antwortete nicht. Die Frau hörte sich ganz seltsam an.

Was zum Teufel machten die hier zu Hause? Verdammt nochmal, was ging hier . . .

Irgend etwas kratzte über die Fliesen.

»O Gott, nein! Bitte!«

George rückte von der Wand mit den Konserven ab und schlich sich an die Speisekammertür; er drückte die Tür einen Spalt auf. Pitty-Pitty, bange-bänglich, auf leisen Rockport-Sohlen.

Das weiße Nachthemd von Dana Rozier glänzte vor Blut und stand bis zum Bauch offen. Sie taumelte zurück bis an die Küchentür. Lautlos schritt Harvey Rozier auf sie zu. Er trug eine Art weißen Kittel, der bis auf den Boden reichte, und sah darin wie ein wahnsinnig gewordener Wissenschaftler aus; George hatte so etwas schon öfter in englischen Horrorfilmen mit Zombies auf Kanal 32 gesehen.

Dana Rozier versuchte bis zur Tür zu kommen. Ohne Hilfe hatte sie keine Chance; George war sich sicher, daß er innerhalb von Sekunden im eigenen Blut baden würde, wenn er jetzt aus der Speisekammer hervorkam. Rozier war zu übermächtig für ihn, war besser in Form als er und hielt außerdem das größte Messer in der Hand, das George je zu Gesicht bekommen hatte.

George drückte die Tür ein bißchen weiter auf und fragte sich, was zum Teufel Rozier vorhatte. In dem Moment stolperte Rozier über Georges Werkzeugkasten. Das Messer flog ihm aus der Hand und schlitterte über den Boden. Rozier selber stürzte zu Boden, und sein Kittel bauschte sich im hohen Bogen.

Dana Rozier bewegte sich auf die Tür zu, aber ihre Kraft ließ nach. Zu viele Einstiche. Sie griff nach dem Wandtelefon, als ihr Mann sich aufrichtete und auf den Knien nach seinem blutigen Messer suchte.

»Nein! Nein! Nein!« keuchte Dana Rozier, unwillig und unfähig, ihrem Mann den Rücken zuzuwenden.

George stand jetzt in der Tür zur Speisekammer und sah zu, wie sie drei Nummern in das Telefon hämmerte, zweifellos die Notrufnummer 911. Aber sie hörte keinen Ton, und in diesem Moment fand Rozier sein Messer wieder. Sie konnte auch nichts hören, weil George die Telefondrähte durchgeschnitten hatte.

Zu spät. Jetzt war es zu spät. Rozier war jetzt schon über seiner Frau, zog sie vom Wandtelefon weg und stach mit dem Messer überall auf sie ein, wo sie sich mit ihren Armen nicht schützen konnte: Gesicht, Augen, Brust, Arme. Sie brach zusammen und wimmerte; Rozier stach weiter auf sie ein.

George bewegte sich nicht, war zu keiner Bewegung fähig. Rozier kniete über den Überresten seiner sterbenden Frau, keuchend, sein weißer Kittel blutbeschmiert wie bei einem blutigen Rorschach-Test.

George starrte das erschöpfte Gesicht und den gekrümmten Körper des Mannes an und wußte genau, was jetzt folgen würde. Rozier drehte sich um, weil er sehen wollte, worüber er gestolpert war. Sein Blick fiel auf den Werkzeugkasten. Er keuchte schwer. Er begriff nicht. Er suchte den Raum ab und fand George fast auf Anhieb.

Ihre Blicke trafen sich. Rozier verblüfft, müde, verwirrt. George Patniks in Panik. Rozier versuchte sich aufzurichten und drückte sich dabei mit dem Messer vom Boden ab, so ähnlich wie ein alter Mann mit einem Stock.

George zitterten die Knie; er fühlte, wie die Übelkeit in seinem Magen langsam in ihm aufstieg; er spürte sie bereits im

Hals. Ein Geräusch entfuhr George, und dann rannte er auch schon; seine Füße rutschten auf dem Fliesenboden, und es war ihm klar, daß – wenn er hinfiele – Roziers Messer ihn erwischen und ihm das Blut der toten Frau zum Verhängnis werden würde. Er hielt jetzt Rozier den Rücken zugewandt und hatte keine Ahnung, wie nah dieser ihm im Moment war. George holte tief Luft und rannte auf das Fenster zu, in das er das Loch geschnitten hatte. Er zog den Kopf ein, hielt die Arme schützend vors Gesicht und warf sich mit aller Kraft gegen Glas und Holz, in der Hoffnung, daß alles bersten würde. Das war aber nicht der Fall, jedenfalls nicht ganz. Er stürzte ins Freie, in die kühle Luft, rollte sich auf dem Rücken ab, mit einer Schnittwunde am Arm. Er konnte einen flüchtigen Blick auf Roziers Schatten am Fenster werfen, ein Schatten wie ein Geist unter einem Laken, mit einem blutigen Messer in der Hand, atemlos keuchend.

George kam auf die Füße und rannte, rannte auf sein Auto zu, vergaß dabei völlig seine Schnittwunden und Verletzungen und auch den Mord, vergaß auch seinen Werkzeugkasten, und es war ihm auch völlig egal, daß er sich in die Hosen gemacht hatte.

Er glitt in den Fahrersitz seines Toyota und stieß sich die Knie am Lenkrad; während er mit der einen Hand die Tür verriegelte, drehte er mit der anderen schon den Zündschlüssel herum. Rozier war nicht an der Tür. Noch nicht. George knallte den Rückwärtsgang rein und versuchte ruhig zu bleiben, das Vogelbad nicht zu treffen, die Büsche nicht zu streifen und an den Bäumen vorbeizusteuern, die den Zufahrtsweg säumten.

Wie er so rückwärts in die Nacht schlitterte, konnte er seinen Blick eine Sekunde lang nach oben richten, und was er da sah, das war so entsetzlich wie der Mord, dessen Zeuge er geworden war.

Rozier hatte sich nicht vom Fenster wegbewegt. Er stand völlig unbeweglich und starrte George Patniks geradewegs an.

Ihre Blicke trafen sich erneut; George gab Gas und raste wie wild und mit ohrenbetäubendem Lärm die rotgeziegelte Einfahrt hinunter. George konnte es nicht beschwören, aber er war sich verdammt sicher, daß Harvey Rozier ihn angrinste.

## 2 Die Sache läuft schief

Pitty-Pitty Patniks lag falsch. Harvey Rozier hatte nicht gegrinst. Sein Abend war sogar noch mieser verlaufen als der des Einbrechers. Als Harvey sicher war, daß der Wagen des Einbrechers in seiner wilden Flucht nicht gegen einen Baum, gegen ein Haus oder einen Fußgänger geprallt war, drehte er sich um, wischte den Messergriff an seinem bodenlangen Leinenkittel ab und warf alles dorthin, wo die Leiche seiner Frau lag. Er wollte sie nicht anschauen. Es hatte Monate der Angst und der Wut gebraucht, diesen Mord zu planen und durchzuführen, und jetzt wollte er, mußte er sich gleichsam selbst hypnotisieren, sich einreden und so gut er konnte daran glauben, daß die Lügen, die er erzählen würde, der Wahrheit entsprachen.

Harvey hatte viele seiner Klienten so überzeugend der Presse und dem Finanzamt gegenüber lügen sehen, daß er sicher war, daß sie selber an die Lüge glaubten. Trudeau zum Beispiel. Martin Trudeau, der millionenschwere Führer der Evangelical Free Church of Christ, hatte dem Finanzamt gegenüber gelogen. Er mußte einen Lügendetektortest über sich ergehen lassen. Aber das Ergebnis war nicht eindeutig. Könnte Harvey einen Lügendetektortest bestehen? Wahrscheinlich, dachte er, und zwang sich dazu, noch einmal Danas Körper anzuschauen, um ganz sicherzugehen, daß sie tot war. Wahrscheinlich.

Einen Plan zu machen, das war eine Sache. Harvey machte ausgezeichnete Pläne. Einen Plan auszuführen, das war etwas ganz anderes. In seinem Plan war nicht vorgesehen gewesen, daß Dana die Treppe hinunterlief. Er wollte, daß es so aussah, als wäre sie im Bett von einem Eindringling überrascht worden. Jetzt gab es eine Blutspur, blutige Fußabdrücke und einen verfluchten Zeugen.

Sie war tot.

Er versuchte, über den Einbrecher nicht weiter nachzudenken, wenigstens nicht bewußt, wenigstens vorerst nicht. Er hatte einen Plan. Er mußte den Plan ausführen. Er würde ... Er hatte sich nackt ausgezogen, bis auf die Sportschuhe. Er wusch sich die blutigen Hände, die in Operationshandschuhen steckten, trocknete sie an einem relativ sauberen Zipfel des Kittels und holte einen großen Plastikmüllsack aus dem Schrank unter der Spüle. Er warf den weißen Leinenkittel hinein, den er vor zwei Wochen auf einer Geschäftsreise nach Lexington gekauft hatte, und trug den Sack bis an die Hintertür, sorgfältig darauf achtend, daß der Sack keine Blutflecken abbekam. Er öffnete die Tür, trat hinaus und ging bis zur Einfahrt aus rotem Ziegelstein, wo er Sportschuhe und Operationshandschuhe auszog und sie ebenfalls in den Sack fallen ließ. Eine kaum wahrnehmbare Blutspur, in der vereinzelt Fußabdrücke zu sehen waren, führte vom Haus hierher.

Wenn der Einbrecher zur Polizei geht, dachte Harvey und rannte barfuß die Treppen hinauf, läuft er Gefahr, für Danas Mord angeklagt zu werden, aber dieser Mann war ein Einbrecher, kein Mörder. Harvey stieg in die Dusche, drehte das heiße Wasser auf und ließ es siedendheiß über seine Brust laufen. Er seifte sich von Kopf bis Fuß mit flüssiger Seife ein. Er mußte sich beeilen. Harvey durchfuhr ein Schauer, er zitterte am ganzen Körper. Er hörte Geräusche und riß den Duschvorhang zurück. Hatte ein Nachbar vielleicht gehört, wie der verdammte Einbrecher durch das Eßzimmerfenster eingestiegen war, und die Polizei gerufen? Es war nichts, kein Mensch, nur die plärrende Musik aus den Stereoboxen von unten. Er zog den Duschvorhang wieder zu, aber nicht ganz, und verdrängte die Vorstellung von Dana als blutgetränktem Zombie, der die Treppe heraufkam mit einem Messer in der blutverschmierten Hand.

Der Einbrecher, der Einbrecher, verdammte Scheiße, dieser Einbrecher! Aber der Einbrecher war vielleicht gar nicht so clever. Der durchdachte das alles vielleicht gar nicht, wußte womöglich gar nicht, daß er Riesenprobleme bekam, wenn er sich meldete. Er ging vielleicht zur Polizei, sagte dort aus, was er gesehen hatte, und identifizierte Harvey als Danas Mörder. Würde man ihm glauben? Würde er wieder auftauchen, wenn er sich in ein oder zwei Wochen beruhigt hatte, oder auch in einem Monat, und dann versuchen, ihn zu erpressen?

Harvey drehte das Wasser ab, stieg aus der Dusche und griff nach einem Handtuch.

Er mußte sich beeilen. Unterwegs nachdenken.

Schon hatte er seinen Smoking wieder an und war die Treppe herunter, achtete sorgfältig darauf, daß er nicht in Danas Blutspur auf dem Teppich trat. Ein letzter kurzer Blick in die Runde. Die Tür zur Küche war geschlossen.

»Alles in Ordnung«, sagte er laut und vernehmlich, und der Klang seiner eigenen Stimme ließ seine Hände zittern. »Alles in Ordnung!« ermahnte er sich, und seine Hände gehorchten schließlich. »Was habe ich vergessen? Den Werkzeugkasten!«

Er ging zurück zur Küchentür, öffnete sie mit dem Ellbogen, vermied die Blutspur und ging direkt auf die Werkzeugkiste des Einbrechers zu. Er wischte die Kiste mit einem Geschirrtuch ab und ließ sie mitten im Raum einen Augenblick lang stehen, eine Insel in einem Meer aus Blut. Dann hob er die Werkzeugkiste auf, hielt sie vom Körper weg, ging zur Spüle, wusch das bereits trocknende Blut ab, ging zur Garagentür hinüber und warf dabei einen flüchtigen Blick auf Danas Leiche, dunkelrot auf weißem Untergrund. Sie blutete nicht mehr. Er versteckte den Werkzeugkasten da, wo ihn jeder sehen konnte, bekam plötzlich Panik und legte sich schon eine Ausrede zurecht – Durchfall, Übelkeit – für den Fall, daß das Konzert vorbei war, wenn er wieder ins Bismarck-Hotel kam. Er sah an sich herunter, ob er Blutflecken an der Kleidung hatte, fand aber nichts.

Wenn er später mit den Franklins zurückkommen und Danas Körper finden würde, wäre der Türknauf nur noch ein schmieriger Mischmasch aus Hand- und Fingerabdrücken.

Das war das beste, was er derzeit tun konnte. Es entsprach nicht ganz seinem Plan, aber ... Harvey ging zur Seitentür hinaus und lief barfuß zur Auffahrt. Ganz vorsichtig bahnte er sich seinen Weg auf dem schmalen Pfad hinten um das Haus herum und durch die Bäume am Ende der Sackgasse. Es war nicht besonders hell, aber hell genug. Man konnte hören, wie ein feiner Frühlingsregen auf die Bäume fiel, die gerade wieder neue grüne Blätter bekamen; die Bäume standen schwarz in der mondlosen und sternenlosen Nacht. Er war ein düsterer Weihnachtsmann, der einen düsteren Sack voller Blut schleppte. Kein Mensch weit und breit auf der Kilgore – der nächsten Straße weiter südlich –, wo er seinen Leihwagen, einen Geo Prizm, abgestellt hatte. Er öffnete den Kofferraum, warf den Sack hinein, schloß den Kofferraum ganz leise und stieg dann in den Wagen; er schloß die Fahrertür nur so weit, daß das Warnsignal »Tür auf« am Armaturenbrett erlosch. Er zog sich die Socken und die Schuhe an, die er auf dem Beifahrersitz liegengelassen hatte, fuhr dann langsam los, musterte dabei die dunklen Häuserfronten zu beiden Seiten der Straße und hörte, wie der Regen jetzt stärker auf das Autodach prasselte.

Erst als er in die Howard Street einbog und Richtung Schnellstraße fuhr, zog er die Tür fest zu. Wieder ein kurzer Blick auf die Uhr. Etwas über eine Stunde war vergangen, seit er die Herrentoilette im Bismarck-Hotel verlassen hatte und eilig zu seinem Geo im unterirdischen Parkhaus gelaufen war. Er war viel zu spät dran, aber ihm blieb immer noch etwas mehr als eine Stunde, selbst wenn das Quartett unprofessionell war und Mozart und Vivaldi viel zu hastig heruntergespielt hatte.

Er zog sich die Baseballkappe tief ins Gesicht, fuhr über die Kennedy bis zur Eisenhower und dann zurück in das unterirdische Parkhaus; er achtete sorgfältig darauf, daß er sich an die

Geschwindigkeitsbegrenzung hielt. Der Parkwächter schaute nicht einmal auf. Immer noch zwanzig Minuten. Es war lokker zu schaffen.

In einer Ecke parken. Der Widerhall der zufallenden Fahrertür. Der Widerhall des zufallenden Kofferraums. Kein Mensch weit und breit. Auch kein Auto zu hören. Das Parkhaus war um diese Zeit weder besonders voll noch besonders leer. Er wollte ein paar Tage warten, vielleicht eine Woche, dann den Wagen abholen und ihn zur Autovermietung Hertz zurückbringen.

Harvey griff den Müllsack mit beiden Armen und lief mit ihm zur Mülltonne an der Rolltreppe. Keine Schritte hinter ihm, keine Schritte vor ihm. Im Schatten der Betonpfeiler bewegte sich nichts. Er stopfte den Sack in die Mülltonne und legte ein paar leere Flaschen und eine verschmierte McDonald's-Tüte mit angetrockneten Essensresten obendrauf. Immer noch Zeit genug. Zeit genug.

Er war flink, wollte aber nicht die Rolltreppe hinaufrennen und auf die Straße laufen. Das Hotel lag einen halben Straßenzug entfernt. Es regnete jetzt stärker. Er durfte nicht naß zurückkommen. Er hetzte die Rolltreppe hinunter, die ihm mit jedem Schritt Widerstand entgegensetzte, und suchte fieberhaft nach etwas, womit er sich gegen den Regen schützen konnte. Ein Pappkarton lag schlaff hinter der Mülltonne, in der er eben den Plastiksack versteckt hatte. Er schnappte sich den Karton, rannte damit zur Straße und hielt ihn schützend über sich, aber der Wind vom Lake Michigan versuchte ihm die Bedeckung aus der Hand zu reißen. In der schmalen Gasse hinter dem Hotel fand er sofort die Tür des Lieferanteneingangs wieder, die er offengehalten hatte. Sie stand immer noch offen. Er ließ den durchweichten Karton fallen, lief die Stufen hinauf und konnte seine eigenen Schritte hören; die Luft roch verbraucht und süßlich.

Ganz vorsichtig öffnete er die Tür und rang nach Luft. Niemand zu sehen auf der linken Seite. Am Ende des Ganges standen zwei Männer im Smoking und rauchten; die hatten sich vor dem Konzert gedrückt. Er zog seinen Kamm heraus, kämmte sich und beschloß, nicht so lange zu warten, bis er wieder ganz bei Atem war.

Harvey verließ vorsichtig das Treppenhaus und schlüpfte in die Herrentoilette. Ganz leer. Er wusch sich die Hände, musterte sich im Spiegel, kämmte die Strähnen zurück, spritzte sich kaltes Wasser ins Gesicht und trat dann auf den Gang hinaus; der Konzertsaal lag in unmittelbarer Nähe. Wieder niemand zu sehen bis auf die beiden rauchenden Männer, die sich leise unterhielten; die hatten ihn nicht gesehen.

Harvey schlüpfte in den Konzertsaal. Vor sich die Reihen mit den Rücken der Konzertbesucher. Kein Mensch schien sich umzudrehen. Auf dem Podium, vor mehreren hundert Leuten auf gepolsterten Klappstühlen, bearbeitete eine junge schmächtige Asiatin eine Geige; sie hielt die Augen geschlossen zum Zeichen ihrer inneren Anspannung und ihrer Hingabe. Harvey ließ sich vorsichtig auf seinen Stuhl gleiten, den er vorher in den hinteren Teil des Saales gebracht hatte. Ken und Betty Franklin saßen eingekeilt vorne in der zweiten Reihe. Harvey nahm den kleinen Kassettenrecorder unter seinem Stuhl auf, schaltete ihn aus und steckte ihn in die Tasche. Er wollte sich das Band so bald wie möglich anhören, sich vergewissern, ob irgend etwas Ungewöhnliches passiert war, ein kleiner Fehler oder ein falscher Einsatz, ein Hustenanfall, irgendein Vorfall als Beweis, daß er während der gesamten Aufführung anwesend gewesen war.

Schrill und jäh beendeten die Instrumente ihr Spiel. Applaus. Er hatte es geschafft zurückzukommen, mehr als zwanzig Minuten vor Ende des Konzerts. Die beiden älteren Männer, die im Gang geraucht hatten, kamen herein und standen jetzt applaudierend wie alle anderen auch; die Musiker und Musikerinnen machten ihre Verbeugungen.

Menschen drängten an Harvey vorbei, überlegten laut, wo

sie einen Kaffee oder einen Drink bekommen konnten, und machten Small talk über die Aufführung.

Die Franklins hatten ihn erspäht. Sie waren an die zwanzig Jahre älter als die Roziers, fast so etwas wie Ersatzeltern und noch vieles mehr. Sie eine gutaussehende salonfähige Dame, die sich gerne in gesellschaftlichen Kreisen aufhielt. Er der Seniorpartner der Rechtsanwaltskanzlei Kyle, Timkin und O'Doul mit Büros im John-Hancock-Gebäude auf derselben Etage wie Harvey. Harvey hatte seinen Lincoln in der Garage gelassen, »falls Dana ihn brauchte«, und hatte zunächst gezögert, dann aber doch eingewilligt, die Franklins zu begleiten und Ken fahren zu lassen. Das war kurz nachdem Dana übel geworden war, kurz bevor sie losfahren mußten. Nichts Schlimmes, aber auch nichts Angenehmes. Eine leichte Grippe. Die ging um. Manche hatten deswegen sogar ins Krankenhaus gemußt.

Als die Franklins angekommen waren, hatte Harvey darauf bestanden, zu Hause zu bleiben. Dana hatte darauf bestanden, daß er mitfuhr und sich gut amüsiere. Die Franklins versprachen, ihn gleich nach dem Konzert wieder nach Hause zu bringen.

»Hast du Dana angerufen?« fragte Betty.

»Nein«, erwiderte Harvey.

»Vielleicht solltest du . . .«, fuhr Betty fort.

»Ich will sie nicht aufwecken, falls sie doch eingeschlafen ist.«

»Wir bringen dich jetzt sofort nach Hause und schauen nach, wie es ihr geht«, sagte Ken.

Harvey ließ sich willig fahren, zwang sich zum Small talk über den Brunch am nächsten Sonntag und darüber, ob sie zusammen eine Opernloge für die kommende Saison anmieten sollten. Die Lyric Opera hatte zwei Verdis im Programm. Dana liebte Verdi.

Dreißig Minuten nachdem sie das Bismarck-Hotel verlassen hatten, stiegen sie aus dem Lincoln der Franklins, sahen sofort die kaputte Fensterscheibe im Eßzimmer und die blutigen Fußabdrücke in der Einfahrt.

Harvey raste zur Tür. Nicht abgeschlossen. Er öffnete sie und rannte ins Haus, er war sicher, daß ihm Ken auf dem Fuße folgte und Betty nur ein paar Schritte hinter ihnen war. Sie blökte wie eine Ziege.

Harvey lief zur Treppe.

»Hierher!« brüllte Ken, lief voraus und folgte der Blutspur in die Küche.

Die lange Nacht hatte für Harvey Rozier gerade erst begonnen.

# 3 Ärzte

Der Arzt mochte Chicago nicht.

Der Arzt lebte mittlerweile schon seit fast vier Monaten in der Stadt; er hielt sie für sehr gefährlich. Mit Sicherheit für viel gefährlicher als East Lansing in Michigan, wo er fast zwei Jahre lang Aids-Patienten behandelt hatte.

Er hieß Berry, Jacob Berry. Er war mager, nervös und hatte einen frisch gestärkten blauen Laborkittel an, auf dem sein Nachname in noch dunklerem Blau auf der Brusttasche links neben seinem Herzen aufgenäht war. Dr. Berrys Haupteinkommensquelle bestand in den Untersuchungen, die die Polizisten und das Personal des Chicago Police Department einmal jährlich über sich ergehen lassen mußten, eine vertragslose »Abmachung«, die der Bruder von Jacob durch politische Beziehungen zur Demokratischen Partei in Cook County arrangiert hatte.

Jacob wandte sich dem Polizisten auf dem Stuhl zu und hoffte inständig, daß er die Aura eines gestandenen, ruhigen und allwissenden Arztes ausstrahlte. Bei diesen Polizisten und Polizistinnen war das schwierig, nicht zu vergleichen mit den blicklosen Männern und Frauen in der Aids-Klinik in East Lansing, aus der er vor 122 Tagen geflohen war. Er zählte die Tage, hatte aber vor, das Zählen aufzugeben. East Lansing und die Aids-Klinik waren nicht so angsterregend wie Chicago.

»Du haßt Lansing. Also komm nach Chicago!« hatte ihn sein Bruder, auch ein Dr. Berry, gedrängt.

»Isaac«, antwortete er, »ich habe keine Verbindung zu einem Krankenhaus, keinen Patientenstamm, ganz wenig gespart, also . . .«

»Ich werde was für dich finden«, hatte Isaac Berry seinem jüngeren Bruder versichert. »Ich arrangiere hier was für dich. Das geht ganz einfach. Ich werd' dir was besorgen, ich sag' dir

Bescheid, und dann kannst du dich ja entscheiden. Kann das was schaden?« »Nein«, mußte Jacob zugeben, fasziniert von der Aussicht, den Gesichtern voll endlosen Elends entrinnen zu können. Bis zu Isaacs Anruf hatte er sich nicht eingestanden, wie sehr ihn die Aids-Klinik im Laufe der Zeit deprimiert hatte. Als Isaac, auf dessen Wort man zählen konnte, schon nach weniger als drei Wochen zurückrief und eine vollständig eingerichtete Suite im Chicagoer Uptown-Bezirk an der Hand hatte, die er zu einem sehr günstigen Preis mieten konnte, mit der zusätzlichen Garantie von durchschnittlich fünfundzwanzig Routineuntersuchungen sowie Überweisungen von der Chicagoer Polizei, nahm Jacob das Angebot an. Er hatte keine Vorstellung davon, was Uptown war oder bedeutete. Jetzt dämmerte es ihm allmählich. Die Uptown-Suite hatte drei Räume, alle sehr klein. Das Wartezimmer bestand aus fünf Stühlen, bespannt mit ausgeblichenem Kunstleder, einem kleinen Bücherregal, das leer war, weißen Wänden, die einen Anstrich nötig hatten, sowie zwei Van-Gogh-Reproduktionen, beides Blumenmotive. Die Rezeption war mit einer Schiebetür aus Glas abgegrenzt. Jacob Berry hatte bislang noch keine Sprechstundenhilfe angestellt und auch die Aussicht, daß ihm eine Krankenschwester zur Hand gehen würde, war Zukunftsmusik. In seinem Büro, das gleichzeitig Behandlungszimmer war, standen ein alter Schreibtisch aus Holz mit einem hölzernen Drehstuhl dahinter, eine hölzerne Regalwand mit seiner kleinen Sammlung von medizinischen Nachschlagewerken, ein Untersuchungstisch mit zwei Stühlen, eine winzige Spüle in der Ecke, die nicht viel heißes Wasser hergab, und ein weißes Medizinschränkchen aus Metall, in dem er ein Minimum an Probepackungen der Pharmareferenten aufbewahrte, die ihn zu Anfang besucht und ihn zu seiner neuen Praxis beglückwünscht hatten. Das Ganze sah nicht gerade beeindruckend aus.

Aber die Männer waren gekommen. Polizisten aller Größen und Altersstufen und mit allen erdenklichen Problemen, die von fast völliger körperlicher Erschöpfung bis hin zu nachlassender Sehkraft, Krebs und verbrauchten Körperteilen reichten. Da gab es solche, die die Oberkörper von Bodybuildern hatten, und solche wie den hier, mit dem er sich jetzt gerade abgeben mußte, die so aussahen, als würde sie schon ein kräftiger Windstoß auf den Lake Michigan hinaustragen.

Ihre Augen waren alle gleich. Ein trauriges Wissen um die Dinge. Normalerweise sahen sie sich ohne Hast und ohne den Kopf dabei zu bewegen um. Und wenn man dann mit ihnen sprach, schauten sie einem in die Augen und hielten den Blick. Im allgemeinen fühlte er sich unwohl in Gegenwart der Polizisten, aber bei den Patienten in East Lansing war ihm noch viel unwohler gewesen. Die Großstadt war es, die Jacob eigentlich von Anfang an nicht zugesagt hatte. Düstere Schatten, absurde Schlagzeilen, mürrische und verängstigte Menschen in den Straßen, die sich gegenseitig verfluchten und Angebote machten. Der Polizist hieß Abraham Lieberman. Er war fast vollständig angezogen. Er schaute kurz zum Fenster, als eine S-Bahn unter lautem Gekreisch in den Bahnhof Argyle einlief, Fahrtrichtung Süden. Der Lärm war nicht ohrenbetäubend, aber da der Bahnsteig nur etwa fünf Meter vom Fenster entfernt lag, unterbrach jeder einlaufende Zug das Gespräch und erinnerte Dr. Berry daran, warum seine Miete so niedrig war. Der rapide Verfall der ganzen Wohngegend – die vietnamesischen Erpresserbanden, die S-Bahn, die so dicht an einem vorbeifuhr, daß man sie berühren konnte – war mit Sicherheit der Grund dafür gewesen, warum die Vormieter in die Vorstädte geflohen waren.

»Also«, nahm Dr. Berry den Faden wieder auf und schaute dabei auf das Brett, auf dem die Laborbefunde und seine Notizen festgeklemmt waren; er versuchte gelassen auszusehen, wie er da so an der Spüle lehnte und seine Brille zurechtrückte. »Ich habe hier Ihre Laborwerte und . . .« Und plötzlich fiel es ihm wieder ein. Sein rosafarbenes Gesicht wurde leichenblaß.

»Doktor«, sagte Lieberman, »ist Ihnen nicht gut?«

»Ich . . . doch, doch«, antwortete Dr. Berry, als die S-Bahn anfuhr.

Vor zwei Tagen hatte Dr. Berry den Fehler gemacht, die Jalousien zu öffnen, damit etwas Tageslicht hereinkam. Er hielt gerade eine Kanüle mit Grippeimpfstoff in der Hand für die Polizistin, die auf dem Behandlungstisch saß. Eine S-Bahn war direkt neben seinem Fenster eingelaufen, und drei junge Männer, alle schwarz und grinsend, hatten ihn angestarrt. Einer der drei – kaum älter als siebzehn oder achtzehn –, der eine nach hinten gedrehte Baseballkappe trug, hatte ein Messer herausgezogen, mit dem er auf Dr. Berry zielte. Der mit dem Messer drängte die anderen, auszusteigen. Er rief Dr. Berry irgend etwas zu, das man durch die geschlossenen Fenster und trotz des Lärms der anfahrenden S-Bahn hören konnte. »Ich komm' wieder«, hatte er gesagt, auf sich selbst gezeigt und dann auf Dr. Berry; dieser hatte wie angewurzelt dagestanden, unfähig zu jeder Bewegung.

Die Jungs hatten gelacht.

Jetzt, wo der Polizist vor ihm saß, fiel Dr. Berry plötzlich wieder ein, was die Lippenbewegungen der Jugendlichen bedeutet hatten.

»Ich komm' wieder!« flüsterte Dr. Berry.

»Müssen Sie weg?« fragte Lieberman, als er seine Schuhe zugebunden hatte.

»Nein«, sagte Dr. Berry.

Dr. Berry versuchte sich von der Erinnerung loszureißen und schaute in die traurigen und unbeirrbaren Augen von Abraham Lieberman. Die Übriggebliebenen, die »Alten Knakker« im T & L Deli-Restaurant auf der Devon Avenue – das Maish, dem Bruder von Abe, gehörte –, waren geteilter Meinung, ob Abe nun eher wie ein leicht magenkranker Dackel oder wie ein untergewichtiger Bluthund aussah. Lieberman, da gab es keinen Zweifel, war keine beeindruckende Gestalt mit seinen ein Meter fünfundsechzig und knapp sechsundsechzig Kilo. Mit seinen zweiundsechzig sah er gut fünf Jahre älter aus. Sein Bruder Maish, eindeutig ein wohlgenährter Beagle, fand, daß Lieberman aussah wie ein unterernährter Harry James. Maishs vergebliche Versuche, seinem Bruder ein paar Pfund mehr auf die Rippen zu bringen, hatten vor fast einem halben Jahrhundert begonnen, und obwohl Abe ein williger Esser gewesen war, blieb er doch schmächtig und hatte geduldige Hosenträger nötig.

»Es hat nichts damit zu tun, wieviel du ißt, oder mit der Qualität des Essens«, hatte Maish resigniert geseufzt. »Es ist dein Stoffwechsel, Abe. Du verbrennst selbst vor Fett triefendes Corned beef schneller, als es in deinen Organismus gelangt.«

Liebermans Frau fand, daß ihr Mann mit seinem grauen Haar und seinem kleinen weißen Schnurrbart aussah wie ein vornehmer Rechtsanwalt oder Arzt.

Aber wenn Abe morgens in den Spiegel sah, in der Regel nach einer nahezu schlaflosen Nacht, sah er nur das Gesicht seines Vaters. Der Mann im Spiegel hatte ein paar Haare mehr, eventuell auch einen volleren Mund, aber es war dasselbe Gesicht.

»Kommen Sie«, sagte Lieberman, ging einen Schritt auf Dr. Berry zu und führte ihn zum Stuhl. »Setzen Sie sich!«

Dr. Berry, der aus seiner Benommenheit herauszukommen versuchte, ließ sich willig führen und setzte sich. Er klammerte sich an das Klemmbrett und an seine Unterlagen und hielt sie fest an die Brust gepreßt.

»Ein Glas Wasser?« fragte Lieberman leise.

Dr. Berry nickte, und Lieberman holte von der anderen Seite des Zimmers einen kleinen Becher. Er ging damit zur Spüle. Das kalte Wasser war lauwarm. Er füllte den Pappbecher, kam zurück und reichte ihn Dr. Berry, der seinen eisernen Griff um das Klemmbrett langsam lockerte. Er nahm den Becher entgegen.

»Besser?« fragte Lieberman.

Dr. Berry nickte.

»Mein Bruder Isaac ist schuld«, erklärte Dr. Berry.

Dr. Berry, dessen Schläfen vorzeitig ergraut waren – was zu seiner Augenfarbe paßte – und der einen vollen dunklen Schnauzbart hatte, erschien Lieberman einerseits wie ein junger Mann, der älter aussehen will, andererseits aber auch wie ein älterer Mann, der jünger aussehen will.

»Wie heißen Sie mit Vornamen?« fragte Lieberman und ging zum Schreibtisch, um sich anzulehnen.

»Wie ich mit . . .?«

»Doch nicht Barry?« fragte Lieberman. »Barry Berry?«

»Nein, nein.«

»Gut«, sagte Lieberman und verschränkte die Arme.

»Ich heiße Jacob.«

»Sind Sie Jude?«

»Ja.«

»Verheiratet?«

»Nicht mehr.«

»Schwul?«

»Nein.«

Lieberman schüttelte den Kopf. Er wollte diese Angaben an Bess weitergeben, die nach einem passenden akademischen Ersatz für den Ehemann ihrer Tochter Lisa suchte. Lisa hatte Todd Cresswell verlassen und ihre beiden Kinder, Liebermans Enkel, mitgenommen. Zehn Jahre nachdem es in Mode gekommen war, hatte sie ihre Unabhängigkeit erklärt und war zu Abe und Bess gezogen.

»Es geht mir schon wieder ganz gut«, sagte Dr. Berry.

»Wollen Sie's mir erzählen?« fragte Lieberman.

Irgendwo auf der Straße zwei Stockwerke unter ihnen brach ein Streit in einer asiatischen Sprache aus. Die Streitenden entfernten sich, und Dr. Berry holte tief Luft und erzählte von den drei jungen Männern in der S-Bahn.

»Besitzen Sie eine Waffe?« fragte Lieberman.

»Eine Waffe?«

»Eine Waffe hier in Ihrer Praxis.«

»Nein.«

»Denken Sie mal darüber nach«, sagte Lieberman. »Vor fünf Jahren hätte ich nein gesagt, aber heute ...«

»Glauben Sie wirklich, daß die drei zurückkommen?« fragte Berry ängstlich, mit zitternder Stimme.

»Nein«, antwortete Lieberman. »Die Chancen stehen achtundneunzig zu zwei, daß die Sie sofort vergessen haben, nachdem der Zug aus dem Bahnhof fuhr.«

»Ja, dann ...«

»Wollen Sie das Risiko der zwei Prozent auf sich nehmen?« fragte Lieberman. »Und was ist mit denen, die kommen und nach Drogen suchen?«

»In East Lansing habe ich keine Waffe gebraucht«, sagte Dr. Berry und rückte die Brille zurecht.

»Klingt wie einer der Songs, die mein Enkel hört«, seufzte Lieberman. »In East Lansing braucht' ich keine Knarre, aber, Baby, heute hätt' ich gern eine.«

Das Klemmbrett war inzwischen ganz feucht von Berrys schweißnassen Händen. Er ließ das Brett auf den Schoß sinken.

»Ich weiß gar nicht, wie man sich eine Waffe besorgt und wie man damit schießt«, sagte er leise.

»Ich werde Ihnen sagen, wie Sie sich eine besorgen können und wo Sie hingehen können, um schießen zu lernen«, sagte Lieberman. »In dieser Gegend kann man eine Waffe gut gebrauchen. Selbst wenn Ihnen gerade mal keine lebenslustigen Bürger über den Weg laufen.«

»Ich werde darüber nachdenken«, sagte Berry und wischte sich mit dem Ärmel den Schweiß von der Stirn. Sein blauer Kittel sah nicht mehr frisch gestärkt aus.

»Gut«, sagte Lieberman. »Ich rufe Sie an. Und jetzt ...«

»Und jetzt?« fragte Berry.

»Und jetzt sagen Sie mir bitte, falls überhaupt, was mit mir nicht in Ordnung ist.«

»Ach ja.«

Dr. Jacob Berry nickte, räusperte sich, gab sich einen Ruck und schaute auf das Klemmbrett.

»Detective Lieberman . . .«

»Abe.«

»Abe, Ihr Herz ist in Ordnung. Ihr Blutdruck ist unter Kontrolle, aber das Herzmittel sollten Sie weiter nehmen. Sie sagten, Sie hätten seit fast sechs Monaten keine Migräne mehr gehabt?« Er schaute zu Lieberman auf, der immer noch über ihm stand, die Arme verschränkt. Dr. Berry war sich darüber im klaren, daß die Verhältnisse eigentlich andersherum sein sollten, aber er war noch nicht in der Lage zu stehen. Seit seiner Zeit als Assistenzarzt in Ann Arbor und seiner eigenen Praxis in East Lansing war er vertraut mit Blut, Tod und Gewalt, aber das hatte alles mit Gewalt und Tod bei anderen zu tun, und er wurde erst damit konfrontiert, nachdem die Tat bereits begangen war.

»Keine Migräne«, pflichtete Lieberman ihm bei und sah auf die Uhr. »Wenn ich merke, daß eine im Kommen ist, nehme ich eine Fiorinal. Das hilft immer.«

»Sie . . . wollen mal sehen«, sagte Dr. Berry und fuhr mit dem Finger über das Blatt auf seinem Klemmbrett. »Ihre Leberwerte sind immer noch erhöht. Die Tests auf Hepatitis A, B und C waren alle positiv bei Ihnen, aber meiner Einschätzung nach . . .«

»Ich habe zwei Biopsien machen lassen«, erklärte Lieberman. »Waren beide negativ. Ich habe das schon als Kind gehabt. Fragen Sie mich nicht warum. Hätte deswegen fast nicht zur Polizei gekonnt. Gucken Sie noch mal nach. Seit über dreißig Jahren.«

»Ihre Leber ist leicht vergrößert.«

»Ich werd's mir merken.«

»Gut«, sagte Dr. Berry mit ein bißchen mehr Selbstvertrauen und dem Gefühl, daß er wieder stehen könnte, wenn er wollte. Er blieb weiter sitzen. »Ich sehe keine signifikante

Verschlechterung der Kniegelenke. Andere Schmerzen? Irgend etwas Neues oder . . .«

»Nein«, sagte Lieberman.

»Arthritis kann aber . . .«

»Doc«, sagte Lieberman.

»Ja bitte?«

»Gibt es am Ende Ihrer Liste noch einen Blitz, eine Schlange mit Sprungfeder oder sonst etwas Unangenehmes?« fragte Lieberman und schaute erneut auf die Uhr.

»Ich weiß nicht, was Sie . . .«

»Das ist mein Beruf, Jacob«, sagte Abe. »Sie sind der Verdächtige, der ein Geständnis ablegen will, und ich sollte eigentlich abwarten und Sie hier herumdrucksen lassen, bis Sie endlich dazu bereit sind. Aber ich bin der Patient. Sie sind der Profi. Und ich habe die vage aber schwindende Hoffnung, daß ich es doch noch schaffen könnte, heute nachmittag zum Baseballspiel der Cubs zu gehen.«

»Ihre Schlaflosigkeit . . .«, fing Dr. Berry wieder an.

»Ihre Fragerei zielt doch nicht auf meine Schlaflosigkeit, Doc, oder?«

Jacob Berry schüttelte den Kopf, riß sich zusammen und stand auf.

»Trinken Sie? Ihre Leber und . . .«

»Wein am Sabbat. Ein Bier vielleicht einmal die Woche, oder nicht mal das.«

»Was essen Sie so? An einem normalen Tag – gestern zum Beispiel?«

»Wer erinnert sich denn an gestern?« sagte Lieberman, seinen Blick fest auf das Gesicht des Arztes geheftet. »Ich versuch's mal. Morgens Kaffee und getoastetes Bagel mit Frischkäse und Lachs. Mittags, wollen mal sehen, zwei Hot dogs mit allem Drum und Dran und gebratene Zwiebelringe. Noch einen Kaffee. Zum Abendessen, das ist leicht: Bess hat Leber mit Zwiebeln gemacht. Wo liegt das Problem, Jacob?«

Jacob Berry sah jetzt langsam wieder aus wie ein Arzt.

»Ihr Cholesterinspiegel liegt fast bei dreihundert. Die Unterlagen hier besagen, daß Sie schon zweimal deswegen verwarnt und auf Diät gesetzt wurden. Sie haben beide Male die Diät nicht eingehalten, stimmt's, Mr. Lieberman?«

»Ich achte darauf, aber ein Mann ...«

»Wir probieren es zunächst noch einmal mit einer Diät. Und diesmal werden wir sie bis aufs I-Tüpfelchen befolgen.«

»Wir? Ist Ihr Cholesterinspiegel denn auch erhöht?«

»Nein.«

»Dann sagen Sie doch einfach, ›Sie werden es mit einer Diät versuchen!‹ Tun Sie mir den Gefallen.«

»Nach vier Monaten Diät machen wir wieder einen Test und entscheiden dann, ob Sie Medikamente brauchen.«

»Nun verraten Sie mir schon die Diät, Jacob. Machen Sie schnell! Ich bin ein guter Zuhörer, und ich hege immer noch die ganz geringe Hoffnung, daß ich heute nachmittag ins Wrigley Stadion gehen kann.«

»Wir ... Sie essen ab sofort kein Rind- und Schweinefleisch mehr. Es wäre am besten, wenn Sie auch keinen Fisch und kein Geflügel mehr essen würden, aber wir wollen erst mal sehen, wie Sie ohne Rind und Schwein klarkommen. Keinen Alkohol. Keine Milch oder Milchprodukte. Keine Butter.«

»Hot dogs, Corned beef, Leber ...?«

»Von jetzt an überhaupt keine Tierprodukte mehr!«

»Was«, fragte Lieberman mit müder Stimme, »halten Sie von Beihilfe zum Selbstmord?«

»Was? Ich ...«

»War ein Witz, Jacob. Ich habe zu viele Verpflichtungen, um zu sterben. Meine Familie würde es mir nie verzeihen. Sonst noch was?«

»Ihr Vater und Ihre Mutter sind beide an einer Herzkrankheit gestorben«, sagte Dr. Berry und sah auf seinem Klemmbrett nach.

»Ja. Mein Vater war sechsundachtzig, meine Mutter einundachtzig.«

»Ich möchte, daß Sie sich von meinem Bruder Isaac anschauen lassen.«

»Warum? Hat der zwei Köpfe?« Lieberman warf die Hände in die Luft. »Tut mir leid, ich hege immer noch die sinnlose Hoffnung, daß schwarzer Humor mich vor dem Hungertod bewahren wird.«

»Mein Bruder ist Kardiologe«, sagte Dr. Berry, humorlos und verwirrt, als Liebermans elektronischer Piepser plötzlich die Aufmerksamkeit auf sich zog.

Der Piepser drehte durch. Lieberman nahm die kleine schwarze Plastikbox aus der Tasche und schaltete ab.

»Kann ich mal Ihr Telefon benutzen?«

Dr. Berry nickte. Lieberman wählte die Nummer der Polizeiwache in der Clark Street, wies sich aus und hörte dann zu.

»Er hat nach mir gefragt? ... Ich kann mich nicht erinnern ... Ist das eine Frage oder eine Aufforderung? ... Dann fahr' ich hin. Gib mir die Adresse ... Danke. Wir treffen uns dort ... Mir geht's gut. Wie geht's dir? ... Schön, dann geht's uns ja beiden gut. Wiederhören.«

Lieberman legte auf und wandte sich Dr. Berry zu.

»Geben Sie mir die Telefonnummer und die Adresse Ihres Bruders«, sagte Lieberman und schlug sein Notizbuch auf.

Jacob Berry mußte die Adresse und die Diätbroschüre aus seiner Schreibtischschublade holen. Lieberman nahm den Stapel entgegen, schrieb Dr. Isaac Berrys Adresse und Telefonnummer auf, klappte sein Notizbuch zu und steckte es in die Tasche.

»Wie fühlen Sie sich?« fragte Jacob Berry.

»Ich atme«, sagte Lieberman, ging zur Tür und dachte bei sich, daß er verdammt viel besser aussah als der verängstigte junge Mann vor ihm. »Eine gute Art, den Tag zu beginnen.«

Die Hand schon an der Klinke, drehte sich Lieberman um. Er wäre fast mit Jacob Berry zusammengestoßen, der direkt hinter ihm war.

»Ich hab' noch ein paar Fragen«, sagte Lieberman. »Mögen Sie Musik? Lesen Sie?«

»Klar«, sagte Berry und fragte sich, worauf Lieberman hinaus wollte.

»Klassik – Mozart, Vivaldi?«

»Ja.«

»Lieblingsautoren?«

»Ich . . . ich komme nicht viel zum Lesen.«

Lieberman zuckte die Achseln.

»Baseball. Mögen Sie Baseball?«

»Ja, ich haben in Evansville gespielt, als ich auf dem College war.«

Lieberman nickte.

»Welche Position?«

»Auf dem zweiten Mal«, sagte Jacob.

Lieberman nickte wieder, als seien diese Angaben von großer Bedeutung.

»Ich rufe Sie an. Wir besorgen Ihnen eine Waffe und bringen Ihnen bei, wie man damit schießt. In so einer Wohngegend wie dieser hier gibt's Drogenabhängige, und die könnten glauben, daß Ärzte einen Vorrat an Drogen haben. Mögen Sie Rinderbrust?«

»Ich esse seit über zwei Jahren kein Rindfleisch mehr.«

»Sind Sie gesund?«

»Ja.«

»Essen Sie Truthahn, Huhn, Ente?«

»Klar.«

»Gut.«

Lieberman ging zur Tür hinaus und durch das winzige leere Wartezimmer.

»Detective Lieberman«, sagte Dr. Berry.

»Abe.«

»Abe, ich bin zuversichtlich, daß wir Ihr Cholesterin in den Griff bekommen. Es hätte viel schlimmer sein können. Es gibt schlimmere Dinge.«

Zum Beispiel nach einem Konzert nach Hause zu kommen und die eigene Frau zerstückelt auf dem Küchenboden vorzufinden, dachte Lieberman.

Als der Polizist weg war, spürte Jacob, wie Angst sich wie ein Fingernagel der Angst in sein Rückgrat eingrub. Lieberman hatte unter seiner Jacke eine Pistole im Halfter getragen. Für die Untersuchung hatte er sie abgenommen, und Jacob hatte sie flüchtig angeschaut. Die Waffe war schrecklich und faszinierend zugleich. Er würde sich mit Sicherheit besser fühlen mit so einer in der Schublade, einer Waffe, die er herausziehen, vorzeigen und von der er sich beschützt fühlen könnte.

Jacob Berry ging die vier kurzen Schritte bis zur Eingangstür und schloß sie ab. Er hatte es sich angewöhnt, die Tür zum Untersuchungsraum offenstehen zu lassen und Patienten zu bitten, sich durch die Eingangstür hindurch auszuweisen, bevor er sie hereinließ.

Er ging in seinen Untersuchungsraum zurück und zog die Jalousien herunter; im Raum verwandelte sich das Sonnenlicht in grelles, schattenloses Neonlicht.

## 4 Der Morgen der Verleugnung

George Patniks war entsetzt. George Patniks zitterte. Er hatte völlig unbewußt eine Skizze von der Szene gemacht. Hatte sie mit dem Bleistift direkt auf das einzige Stück Leinwand skizziert, das gespannt war und bereitlag – ungefähr neunzig Zentimeter hoch und sechzig Zentimeter breit. Küche, Anrichte, Telefon, Küchentisch, seine Werkzeugkiste, und die Gestalt des Mannes im weißen Kittel, wie er über der am Boden um Gnade flehenden Frau stand, die sich mit ihren Armen kraftlos zu schützen versuchte.

Er hatte das Bild der traurigen, rauchenden Frau von der Staffelei abgenommen und es an die Wand neben die Kommode gestellt.

Er hielt einen Moment inne und schaute sich an, was er gemalt hatte. Er hatte das Blut nicht skizziert. Noch nicht. Das würde er später machen, wenn die Farbe stimmte, wenn er es in seinen eigenen Adern pulsieren fühlte.

Aber jetzt war er fast wie im Fieber. Über ihm hatte seine Mutter den Fernseher an – ein fürchterliches Geplärre, und die Decke vibrierte wie das Trommelfell einer gigantischen Pauke. Die Talkshows mit Oprah Winfrey, Phil Donahue, Jenny Jones und Maury Povich flimmerten über den Bildschirm. Georges Mutter war süchtig und litt – sie war süchtig nach dem Schwachsinn im Fernsehen, und sie litt unter ihren riesigen Beinen, die aufgeschwemmt waren wegen ihrer Zukkerkrankheit.

Ihre Möbel waren fünfzig Jahre alt, und das Schnörkelmuster war bis auf eine vage Erinnerung abgewetzt von zwei Generationen übergewichtiger Eupatniaksscher Leiber. George stellte innerhalb der Familie eine Ausnahme dar. Vielleicht würde ihn die Fettleibigkeit eines Tages plötzlich anspringen, wenn er unvorbereitet war; er würde dann eines Morgens aufwachen und wie seine Mutter und seine Tante Rosie aussehen; oder wie sein Vater, bevor der Krebs ihn wie einen knotigen Stock ausgezehrt und ihn schließlich hinweggerafft hatte.

Georges Zimmer war ein einziges Durcheinander, ein ungeordneter Haufen von Bildern, die kreuz und quer gestapelt an der Wand lehnten – mindestens fünfzig Bilder –, Papier auf dem Boden, Farbtuben, zwar zugeschraubt, aber verschmiert von ausgelaufener Farbe, zwei Farbpaletten auf dem Holztisch, der mit unzähligen bunten Farbklecksen übersät war und neben der Staffelei in der Nähe des Fensters stand.

Sein Bett, die Kommode, ein halbwegs bequemer Sessel drängten sich in einer Ecke neben dem Einbauschrank. Er hatte sein eigenes Badezimmer mit Toilette und Dusche. Es gab Augenblicke, da fiel George auf, daß er sein Zimmer so eingerichtet und möbliert hatte, damit es wie eine leicht vergrößerte Version seiner Zelle in Stateville aussah.

Aber jetzt, jetzt hatte er ein Problem. Er bekam den Blauton nicht richtig hin. Er rührte die Farben auf seiner Palette mit einem uralten Löffel an. Verschiedene Weißtöne, Blautöne, sogar ein bißchen Gelb, aber er bekam den Farbton für den Küchentisch und die dazu passende Anrichte in der Küche der Roziers nicht hin. Er mußte ihn finden. Er konnte keine Kompromisse machen. Er wischte sich die Haare aus den Augen und war sicher, daß er sich unbeabsichtigt und zufällig selbst anmalte wie ein Indianer im Film, der sich anschickt, gegen General Custer in den Krieg zu ziehen.

Seine Hände waren jetzt blau. Er betrachtete die Todesskizze auf der Leinwand und spürte, wie die unvollendete Tote auf dem Bild ihm zurief, daß er es richtig machen sollte, wie sie ihm sagte, daß ihm kein Frieden vergönnt sein würde, bis er die Szene bildlich eingefangen hatte. Das war schlimmer, als wenn einem die Melodie eines Liedes nicht einfiel oder der Name des ersten Zellenkameraden oder die Telefonnummer einer Frau, die man bei Unikles an der Theke kennengelernt hatte: Sie hatte die Nummer auf irgendeinen Zettel geschrieben, den man achtlos in die Tasche steckte und dann nicht mehr finden konnte.

»Ich schaff's! Ich schaff's! Ich schaff's!« murmelte er und lag dabei im Wettstreit mit einem wütenden, halbgebildeten Skinhead in der Oprah-Winfrey-Talkshow, die man von oben hören konnte.

George hatte Skinheads, Pinheads und Steelheads kennengelernt – Glatzköpfe, Holzköpfe und Stahlköpfe –, hatte gehört, wie sie husteten und fluchten, wie sie Drohungen ausstießen und im Zellenblock in ihren Alpträumen aufschluchzten. Er hatte gehört, wie sie morgens barfuß in der Zelle hin- und herpilgerten wie ein eingesperrter Tiger im Zoo des Lincoln-Parks. »Ich bin dicht dran«, sagte George laut. »Ganz dicht dran. Vielleicht hab' ich's.«

Er probierte den Blauton aus, den er angerührt hatte, um die Anrichte zu malen. Würde er auf der Leinwand ein kleines bißchen heller wirken? Sollten die Augen der Frau offen sein oder geschlossen? Er hatte beides gesehen.

»Alles klar«, seufzte er und ballte triumphierend die Hand zur Faust. »Das ist genau das Blau!«

Und er arbeitete weiter, ohne genau mit Worten ausdrükken zu können, warum. Ihm kamen ständig neue Ideen, aber sie blitzten auf und waren schon weg, bevor er ihnen überhaupt nachgehen konnte. Farben, Formen und Schatten forderten ihren Tribut vor seinem geistigen Auge.

Vielleicht würde ihn das Malen von der Erinnerung befreien. Er hatte den Göttern einen Deal vorgeschlagen – welchen Göttern auch immer –, aber er kam jetzt sehr schnell zu dem Schluß, daß Deals unmöglich waren, weil es keine Götter gab, während Dämonen mit Sicherheit existierten. Der Deal mußte mit der Toten gemacht werden, ein Deal, bei der die Erinnerung von seiner Person auf die Leinwand überging. Geläutert, rein. Er wollte das Bild behalten, die Vorderseite zur Wand gedreht, ihm seine Ehre erweisen, indem er es sich von

Zeit zu Zeit anschaute, wahrscheinlich sogar in regelmäßigen Abständen, beispielsweise jeden Tag um die gleiche Zeit oder jede Woche. Er konnte es niemals verkaufen, es wahrscheinlich sogar niemals jemandem zeigen.

»Hier kannst du nicht bleiben«, sagte er zu dem Bild. »Nicht so unverhüllt und so offen, daß es die ganze Scheißwelt sehen kann. Kann dich nicht zeigen. Kann dich nicht verkaufen.«

Die Erinnerung an die flehende und sterbende Frau und daran, wie er in der Falle gesessen hatte – hilflos in der Speisekammer –, hatte ihn in den kurzen Stunden der letzten Nacht viermal wach werden lassen. Wie sonst auch, war er jedesmal schnell wieder eingeschlafen, aber er hatte einen leichten Schlaf gehabt, so wie er sich das hinter Gittern angewöhnt hatte. George Patniks träumte eigentlich eher selten, aber vergangene Nacht . . .

Der Tisch war fast fertiggestellt. Die Farbe war ihm ein bißchen zu weit über die Tischkantenlinie hinaus geraten, aber das wollte er übermalen, wenn der Küchenboden dran war. Der Mosaikfußboden stellte eine echte Herausforderung dar. Er war sich bei dem Muster nicht sicher. Er durchforstete sein Gedächtnis danach, flehte es an, beschwatzte es, versuchte ihm auf die Sprünge zu helfen und es aus seiner Reserve zu locken. Er betrachtete die grobe Skizze der Frau. Sie beschwor ihn. Nein, sie bestand auf diesem Muster.

George hatte Gewalt, Tod, Blut und Schrecken gesehen, aber es waren immer Verzweifelte oder Wahnsinnige gewesen, die einander verzweifelte und verrückte Dinge antaten, mit messerscharfen Löffeln beispielsweise, mit Steinen aus dem Innenhof oder mit Röhren, abgeschraubt vom Waschbecken neben der Schuhwerkstatt. Durchgeschnittene Kehlen, eingeschlagene Gesichter. George hatte das Elend der Sodomie gesehen und die Ekstase beim Tod durch eine Überdosis Crack, begleitet von Nasenbluten. Einem Schwarzen namens Corren, der ein zehnjähriges Mädchen vergewaltigt hatte, wurde der Penis abgehackt von einem anderen Schwarzen namens Zed-Zed, der draußen eine neunjährige Tochter hatte. George hatte gehört, wie Corren brüllte, hatte gesehen, wie er sich wand, die Hände an dem blutigen Stumpf, während zwei Hilfspfleger ihn im Laufschritt auf einer Trage in die Krankenstation brachten und dabei den Verstümmelten vom begleitenden Strafvollzugsbeamten weghielten, der kein Blut auf seiner Uniform haben wollte. Diese Erinnerungen waren verblaßt, und vielleicht würde diese auch verblassen, aber er war sicher, daß er bei dieser Hilfe brauchte, eine Menge Hilfe.

Jetzt Blau auf die Anrichte.

»Wenn das die Frauen so haben wollen, dann kriegen sie's auch von mir. Schluß!« kam eine überhebliche und freche Stimme von oben und forderte damit das entrüstete und kampfbereite Publikum von Phil Donahue, Oprah Winfrey, Bertice Berry oder Ricki Lake heraus.

Es war nicht zum Aushalten, aber er konnte nicht aufhören. Er hätte am liebsten nach seiner Jacke gegriffen und wäre zu Unikles Bar runtergelaufen, aber das perfekte Blau mußte jetzt auf die Leinwand. Das bekam er nie wieder so ausgezeichnet hin. Narren und Sünder lachten über seinem Kopf. George kannte dieses Geräusch gut. Er trug die Farbe dick auf, hatte aber jeden Pinselstrich unter Kontrolle, und dann ... ja dann ... dann schließlich war das Blau auf der Leinwand, endlich fertig, und George merkte, daß er unter seinem weiten grauen Mickey-Mouse-Sweatshirt kräftig schwitzte.

Er wischte den Pinsel an einem mit Farbe bekleckerten weichen Lappen ab, tunkte ihn in die Schale mit dem Lösungsmittel, ging durch den Raum, machte die Tür auf und eilte die enge Holztreppe hinauf.

Als er die winzige Küche erreichte, hallte die freche und gellende Stimme des Mannes von den Wänden wider. George ging durch den Bogen vorbei an seiner Mutter, die seitwärts verdreht in ihrem Lieblingssessel saß. George stellte den

Fernseher leiser und sah das Gesicht eines Mannes, der früher eine Frau gewesen war. Auf dem Bildschirm, direkt unter seinem Gesicht, stand: »Kyle Anther, früher eine Frau.« Kyle Anther war sehr jung, hatte einen Bürstenschnitt und trug einen Ohrring und enge Jeans. Der war nie im Knast, dachte George, hat nie gesehen, nie gefühlt, nie Angst gehabt, wovor jeder Mensch Angst haben sollte.

»War es zu laut?« fragte seine Mutter, als George sich umdrehte.

Wanda Eupatniaks-Skutnik, ein trauriger Ballon von einer Frau, saß in einem violetten Sackkleid und violetten Filzpantoffeln da, die vorne an den Zehen mit welken violetten Seidenblumen verziert waren. Wandas rotgefärbtes Haar war zu einem Knoten zurückgekämmt und mit einer violetten Schleife zusammengebunden. Alles an ihr war farblich aufeinander abgestimmt, aber es stimmte trotzdem nicht ganz. Ihr rundes Gesicht drückte Besorgnis aus. Ihre Blicke trafen sich. Sie sah aus wie eine Portion Heidelbeereis mit einer Kirsche obendrauf.

»Es war ein bißchen zu laut, Ma«, sagte er. »Schwer, dabei zu ... Ich bin gerade beim Malen.«

Sie nickte. »Du siehst aus wie eine wilder Indianer«, sagte sie.

Jetzt war es an George, zu nicken.

Die Malerei ihres Sohnes, die ihr nicht gefiel, war seine Einkommensquelle. Ihr Sohn war ein in Maßen erfolgreicher Künstler. Sie erzählte ihren Schwestern und ihrem Bruder, ihren anderen Kindern, den wenigen Freunden, die sie noch hatte, und den Leuten in der St.-Agnes-Kirche, daß ihr Sohn Gregor Maler sei – kein Anstreicher, sondern einer, der Bilder malte, für die die Leute Geld hinlegten.

»Haste Hunger?« fragte sie.

»Weiß nicht.«

»Ich mach dir was«, sagte sie und machte Anstalten, sich ächzend aus dem Sessel zu hieven.

»Nein, Ma. Ich mach dir was.«

Aber sie war schon auf und humpelte Richtung Küche. Sie aufzuhalten war jetzt zwecklos, streiten war ebenfalls zwecklos. Sie würde Rühreier mit Zwiebeln und fetten Würsten machen. Sie hatte es ihm versprochen, eines seiner Lieblingsgerichte.

»Ich mach's wieder ein bißchen lauter«, sagte er und folgte ihr in die Küche.

»Nur ein bißchen«, sagte sie. »Wenn wir gegessen haben.«

Er saß am Küchentisch, geschlagen, und dachte über den Weißton des Nachthemdes der Toten nach und wie er die Schattierungen dieses blutigen Nachthemdes wiedergeben könnte. Aus dem Zimmer hinter der Tür plärrte ein Werbespot, und eine Frau mit der Stimme eines jungen Mädchens versprach lauthals unendlich gepflegte Zähne.

Zwiebeln und Würste brieten jetzt in der Pfanne. Seine Mutter schlug Eier auf, rührte sie in die Pfanne und tat Salz hinzu – Salz, das sie nicht essen sollte. Sie suchte eine Knoblauchzehe aus und schlurfte beim Gehen, als sie die Knoblauchpresse holte.

»Nimm mir meinen Fernseher und mein Essen weg, und was hab' ich dann noch?« hatte sie mehr als einmal gefragt.

»Keiner nimmt dir deinen Fernseher weg«, sagte George jedesmal darauf.

»Das weiß man nie«, gab seine Mutter zur Antwort.

Am Küchentisch, einer kleinen Anordnung von ungleichen Brettern mit einer quadratischen Platte obendrauf, den sein Großvater und sein Vater gebaut hatten, faltete George die blauen Hände und versuchte nachzudenken.

Konnte ihn die Polizei finden? Vielleicht. Vielleicht auch nicht. Weder auf dem Werkzeugkasten noch in der Küche der Roziers hatte er Fingerabdrücke hinterlassen. Aber da konnte man nicht sicher sein. Vielleicht waren Fingerabdrücke out. Die hatten technische Gerätschaften, Tests, Apparate, wissenschaftliche Analysen.

Würden sie ihn für den Mörder der Frau halten, wenn sie ihn fänden? Ja.

Würden sie ihm glauben, was passiert war, wenn er es ihnen erzählte? Nein.

Und dann war da noch der Mörder. George hatte sein Gesicht gesehen, und er hatte das von George gesehen. Würde er versuchen, George ausfindig zu machen? War das möglich? Sein Name stand nicht auf der Werkzeugkiste.

Wanda Skutnik summte leise »Jezebel« vor sich hin, während sie arbeitete; ab und an unterbrach sie sich, weil ihr einige Worte wieder einfielen.

»If ever a devil was born, without a pair of horns, hmm, hmm, hmmm, hmmm, hmmm. Wußtest du, daß Frankie Laine dem Tode nahe ist? Sein Herz. Ich hab' ein Bild von ihm gesehen. Ist er ein Schwarzer?«

Vielleicht sollte ich Rozier anrufen und ihm sagen, daß ich nicht zur Polizei gehe, ihm sagen, daß ich überhaupt nichts will, nur in Ruhe gelassen werden. Ich lasse Sie in Ruhe, und Sie leben mit dem, was Sie getan haben, und Sie lassen mich in Ruhe, und ich lebe auch mit dem, was Sie gatan haben. Ich kann sie ja auch nicht wieder lebendig machen.

»Der kann mich gar nicht finden!« sagte George.

»Was? Gregor, was haste gesagt? Frankie Laine kann dich gar nicht finden?«

In der Bratpfanne zischte und dampfte es.

»Nichts, Ma. Was ganz anderes.«

Er hatte jetzt Hunger. Hunger auf Knoblauch, Zwiebeln und Wurst. Hunger auf zwei dicke Scheiben Brot. George wollte zügig essen und sich dann wieder an das Bild machen.

»Ma, was hältst du davon, vielleicht mal Tommy zu besuchen? Du und ich. Wir packen unsere Sachen und fahren los. Sagen keinem, wohin wir fahren.«

Wanda machte eine volle Drehung und vergaß das fast fertige Gericht, das hinter ihr in der Pfanne brutzelte.

»Gregor, biste wieder in Schwierigkeiten?«

»Nein«, sagte er und schüttelte den Kopf. »Ich kenne einen Händler in Seattle, der interessiert sich für meine Bilder. Bedeutet vielleicht eine Menge Geld.«

Ihre großen Rehaugen sahen ihn direkt an. Er zwang sich dazu, nicht wegzusehen.

»Ich frage mal Dr. Swoboda.«

»Dr. Swoboda nehmen wir nicht mit!« sagte er.

Wanda lachte.

»Hol mal die Teller und eine Cola«, sagte sie glücklich. »Darüber müssen wir noch reden.«

## 5 Eine Tür fällt zu

»Der hat was! Hat Schiß, daß wir es geseh'n ha'm. Ich sag's euch. Hab's in seinem Gesicht geseh'n. Du doch auch. Los, sag schon ja. Oder sag nein.«

»Meinste den Geist im Fenster?« fragte Dalbert.

»Klare Kiste«, sagte Lonny und schüttelte energisch den Kopf. »Das is'n Scheißarzt. Echt. Der hat was, das bringt's.«

»Der weiße Typ, den wir gestern von der S-Bahn aus gesehen ha'm?« fragte Iago. »Im blauen Hemd. 'n Arzt oder was?«

»Genau«, sagte Lonny. »Dem hab' ich die Klinge gezeigt, und der hat sich in die Hosen geschissen. Echt. Ihr habt's gesehen!«

Dalbert zuckte die Achseln, ein Was-zum-Teufel-wir-haben-nix-Besseres-vor-Achselzucken. Lonny Wayne, Albert »Dalbert« Davis und Iago Simms saßen in der Wohnung von Wayne auf der Achtunddreißigsten Straße. Vom Fenster aus sah man eine vier Häuserblocks große Freifläche voller Schutt und Trümmern. Manche sagten, die Stadt hätte sie abgerissen, um mehr Sozialwohnungen zu bauen. Andere meinten, daß hier eine Berufsschule oder eine Grundschule geplant sei, aber das Ganze sah eher aus wie eine Pufferzone zwischen dem Getto und dem Krankenhaus auf der anderen Seite. Lonny stand stundenlang am Fenster, fasziniert von der Leere, den Kindern und den Müllwühlern, die Steine umdrehten und hofften, Ratten aufzuspüren, manchmal sogar am hellichten Tag. Die Dysan-Brüder im sechsten Stock schossen die ganze Zeit auf Ratten von ihrem Fenster aus. Dämliche Arschlöcher, dachte Lonny, die könnten jemanden umbringen. Einem Gerücht zufolge sollte ein neues Krankenhaus aus den Trümmern auferstehen, aber das Michael-Reese-Krankenhaus lag nur ein paar Straßen entfernt. Die vier quadratischen Blocks waren vor über drei Jahren dem Erdboden gleichgemacht worden.

»Ich sag euch, der hat nix und gar nix, das sag ich euch«, meinte Iago.

»Un' ich und Dalbert mein'n, den schnappen wir uns und den machen wir platt. Mit dem kriegen wir kein' Ärger. Scheiße, das einzige is' vielleicht, daß er'n Scheißherzanfall kriegt!«

Die Wohnung hatte zwei Schlafzimmer, eins für Lonnys Eltern, die die ganze Zeit auf der Arbeit waren in der verdammten Kofferfabrik der verdammten Juden. Das andere Schlafzimmer gehörte Lonnys Schwester, aber seit Charletta aufs College in Urbana ging, war Lonny von der Couch im Wohnzimmer in Charlettas Zimmer umgezogen, zumindest wenn sie in den Ferien nicht zu Hause war.

Das Wohnzimmer war groß, das Mobiliar alt und schwer, und es schien zu sagen: Sorry. Nein danke. Ich hab' die Nase voll, mich mit euch herumzuschlagen und unter euren Füßen und Hintern durchzuhängen. Ich geb' auf.

Im Wohnzimmer hing ein Foto von Charletta und Lonny, das vier Jahre alt war. Lonny haßte dieses Foto. Der Junge auf dem Bild bestand nur aus Zähnen und hatte keine Haare. Lonny warf einen Blick auf den Fernseher. Es lief ein Trickfilm mit Yogi-Bär. Der Ton war abgedreht, aber Iago konnte den Blick nicht von der Mattscheibe abwenden. Lonny drehte sich zum Fenster, schaute hinaus und beobachtete, wie fünf Knirpse durch das Geröll latschten.

An einem Sommertag im letzten Jahr hatte ein spinnerter alter Penner eine kleine Hütte aus Ziegelsteinen und vier rostigen Metallstangen gebastelt. Der Penner hatte die erste Nacht überlebt, aber in der zweiten Nacht hatte jemand aus der Bude Hackfleisch gemacht und dem Penner die Klamotten und was er sonst noch hatte geklaut.

Charletta war in jenem Sommer zu Hause – sie war Studentin an der University of Illinois am Dan Ryan Highway –, und Lonny schlief auf der Couch bei offenem Fenster. Das Schreien des Penners weckte ihn auf. Es war zu dunkel, um viel erkennen zu können, aber Lonny hatte zwei oder vielleicht drei Gestalten wegrennen und lachen hören. Er hätte schwören können, daß einer von ihnen Iago war, aber das ging Lonny nichts an. Zu der Zeit kannte er Iago noch nicht besonders gut. Der Penner war umhergetaumelt und hatte – so kam es ihm jedenfalls vor – eine Stunde lang geschrien und geheult. Lonny hatte das Fenster zugemacht und sich die Ohren zugehalten, aber das nützte nicht viel. Dann hörte das Geschrei auf, und Lonny war sicher, daß der Penner jetzt weinte.

Gott, allmächtiger Herr. Lonny hatte sich damals gewünscht – und tat es auch heute noch –, er wäre eine der drei oder vier Gestalten in jener Nacht gewesen.

Auszug aus dem Vorstrafenregister:

Lonny Wayne, Alter: 18 Jahre, Größe: Ein Meter dreiundachtzig, Gewicht: Sechsundachtzig Kilo. Amerikaner afrikanischer Abstammung. Auffällige Kennzeichen: Großer Abstand zwischen den oberen Vorderzähnen, rosa Narbe von einem Messerstich auf dem rechten Arm, verläuft vom Ellbogen bis zum Handgelenk; kleine dunkle Narbe in der Form eines Blitzes, verläuft durch die rechte Augenbraue. High School-Abbrecher. Festnahmen: Sechzehn; Delikte: Ladendiebstahl, Mißhandlung, Raubüberfall, Beschädigung eines gestohlenen Fahrzeuges. Verurteilungen: Keine. Aufenthaltsort: Wohnung der Mutter.

Albert »Dalbert« Davis, Alter: 19 Jahre, Größe: Ein Meter siebzig, Gewicht: Zweiundneunzig Kilo. Amerikaner afrikanischer sowie lateinamerikanisch-indianischer Abstammung. Auffällige Kennzeichen: Sieht wie ein sehr dunkelhäutiger US-amerikanischer Indianer aus. Festnahmen: Einundzwanzig; Delikte: Versuchte Vergewaltigung, Einbruch und Hausfriedensbruch, Mißhandlung mit vorsätzlicher Tötungsabsicht, bewaffneter Raubüberfall und Handel mit Hehlerware. Verurteilungen: Zwei, beide für Einbruchsdelikte. Achtzehn

Monate eingesessen in der Jugendbesserungsanstalt in St. Charles. Aufenthaltsort: Unbekannt.

Iago Simms, Alter: 14 Jahre, Größe: Ein Meter dreiundsechzig, Gewicht: Dreiundsechzig Kilo. Amerikaner afrikanischer Abstammung. Auffällige Kennzeichen: Linke Gesichtshälfte leicht nach unten geneigt; stammt von einem Nervenleiden, ausgelöst durch Schläge vom Freund der Mutter, als Simms sechs Jahre alt war. Festnahmen: Zwei, für Einbruchsdelikte. Verurteilungen: Zwei, unter elterliches Sorgerecht zurückverwiesen in beiden Fällen. Keine Gefängnisaufenthalte. Aufenthaltsort: Wohnung der Mutter.

»Ich sag, wir machen's«, sagte Lonny, schaute immer noch aus dem Fenster, zog aber seine Oakland-Raiders-Baseballmütze nach unten, um seine Entschlossenheit zu betonen.

»Scheiß drauf, machen wir's«, sagte Dalbert mit einem Achselzucken.

»Scheiß drauf, warum nicht?« sagte jetzt auch Iago. »Wann denn?«

»Morgen. Warum warten?« fragte Dalbert und wandte sich jetzt ganz seinen Freunden zu.

»Das ist erste Sahne, wenn ihr mich fragt«, sagte Lonny und sah zu, wie Yogi-Bär auf der Fontäne eines Geysirs in die Höhe schoß.

Iago zuckte die Achseln.

Es war Schicksal, Vorsehung, Zufall, irgend so was. Keine fünf Stunden nachdem Abe Lieberman die Praxis von Dr. Jacob Berry, vormals East Lansing, Michigan, verlassen hatte, besaß dieser eine Waffe.

In der Praxis war am Vormittag nicht viel los gewesen. Vier ereignislose Untersuchungen von Polizeibeamten und zwei Patienten, die ohne Voranmeldung direkt von der Straße hereingekommen waren, beides Vietnamesen. Der eine hatte sich den Rücken schwer verrenkt, der andere hatte Schnittwunden von einer explodierten Glasflasche am Arm. Beide Vietnamesen hatte in bar bezahlt; nachdem die beiden weg waren, hatte Jacob Berry die Scheine sorgfältig gefaltet und sie in ein Fach seiner Geldtasche gesteckt, die er an seiner Wade unter seinem Strumpf trug. Jacob bewahrte in dieser Geheimtasche außerdem seinen Führerschein, seine Kreditkarten und seinen Blue-Cross-Krankenkassenausweis auf. In seiner Brieftasche hatte er ungefähr fünfzig Dollar, einige Familienfotos und ein paar Kredikarten von Geschäften noch aus der Zeit in East Lansing. Vier Tage nachdem er den ersten Eindruck von der Gegend gewonnen hatte, in der seine Praxis lag, hatte er diese Geheimtasche gekauft.

Als Jacob damit fertig war, den Arm des Vietnamesen zu verbinden, der uralt und unterernährt aussah und mit ihm durch die Vermittlung einer alten Frau kommunizierte, deren Englisch kaum zu verstehen war, schob er seine Brille zurecht und rief seinen Bruder an.

»Isaac? Ich habe einen Police Detective namens Lieberman an dich überwiesen, Abraham Lieberman. Hat eine lange Vorgeschichte mit Herzleiden in seiner Familie. Hohe Cholesterinwerte und so weiter. Ich schick dir seine Akte und die Laborwerte mit der Post.«

»Er soll anrufen, dann nehmen wir ihn rein. Das ist unsere Devise«, sagte Isaac kurz angebunden; ein deutliches Signal für Jacob, daß sein Bruder etwas Wichtigeres zu tun hatte, als mit ihm zu telefonieren. »Sonst noch was?«

»Ich könnte am Mittwoch zum Abendessen kommen.«

»Schön. Ruf Jennifer an. Nein, ich sag's ihr. Halb acht, wenn du die Kinder noch vor dem Zubettgehen sehen willst.«

»Halb acht, gut.«

»Sonst noch was, Jacob?«

»Isaac, hast du eine Waffe?«

Eine kurze Pause, dann fragte Isaac: »Was ist passiert?«

Jacob betrachtete das Fenster seines Untersuchungszimmers. Er hatte die Jalousien unten gelassen, ein Gefangener im Tageslichtdunkel statt im grauen Frühlingslicht.

»Dies ist nicht der sicherste Teil der Stadt, Isaac. Ich hab' dich beim Wort genommen, wollte dir ...«

»Das haben wir doch schon mal besprochen, Jacob. Es gibt keinen sicheren Ort in einer Großstadt. Man geht dahin, wo man praktizieren und seinen Lebensunterhalt verdienen kann. Je schlimmer die Gegend, desto abwechslungsreicher die Probleme der Patienten.« Jacob wollte nicht darauf hinweisen, daß sein Bruder zwei Arztpraxen hatte, eine auf der Michigan Avenue und die andere in Winnetka, beide ziemlich sicher vor unmittelbaren gewalttätigen Übergriffen.

»Isaac, ich habe dich was gefragt. Hast du eine Waffe?«

Eine Sekunde lang Stille. Ein Seufzer und dann: »Ja. Ich habe sie in meiner Aktenmappe, lege sie jeden Morgen auf eine Ecke meines Schreibtisches und habe sie auch neben mir im Auto. Kommt mir aber nicht ins Haus. Du spielst mit dem Gedanken, dir eine Waffe zu besorgen.«

Isaacs Haus befand sich in Kenilworth, dem exklusivsten und begehrtesten Vorort direkt am Lake Michigan.

»Ich glaube, ich sollte mir eine besorgen«, sagte Jacob.

»Jake, ich habe jetzt keine Zeit, aber hör zu: Zu dir kommen den ganzen Tag Polizeibeamte in die Praxis. Du kannst dir doch keinen besseren Schutz wünschen, oder?«

»Nicht den ganzen Tag, Isaac. Und die gehen ja nicht mit mir zur Tür hinaus. Die begleiten mich nicht zu meinem Wagen und nicht zu meiner Wohnung, wenn ich nach Hause fahre.«

»Darüber sprechen wir Donnerstag noch einmal, okay? Ich muß jetzt wirklich aufhören.«

»Okay«, stimmte Jacob ihm zu.

Isaac legte zuerst auf.

Jacob Berry zog sich das blaue Hemd mit seinem aufgestickten Namenszug aus und hängte es auf einen Bügel in den Schrank. Er ließ das Licht brennen, ging ins Wartezimmer hinüber und dann hinaus und schloß die Praxistür hinter sich ab. Er meinte ein Geräusch im dunklen Flur zu hören, neben der massiven Holztür von A. R. Oriental Imports, ungefähr dreieinhalb Meter entfernt. Aber da war keiner.

Er eilte die zwei kleinen Treppen hinunter, überquerte mit fünf widerhallenden Schritten den Boden aus zersprungenen weißen Kacheln, die fast genauso aussahen wie die bei seiner Mutter im Badezimmer, und ging in den kühlen Frühlingsnachmittag hinaus.

Eine S-Bahn, die nach Norden Richtung Evanston fuhr, war gerade aus der Station gerattert. Jacob sah nicht auf. Er ging an Vietnamesen und Weißen vorbei, die in den asiatischen Geschäften einkauften, und auch an ein paar Schwarzen, von denen er wußte, daß sie in dieser Gegend arbeiteten. Sein Ziel war das Restaurant Solid Blue Diner an der Ecke Broadway und Argyle. Dort aß er fast jeden Tag. Jacobs Verdauungstrakt vertrug nicht mehr als eine asiatische Mahlzeit pro Woche, und das Solid Blue Diner hatte sich auf solide, geschmacklose Thunfisch-Sandwiches, Hamburger, Tagesgerichte und Gemüsesuppe spezialisiert.

Er war noch keine fünf Meter von seiner Praxis entfernt, da passierte das, was er gewöhnlich fürchtete. Eine uralte asiatische Frau mit einem ungeheuer verrunzelten Gesicht kam auf ihn zu und sagte: »Du wollen Schmuck kaufen, Uhr? Echte Jade. Billige Jade für deine Lady?«

Jacob Berry schüttelte höflich, aber bestimmt den Kopf und ging weiter. Er war noch nicht halb die Straße hinunter, als von rechts ein Asiate unbestimmten Alters auf ihn zutrat, Haare glatt nach hinten gekämmt, brennende Zigarette im Mundwinkel.

»Hör mal«, flüsterte der Mann. »Du Doktor. Ich weiß. Ich habe viele Sachen, Uhren, Kaffeemühlen, heiße Sachen, du verstehen?«

Jacob ging weiter; als sich ihre Blicke trafen, zwinkerte der Mann ihm mit einem Auge zu.

»Was brauchst du? Was willst du?« flüsterte der Mann und blickte verstohlen auf die Passanten. »Seidenschals, Messer mit Perlmuttgriff, allerfeinste Hemden aus Hongkong, günstig.«

»Haben Sie eine Pistole?« fragte Jacob und war selbst überrascht.

Der Mann blieb stehen, Jacob ebenfalls. Die Leute gingen um sie herum. Der Mann mit der Zigarette im Mundwinkel legte den Kopf schief und blickte Jacob direkt in die Augen.

»Nein«, sagte der Mann.

»Okay«, sagte Jacob und wollte weitergehen.

»Warten Sie. Ich handele nicht mit Waffen, aber ich kenne da jemanden.« Der Mann hatte plötzlich keinen Akzent mehr.

»Wann und wieviel?« fragte Jacob.

Ein riesiger Chrysler hätte beinahe einen Mann, der bei Rot die Bryn Mawr überquerte, angefahren. Der Fahrer drückte kräftig auf die Hupe. Der Fußgänger, ein stämmiger Asiate, schlug mit der Faust auf die Motorhaube des Chrysler und brüllte irgend etwas auf chinesisch oder vietnamesisch.

»Warum gehen Sie nicht einfach zu Sears und kaufen sich eine?« fragte der Mann mißtrauisch.

»Das dauert zu lange, ein paar Tage. Ich will nicht tagelang warten.«

Der Asiate nahm die Zigarette aus dem Mund und sagte: »In diesem Viertel . . . kann ich gut verstehen. Wo gehen Sie jetzt hin?«

»Ins Diner«, sagte Jacob.

»Essen Sie in Ruhe, lassen Sie sich Zeit. Ich werd' sehen, was sich machen läßt«, sagte der Mann, drehte sich um und verschwand langsam im Strom der Passanten.

Jacob setzte sich in eine Nische im hinteren Teil des Speisesaals des Solid Blue Diner, das seinen Namen den blassen blauen Wänden verdankte. Er bestelle Speckstreifen, getoastetes Weißbrot mit Salat und Tomate, einen griechischen Salat und eine Cola light. Er hatte die Spätausgabe der »Suntimes« aus einem Automaten vor dem Diner gekauft, aber er hatte keine Lust, sie zu lesen.

Die alte Kellnerin mit dem eigenartigen Gang, die ihn immer bediente, brachte den Salat. Er aß in aller Ruhe und versuchte, die Kellnerin, die ihre Bestellungen laut durchgab, und die Leute, die an den Nebentischen scherzten, Witze rissen oder über Nichtigkeiten redeten, zu ignorieren. Er war mit dem Sandwich fertig und trank bedächtig seine Cola – die Kellnerin hatte eben die Rechnung gebracht –, als der Mann, mit dem er auf der Straße gesprochen hatte, das Lokal betrat und zu ihm herüber kam. Der Mann hatte eine kleine Papiertüte in der Hand. Er setzte sich Jacob Berry gegenüber in die Nische. Sein Gesicht war völlig ausdruckslos.

»Sechzig Dollar«, sagte der Mann leise.

»Ich habe nur sechsundfünfzig, und ich habe noch nicht mein Mittagessen bezahlt.«

»Fünfzig Dollar«, seufzte der Mann resigniert, ließ den Blick im Diner umherschweifen und sah dann zum Fenster hinaus, an dem Passanten vorbeigingen, die ihm keine Beachtung schenkten.

»Nehmen Sie die Tüte!« sagte der Mann.

Jacob griff unter den Tisch und nahm die zerknitterte braune Tüte. Innen fühlte sich etwas kühl und schwer an.

»Geld!« forderte der Mann.

Jacob holte seine Brieftasche heraus und zählte drei Zehner und einen Zwanziger ab. Der Mann nahm das Geld oben auf dem Tisch entgegen, zählte nach und stopfte es in die Tasche. Er sah sich wieder um und wollte aufstehen.

»Warten Sie«, sagte Jacob. »Ich habe noch nie geschossen.«

»Ganz einfach«, flüsterte der Mann und lehnte sich über den Tisch zu Jacob. »Kugeln sind drin. Keine Sicherung. Fester Abzug, der geht nicht von selbst los. Sie zielen. Sie schießen. Genau wie Clint Eastwood. Und alles ist paletti.«

Und schon war der Mann weg.

Es war passiert. Einfach so. So schnell. Wünsch' dir was, und es ist da. Falls Lieberman ihn anrufen oder die Geschichte mit der Waffe erwähnen sollte, wenn er ihn das nächstemal sah, wollte Jacob genau das tun, was Lieberman wünschte, alle Instanzen durchlaufen, um legal eine Waffe zu bekommen, und wenn er sie dann hatte, wollte er die Pistole in der braunen Papiertüte wegwerfen. Einstweilen gab sie ihm jedoch ein gewisses Gefühl der Sicherheit. Er stopfte die Tüte mit der Pistole in seine Jackentasche und verließ das Diner. Mit der Waffe in seiner Schreibtischschublade war es leichter, dem Nachmittag ins Auge zu sehen.

»Was haben wir denn bis jetzt, Father Murphy?« fragte Lieberman, als sein Partner zu ihm in den Wagen stieg und die Tür zuzog.

Der Beifahrersitz war bereits ganz nach hinten geschoben, so daß Bill Hanrahan seine Beine ausstrecken und es sich mit seiner Footballspieler-Statur bequem machen konnte.

Bill Hanrahans Haar lichtete sich ganz enorm. Ungefähr sechs Monate lang hatte er sein dunkles Haar kurz getragen, glatt nach hinten gekämmt, militärisch. Ungefähr genauso lang war er trocken gewesen, stets in Versuchung, aber immer noch trocken und gegen seine Sucht ankämpfend, als ginge es um sein Leben. Sein Gesicht war nicht mehr so gerötet und aufgedunsen wie damals, als er trank, aber seine Haut hatte seit kurzem einen gewissen Grauton, er war nicht ganz glatt rasiert, seine Krawatte war nicht ordentlich gebunden und paßte nicht gut zu seinem Jackett.

»Wenig, außer einer Leiche, einem trauernden Ehemann, einem vorläufigen medizinischen Gutachten und einer Mordwaffe. Mehr hab' ich nicht von Briggs. Der Bericht der Mordkommission liegt bei Rozier im Haus.«

»Der trauernde Ehemann hat Einfluß.«

»Inwiefern?«

»Er bittet um einen ganz bestimmten Cop, um mich, und Briggs bekommt die Anweisung, dem Mann zu geben, was er will«, sagte Lieberman.

»Sieht ganz so aus, Abe.«

»Wir werden sehen, Father Murphy. Wir werden sehen.«

Sie kamen von Hanrahans Haus, das in einer Seitenstraße in Ravenswood lag, weniger als zwei Häuserblocks vom Ravenswood-Krankenhaus entfernt. Bill Hanrahan und seine Frau Maureen hatten zwei Jungen in diesem Haus großgezogen. Als sie erwachsen und aus dem Haus waren, packte Maureen ihre Koffer und ging ihrer Wege. Hanrahan hatte seitdem in diesem Haus allerhand durchgemacht; zum Beispiel hatte er dort vor weniger als einem Monat einen Psychopathen erschosen, dessen Ehefrau und kleinen Sohn er zu sich genommen hatte. Der Psychopath, Frankie Kraylaw, war mit einem Gewehr in der Hand bei ihm eingedrungen und hatte seine Frau zurückverlangt. Bill Hanrahan hatte ihn erschossen. Die Erinnerungen daran belasteten ihn, aber Hanrahan machte entschlossen weiter und hielt das Haus blitzsauber in Erwartung des Tages, an dem Maureen zurückkommen würde – nicht um zu bleiben, sondern um etwas abzuholen oder auch einfach nur mal vorbeizuschauen. Sie würde feststellen, wie gut es ihm ging, wie klar und nüchtern er war und wie gut er allein zurechtkam. Bill Hanrahan kam jetzt einigermaßen klar mit seinem Leben. Vor dreißig Jahren war Hardrock Hanrahan der schnellste Lineman der Footballmannschaft der Chicagoer Vocational High School gewesen. Dick Butkus, der ein paar Jahre nach Hanrahan an derselben Schule seinen Abschluß gemacht hatte, sagte Bill bei einem Klassentreffen, daß Hardrock für ihn eine Inspiration gewesen sei. Und dann ging sein Knie in einem Übungsspiel kaputt – damit war seine Schnelligkeit dahin und damit auch jede Chance, für Notre Dame, Illinois oder selbst Wisconsin zu spielen. Zwei Jahre lang hielt er es an der Southern Illinois University aus, gab dann aber auf, um seinem Vater zu folgen und Cop in Chicago zu werden, wie sein Vater seinerseits seinem Großvater gefolgt war.

Dann kamen Maureen und die Jungen und die Flasche.

Aber jetzt ging es besser. Er flog sogar ab und zu nach St.

Bart's, wenn auch nicht in letzter Zeit, und er war mit einer Chinesin namens Iris Chen verlobt. Ein neuer Anfang. Wer weiß?

Hanrahan hatte in der letzten Nacht einen Anruf unter seiner Geheimnummer bekommen, einen Anruf von einem Mann mit einem hauchdünnen asiatischen Akzent. Der Mann sagte, er riefe im Namen von Mr. Woo an. Der Mann machte eine Pause, um festzustellen, ob Hanrahan den Namen kannte. Hanrahan kannte den Namen.

»Wie Sie wissen, ist Mr. Woo ein sehr einflußreicher und der Stadt wohlgesonnener Geschäftsmann«, sagte der Mann.

Laio Woo – das wußte Hanrahan – gehörte ungefähr ein Viertel von Chinatown, und er besaß außerdem Anteile an den meisten Geschäften der Stadt, die in chinesischen Händen waren. Man mutmaßte auch, daß er mit einem umfangreichen Rauschgiftring im Mittleren Westen zusammenarbeitete, der von Hongkong aus operierte. Der Bürgermeister ließ sich mit ihm zusammen fotografieren und schüttelte ihm die Hand. Städtische Organisationen ehrten ihn wegen seiner großzügigen Spenden. Diejenigen, die mehr wußten, hielten den Mund.

»Das ist mir bewußt«, sagte Hanrahan.

»Die Familie Chen bedeutet Mr. Woo sehr viel. Sein Vater war damals in China mit der gesamten Familie gut bekannt. Er war immer ein großzügiger Förderer der Familie Chen – wie auch zahlreicher anderer Mitlgieder unserer Gemeinde. Sie verstehen?«

»Verstehe«, sagte Hanrahan.

»Mr. Woo ist der Meinung, daß es am besten wäre, wenn Iris Chen innerhalb ihres eigenen Kulturkreises heiraten würde.«

»So, ist er das?«

»Ja.«

»Sie wissen, daß ich Polizist bin?«

»Natürlich«, sagte der Mann ganz ruhig. »Und es ist Mr.

Woo bekannt, daß Ihre Ehe geschieden ist, Sie Alkoholiker sind und Sie schon zweimal vom Department für schlechte Führung diszipliniert wurden. Mr. Woo wäre sehr dankbar, wenn Sie einfach Ihr Verhältnis mit Miß Chen beendeten.«

»Dankbar, inwiefern dankbar?« fragte Hanrahan.

Der Mann am Telefon stieß einen Seufzer aus.

»Bitte, Mr. Hanrahan, wir sind keine Idioten. Man wird Ihnen kein Geld anbieten. Mr. Woo ist sehr wohl bewußt, daß ein derartiges Angebot ungesetzlich sein dürfte und daß Sie es höchstwahrscheinlich auch nicht annehmen würden.«

»Wissen Sie, was Sie Mr. Woo ausrichten können?«

»Ja, ich kenne die Grenzen dessen, was ich Mr. Woo übermitteln kann.«

»Falls Iris Chen mich heiraten will, dann werde ich sie auch heiraten. Und ich gebe Mr. Woo den guten Rat, nichts zu unternehmen, was so aussieht, als übe er Druck auf sie aus. Sie verstehen?«

»Ganz klar«, sagte der Mann. »Aber können Sie Mr. Woos Bedenken nicht nachvollziehen?«

Weder Iris noch ihr Vater hatten Woo jemals erwähnt.

Hanrahan legte auf. Teils weil er einfach verärgert war. Teils weil er Woos Bedenken teilte. Lieberman war klar, daß sein Partner innerlich in Gedanken versunken und äußerlich völlig aus dem Gleichgewicht war.

»Mir geht's gut, Rabbi«, sagte er, als sie nach Westen in die Wilson abbogen.

»Hab' ich danach gefragt?«

»War gar nicht nötig«, sagte Hanrahan und setzte sich anders hin. »Ich bin klar und nüchtern.«

»Was man vom größten Teil dieser Welt nicht gerade behaupten kann.«

»Amen.«

Verkehrszeichen kündigten einen Schülerübergang an. Lieberman verlangsamte das Tempo. Ein hagerer Mann mit weißem Bart trat auf den Fußgängerüberweg und hob die

Hand, damit Lieberman anhielt. Eine schnatternde Schar von Kleinkindern eilte über die Straße.

»Meine Jungs sind hier früher auch rübergelaufen«, sagte Hanrahan. »War ein Grund dafür, hierherzuziehen. Ordentliche Schule, kurzer Anfahrtsweg. Wie geht's Lisa?«

Der Schülerlotse war wieder auf dem Bordstein, und Lieberman fuhr sanft an.

»Ihr geht's gut. Gewöhnt sich an die Vorstellung, daß Todd die Lehrerin heiratet.«

»Wird sie bei euch ausziehen?«

»Sieht nicht danach aus, aber Bess setzt Himmel und Hölle in Bewegung, Lisa wieder unter die Haube zu bringen. Und ich habe einen vielversprechenden Arzt im Visier.«

»Das Leben ist hart, Rabbi.«

»Das Leben ist hart, Father Murph, aber es bietet auch so manche Entschädigung, zum Beispiel . . .«

»Die Cubbies, unsere Baseballmannschaft . . .«

»Maishs Corned beef und gehackte Leber mit einer frisch eingelegten Essiggurke . . .«

»Die Kinder . . .«

»Der Beruf . . .«

Sie bogen an der Western Avenue nach Norden ab. Es herrschte wenig Verkehr.

»Kaffee?« fragte Lieberman.

»Würde ich nicht nein sagen.«

Lieberman stellte das Radio an, fand den Sender mit den Oldies und fuhr Richtung Dunkin' Donuts. Sie fuhren schweigend, hörten Benny Goodman, Nat King Cole, Teresa Brewer und Kitty Kallen. Sie fuhren an Autohändlern, ein paar McDonald's, einem Wald von Videoläden, an Polstereien, Supermärkten und einer Unmenge von Schnapsläden vorbei.

»Kennst du den neuen Arzt, Berry?« fragte Lieberman. »Der käme für Lisa in Frage.«

»Hab' von ihm gehört, mehr nicht.«

»Was hast du denn gehört?«

Hanrahan schaute seinen Partner an, während Ginny Simms »These Foolish Things« sang.

»Er ist Jude, heißt Berry.«

»Das weiß ich«, sagte Lieberman. »Sag mir lieber, was ich nicht weiß.«

»Kommt aus Ohio.«

»Michigan«, verbesserte Lieberman.

»Aha«, sagte Hanrahan und drehte sich so, daß er seinen Partner besser sehen konnte.

»Meine Tochter braucht wieder ein geordnetes Leben«, sagte Lieberman. »Meine Enkel brauchen ein Zuhause, keinen Campingplatz in der Bude ihrer Großeltern. Ich will mein Haus wieder für mich haben. Lisa und Doc Berry sind das ideale Paar. Ihn kann man leicht herumkommandieren, und er hat noch weniger Humor als Lisa.«

»Sieht aus, als könnte es gar nicht besser sein.«

»Er mag die Cubs«, sagte Lieberman.

»Prima.«

»Die Chancen stehen eins zu tausend, aber wer weiß?«

Sie fuhren am Dunkin' Donuts vor. Lieberman ging hinein und kam mit Kaffee und einem Donut mit Schokoladenguß sowie einer zusammengefalteten Ausgabe der »Chicago Tribune« zurück.

»Ißt du keinen Donut?« fragte Hanrahan, nahm die Zeitung und machte die Tüte auf.

»Rozier, Rozier«, sagte Lieberman, ging nickend über die Frage hinweg und wechselte das Thema. »Ich kann ihn nicht einordnen. Sind die ganz sicher, daß er nach mir gefragt hat?«

»Lieberman, Abe«, sagte Hanrahan und überflog dabei die Titelseite der Zeitung, bemüht, keinen Kaffee zu verschütten. »Das hat Gibbs gesagt. Hier steht's. Seite eins, ganz unten. Ein Foto von Rozier und seiner Frau.«

»Und . . .«

»Wollen mal sehen. Aha, die Antwort auf deine Frage. Harvey Rozier, ich zitiere, ›der prominente Anlageberater für so manche bekannte Persönlichkeit im gesamten County, so zum Beispiel für die Richter O'Donald, Hershkowitz, Balziniak und Lincoln. Zu seinen Klienten zählen weiter‹ – wollen mal sehen, wer sich interessant anhört. Ich glaube, dies hier ist nur eine Auswahl. Eine Handvoll Unternehmer-Typen und der Präsident der University of Chicago.«

»Was sonst noch?«

»Ist nur ein kurzer Artikel, aber er entspricht so ziemlich dem, was Gibbs am Telefon gesagt hat. Die Frau fühlte sich nicht gut. Ein ganz normaler Abend, um mit Freunden ins Konzert zu gehen. Sie bestand darauf, daß Rozier ohne sie geht. Das tat er auch. Kam mit seinen Freunden zurück und fand vor, was von Dana Rozier noch übrig war, und jede Menge Blut. Das ist so ziemlich alles.«

»Hat das Fernsehen schon was darüber gebracht?« fragte Lieberman und versuchte dabei, den Geruch von Hanrahans Donut zu ignorieren.

»Weiß ich nicht. Ist spät passiert. Hab' heute morgen nicht geguckt.«

»Die sind bestimmt da«, sagte Lieberman. »Ein Vorschlag, Father Murph.«

»Schieß los!« sagte Hanrahan.

»Kämm dich, bind deine Krawatte ordentlich und rasier dich mit dem Elektrorasierer im Handschuhfach.«

Eine Viertelstunde später bogen sie – die leeren Pappbecher und das Papier in die grellbunte Donuttüte gestopft – in die Auffahrt zum Haus der Roziers ein, wo drei Wachleute der Privatfirma Kleinert Security in ihren grauen Uniformen neugierige Nachbarn und ungeduldige Fernsehleute in Schach hielten.

Lieberman zeigte die Polizeimarke vor. Einer der uniformierten Wachleute nickte, und sie traten zur Seite, um die Zufahrt freizugeben, wo zwei weitere uniformierte Kleinert-Wachleute zum Schutz an der Tür postiert waren.

»Fünf zu eins, daß Andi Kleinert ein Klient von Rozier ist«, sagte Hanrahan, als sie aus dem Wagen stiegen.

Lieberman nickte. Er dachte an Donuts.

Hanrahan griff nach seiner Polizeimarke, aber einer der Wachleute, ein kräftiger Mann mit kurzgeschorenem rotem Haar, hob die Hand.

»Ich kenn' Sie doch. Wie geht es Ihnen, Abe?«

Er streckte ihm die Hand entgegen, und Lieberman schüttelte sie.

»Ich atme«, sagte Lieberman. »Das ist mein Partner, Bill Hanrahan. Scotty Phierson.«

Phierson schüttelte Hanrahan die Hand.

»Scotty hat den Fall Lawndale bearbeitet«, sagte Abe. »Ganz schön harte Zeiten.«

»Kann man wohl sagen. Doch dann wurde es mir zuviel. Aber ich beschwer' mich nicht, Abraham. Die Bezahlung ist gut. Die Arbeit ist leicht. Muß mich nur ab und zu mal wie ein Postbote anziehen. Aber der Stoff ist gut. Fühlen Sie mal.«

Lieberman faßte die Uniform an und fragte sich, wie er wohl in so einer Uniform aussähe. Er kam sehr schnell zu dem Schluß, daß er darin wohl urkomisch wirken würde.

»Guter Stoff«, sagte Lieberman.

»Erstklassig«, sagte Phierson, öffnete die Tür und führte die beiden Detectives hinein.

»Fragen Sie mich was, Abe!« sagte Phierson ruhig, als die Tür zu war. »Die Firmenregel lautet: Nie was freiwillig sagen. Aber wenn Sie mich was fragen, dann muß ich auch drauf antworten.«

»Wissen Sie etwas, das nicht in der ›Tribune‹ steht?« fragte Lieberman.

»Nicht viel. Die Mordkommission kam gegen ein Uhr heute morgen. Wir waren ungefähr eine Stunde später hier.«

»Wer hat Sie angerufen?« fragte Hanrahan.

»Der Boß. Kleinert selber. Der alte Knabe. Um zwei Uhr morgens. Mr. Harvey Rozier kennt die richtigen Leute. Was vom Körper der Lady noch übrig war, wurde ein paar Minuten nachdem wir hier ankamen abgeholt. Der Wagen von der Spurensicherung war ungefähr bis vor 'ner Stunde, anderthalb Stunden, hier.«

»Keine Aufräumaktion?« fragte Lieberman und besah sich die Blutflecken auf den Fliesen und auf den Stufen, die sorgfältig mit Klebeband markiert waren.

»Nichts. Mehr weiß ich eigentlich auch nicht. Wollen Sie jetzt zu Rozier und seinem Anwalt? Die sind oben. Haben gesagt, Sie sollen sofort heraufkommen.«

»Anwalt?« fragte Hanrahan und sah dabei seinen Partner an.

»Und sein bester Freund. Ken Franklin. Sagt Ihnen der Name was?«

»Der Name sagt uns was«, sagte Hanrahan mit einem Seufzer.

»Am besten, wir schauen uns noch kurz die Küche an, bevor wir raufgehen«, sagte Lieberman.

Phierson ging vorsichtig voran, damit er nicht in die sorgfältig markierten Blutlachen und Blutflecken von Dana Rozier trat.

Als sie die Küche betraten, merkten sie, daß es nur wenige freie Stellen gab, die nicht mit Blut bespritzt waren.

»Die Telefonleitung war sauber durchgeschnitten«, sagte Phierson. »Ich habe die Leiche gesehen. Das war ein völlig abgedrehter Junkie, wenn Sie mich fragen. Aber zitieren Sie mich bitte nicht.«

»Zu viele blutige Fußspuren, verdammt!« sagte Hanrahan.

»Was schließt du daraus, Murph?« fragte Lieberman.

Hanrahan folgte dem Blick seines Partners zu einer Blutlache.

»Sieht so aus, als wäre das Blut um etwas herumgeflossen, Rabbi. Da drüben. Ein Stück Holz vielleicht. Eventuell haben die von der Spurensicherung es schon mitgenommen.«

»Das einzige, was ich sie habe mitnehmen sehen, war ein Satz Küchenmesser«, sagte Phierson.

Hanrahan machte sich Notizen in seinem Büchlein. Lieberman ging auf Zehenspitzen zur Speisekammer und öffnete die Tür. Konservendosen, Cornflakes und Kartons waren dort auf weißen Regalen sauber und ordentlich gestapelt, bis auf ein Regal in Schulterhöhe. Die Kartons auf diesem Regal waren durcheinander, und einer sah so aus, als wenn er jeden Moment herunterfallen würde.

»Wir kommen wieder«, sagte er und kam aus der Speisekammer heraus.

Sie folgten Phierson zurück durch die Küchentür, am Eßzimmer vorbei und die Treppe hinauf. Auf der Treppe waren noch mehr Blutflecken, bis zum obersten Treppenabsatz und noch weiter.

»Kein Blut in den Schlafzimmern«, sagte Phierson. »Wenn Sie mich fragen, sie hat den Typen gehört. Er dachte, das Haus sei leer, hat sie da oben entdeckt, hat sich in der Küche ein Messer gegriffen, kam hier rauf, und . . .«

Phierson hatte vor einer Tür am Ende des mit Parkett ausgelegten Flures haltgemacht. Er klopfte.

»Herein!« sagte ein Mann. Und sie gingen hinein.

»Wieso haben Sie so lange gebraucht?« fragte ein Mann in Liebermans Alter im Geschäftsanzug und sah dabei prüfend auf die Uhr.

# 6 Die üblichen Verdächtigen

Just in dem Moment, in dem Hanrahan und Lieberman das Arbeitszimmer von Harvey Rozier betraten, stand Dr. Jacob Berry hinter der Eingangstür zu seiner Praxis und versuchte zu entscheiden, ob er dem Mann mit der dröhnenden und wütenden Stimme die Tür aufmachen sollte oder nicht.

»He, ich weiß, daß Sie da drin sind. Was soll der Scheiß, Mann? Ich hab' nen Notfall hier.«

Jacob ging zurück in sein Untersuchungszimmer und holte die neue Pistole aus der Schublade. Sie fühlte sich kühl an und leichter, als er sich vorgestellt hatte. Er steckte die Pistole in die Tasche, die sich durch das Gewicht verdächtig ausbeulte, und ging zurück in den Empfangsraum, wo er die Praxistür mit zitternden Händen öffnete.

Zwei Männer platzten herein, beide schwarz, einer zwischen vierzig und fünfzig, untersetzt, der andere jung und schlank mit einem Ausdruck der Angst im Gesicht. Sie trugen Jeans und dazu passende orangefarbene Hemden.

Jacob hätte sie fast erschossen.

Doch dann sah er, daß der junge Mann blutete, sein linke Hand war dunkelrot und naß.

»Was macht ihr denn alle hier, verdammt nochmal? Wichst ihr hier rum? Ich hab' hier 'nen Mann, der verblutet«, sagte der Untersetzte wütend.

»Hier lang«, sagte Jacob und führte sie ins Untersuchungszimmer.

»Meinen Sohn Jamie hier, den hat's an der Tür vom Lastwagen erwischt. Wir war'n am Fischausladen, unten im Chinesen-Restaurant.«

Jamie fehlte längst die Kraft, noch irgend etwas auszudiskutieren. Er biß sich so heftig auf die Unterlippe, daß ihm Jacob sagen mußte, er solle den Mund aufmachen und tief einatmen. Jamie, ein ziemlich ängstlicher Junge, nickte und gab sich Mühe, diesen Rat zu befolgen. Seine Atemzüge waren nicht tief, aber sein Mund stand offen.

Jacob setzte ihn auf den Behandlungstisch und instruierte den Vater, er solle Obacht geben, daß sein Sohn nicht herunterfiel. Dann wusch sich Jacob am Waschbecken die Hände und untersuchte die Verletzung.

Jamie hielt sich mit der rechten Hand das linke Handgelenk. Er hielt es vom Körper weg. Sein Hemd war bereits völlig blutverschmiert. Jamie stieß kurze wimmernde Laute aus, während Jacob die Hand sorgfältig säuberte und sie auf Brüche und auf Schnittwunden hin untersuchte.

»Sieht nicht so schlimm aus«, sagte Jacob. »Ich glaube, der Mittelfinger ist gebrochen, der Schwellung und der Empfindlichkeit nach zu urteilen. Sieht aus wie ein glatter Bruch, aber es muß geröntgt werden. Ich werde die Wunde säubern, ihm etwas gegen die Schmerzen geben und eine Schlinge, damit seine Hand ruhig liegt, bis Sie ihn in die Notaufnahme gebracht haben. Sie wissen, wo das Weiss-Krankenhaus ist? Es ist direkt . . .«

»Ich weiß«, sagte der Ältere. »Ich habe nicht viel Bares dabei. Nehmen Sie einen Scheck?«

»Kriegen Sie zehn Dollar in Bargeld oder einen Scheck über fünfundzwanzig hin?«

»Ja. In Bargeld.«

»Ich glaube nicht, daß die Schnittwunden genäht werden müssen, aber das ist etwas für die Notaufnahme«, sagte Jacob. »Machen Sie sich keine Sorgen. Er kommt wieder in Ordnung. Ich rate Ihnen und Jamie, demnächst dicke Handschuhe bei der Arbeit zu tragen.«

»Danke, Doc«, sagte der Ältere ehrlich erleichtert und streichelte seinem Sohn über die Wange. »Tja, hätten Sie was dagegen, wenn ich Ihnen auch 'nen Rat gebe?«

»Nein«, antwortete Jacob und arbeitete weiter an der verletzten Hand.

»Besorgen Sie sich 'nen Halfter für das Ding da in Ihrer Tasche«, sagte der Untersetzte. »So, wie Sie das mit sich rumschleppen, kommt jeder Arsch auf die Idee, daß Sie was Wertvolles zu beschützen haben.«

Das Arbeitszimmer von Harvey Rozier war so groß wie Liebermans Wohnzimmer. Nein, es war größer und zweifellos besser möbliert. Eine Wand voller Bücher, ein bunter Orientteppich auf dem Parkettfußboden, ein antiker französischer Schreibtisch vor den Fenstern, die bis auf den Boden reichten, ein grüner Ohrensessel und eine zweisitzige Couch, die perfekt zu den dominierenden Farben des Teppichs und dem leichten Grün der Wand paßte. Drei Filmplakate hingen gerahmt an der Wand, »King Kong«, »Casablanca« und »Vom Winde verweht«. Lieberman hätte sein Haus darauf verwettet, daß es sich bei allen dreien um Originale handelte.

Und dann gab es da noch die beiden Männer. Kenneth Franklin, stehend und ungeduldig. Er war groß und braungebrannt, hatte eine sportliche Figur und war besser in Form als Lieberman, der jünger war. Harvey Rozier hatte in einer Couchecke gesessen. Er erhob sich langsam und streckte die Hand aus. Er hatte zwar nicht die auffällige Figur eines Bodybuilders, aber es war unverkennbar, daß er fit war. Sein dunkles, nicht allzu langes Haar war sauber nach hinten gehämmt, und er sah aus, als hätte er sich gerade erst rasiert. Er trug Jeans, ein perfekt gebügeltes hellbraunes Burberry-Hemd und Sportschuhe.

»Danke, daß Sie gekommen sind, Detectives«, sagte Rozier ernst, gab ihnen die Hand und blickte ihnen fest in die Augen. »Bitte machen Sie es sich bequem. Im Kühlschrank im Schlafzimmer stehen Getränke, falls Sie etwas möchten.«

Harvey Roziers Augen waren gerötet und feucht. Er rieb sich die Hände, als wenn sie kalt wären, und setzte sich wieder in die Couchecke.

»Meine Herren«, sagte Franklin. »Wenn man bedenkt, was

Mr. Rozier durchgemacht hat, so wären wir Ihnen dankbar, wenn wir es kurz machen könnten. Wir beide, und auch meine Frau, haben den Polizisten, die letzte Nacht hier waren – oder heute morgen, um ganz präzise zu sein – bereits einen vollständigen Bericht abgegeben. Weder Mr. Rozier noch ich haben letzte Nacht geschlafen und . . .«

»Ist schon gut, Ken«, sagte Rozier und hielt sich die rechte Hand über die Augen. »Ich will mit den Männern sprechen. Ich will, daß wer immer das Dana angetan hat möglichst bald gefaßt, schnell verurteilt wird und für immer hinter Gittern verschwindet.«

Ken Franklin zuckte resigniert die Achseln und setzte sich neben Harvey Rozier.

Hanrahan lehnte sich mit dem Rücken gegen ein Bücherregel, von wo aus er die Männer beobachten und gleichzeitig die Filmplakate bewundern konnte. Lieberman setzte sich in den Ohrensessel.

»Wenn ich richtig verstanden haben, haben Sie nach mir persönlich verlangt. Aus welchem Gund?« fragte Lieberman.

Harvey Rozier sah auf.

»Jemand hat mir erzählt, daß Sie der Beste seien«, sagte er.

»Ich bin zufrieden mit ›einer der Besten‹«, sagte Lieberman. »Wer war es denn?«

»Ist das wirklich . . .«, sagte Franklin, aber Rozier hob die Hand und unterbrach ihn.

»Ida Katzman«, sagte Rozier. »Ich verwalte ihre Konten und koordiniere ihre Anlagen. Sie hat Sie mehr als einmal erwähnt.«

Damit war das Rätsel einigermaßen gelöst. Ida Katzman war sechsundachtzig Jahre alt, ging am Stock und hatte einen Platz in der ersten Reihe der Mir-Shavot-Synagoge, deren Präsidentin Bess Lieberman war. Ida Katzman war die wichtigste Stifterin der Synagoge und die Hauptgeldgeberin für die neue Synagoge auf der Dempster Street, die gerade durch Umbauarbeiten aus einer Great National Bank entstand. Ida war die Witwe von Mort, der vor über zwanzig Jahren gestorben war. Er war mit einer Handvoll geliehenen Dollar nach Chicago gekommen, und er war zu Grabe getragen worden als Besitzer von zehn äußerst erfolgreichen Juweliergeschäften in den zehn größten Städten. Die gehörten jetzt alle Ida. Mit Ida Katzmans Geschäftssinn stand alles zum Besten. In den zwei Jahrzehnten seit dem Tod ihres Mannes hatte Ida, offensichtlich mit Hilfe der guten Ratschläge Harvey Roziers, die Anzahl ihrer Geschäfte verdoppelt und – so ging das Gerücht, von keinem anderen in die Welt gesetzt als von Rabbi Wass selber, dem jungen Rabbi Wass – damit den Nettowert der Firma ebenfalls mehr als verdoppelt.

»Ich werde mich bei Mrs. Katzman bedanken, wenn ich sie am Freitag beim Gottesdienst sehe«, sagte Lieberman.

Rozier suchte in Liebermans Gesicht nach einem Hauch von Sarkasmus, aber da war nichts. Hanrahan hatte sein Notizbuch gezückt.

»Könnten Sie Ihren Freund bitten, sich nicht gegen das Regal zu lehnen?« sagte Franklin.

»Detective Hanrahan«, sagte Lieberman und wandte seinem Partner den Kopf zu. »Würdest du dich bitte nicht gegen das Bücherregal lehnen?«

Hanrahan trat einen halben Schritt vor.

»Mr. Rozier«, fuhr Lieberman fort, »ich glaube, ich hätte doch gern ein Glas Wasser.«

Rozier wollte sich gerade erheben, aber Franklin hob die Hand und hielt ihn zurück.

»Ich hol's schon«, sagte er. »Und für Sie?«

»Für mich nichts«, sagte Hanrahan.

»Wenn es nicht zu viele Umstände macht, Ken«, sagte Rozier, »hätte ich auch gern ein Mineralwasser.«

Ken Franklin nickte und verließ das Zimmer. Lieberman legte sofort mit seinen Fragen los, nachdem er sich erkundigt hatte, ob er etwas dagegen hätte, wenn er die Unterhaltung auf Band aufnahm. Rozier hatte nichts dagegen.

LIEBERMAN: Warum ist Ihre Frau nicht mit zu dem, was war das ...?

ROZIER: Kammermusik. Wir haben ein Abonnement mit den Franklins zusammen. Jeden Dienstag. Dana war ein bißchen übel. Ich glaube, das kam von dem Fisch, den wir zum Abendessen hatten. Mir ging's auch nicht besonders gut, aber nicht so schlecht wie Dana. Ich wünschte, es wäre mir schlechter gegangen. Ich wünschte ... aber Dana bestand darauf, daß ich mitginge.

LIEBERMAN: Sie waren die ganze Zeit zusammen, Sie und die Franklins, von dem Moment, als Sie das Haus verließen, bis zu dem Zeitpunkt, als Sie das Haus wieder durch die Haustür betraten?

ROZIER: Ich verstehe nicht ...

LIEBERMAN: Ich möchte Sie schnell von der Liste der Verdächtigen streichen können, bevor die Presse oder Kanal 4 ihre Phantasie spielen lassen.

ROZIER: Verstehe. Natürlich. Der Ehemann ist der erste, der verdächtigt wird. Wir sind alle zusammen um acht ins Konzert gegangen und haben in der Pause gegen neun etwas getrunken. Ich bin zur Toilette gegangen, als die Pause vorbei war. War vielleicht fünf Minuten weg, vielleicht auch weniger. Ansonsten ...

LIEBERMAN: Wann sind Sie zur Toilette gegangen?

ROZIER: Gott, ich kann ... Ja, direkt vor dem Vivaldi-Stück. Ich kam gerade rechtzeitig zurück, um noch das meiste mitzubekommen. Ich erinnere mich, daß das Cello im Scherzo ein bißchen zu tief klang.

LIEBERMAN: Tatsächlich? Die Franklins haben Sie also während der ganzen Aufführung gesehen?

ROZIER: Und viele andere auch.

Ken Franklin kam zurück und stellte ein Tablett mit zwei geschwungenen Gläsern auf den kleinen Holztisch.

»Quibel«, verkündete er und reichte Lieberman und Rozier ein Glas; dann zog er sich die Bügelfalten glatt und setzte sich.

Der Mann hat Stil, dachte Lieberman und fragte dann . . .

LIEBERMAN: Mr. Franklin, Sie haben Mr. Rozier das ganze Konzert über im Blick gehabt?

FRANKLIN: Was zum Teufel wollen Sie . . .?

ROZIER: Ist schon gut, Ken. Er macht nur seine Arbeit.

FRANKLIN: Ja.

LIEBERMAN: Hat er den Saal während der Aufführung verlassen?

FRANKLIN: Das weiß ich nicht. Vielleicht ein oder zwei Minuten lang. Nein, er ist am Ende der Pause ein paar Minuten lang weg gewesen, um zur Toilette zu gehen.

LIEBERMAN: Haben Sie gesehen, wie er zurück in den Saal kam?

FRANKLIN: Weiß ich nicht, aber ich erinnere mich, daß ich mich nach der Pause einmal oder zweimal nach Mr. Rozier umgedreht habe. Reicht Ihnen das?

LIEBERMAN: Erinnern Sie sich an das Vivaldi-Stück?

FRANKLIN: Das ist ja wohl . . . Ja!

LIEBERMAN: Mr. Rozier hat mir gesagt, daß die Geige beim Scherzo ein bißchen steif gespielt hat.

FRANKLIN: Um Gottes willen! Dana wurde grausam ermordet . . . und Sie . . . Also gut. Nein, die Geige war in Ordnung. Das Mädchen am Cello hat bei diesem Stück eindeutig schief gespielt. Wenn Sie jetzt bitte . . .

LIEBERMAN: Hat einer von Ihnen etwas angerührt, als Sie hereinkamen und Mrs. Roziers Leiche fanden?

ROZIER: Ich . . . ich bin zu Dana gelaufen, habe ihren Kopf hochgehoben, wußte sofort, daß sie tot war, aber . . .

LIEBERMAN: Nichts angerührt?

ROZIER: Nicht daß ich wüßte.

FRANKLIN: Ich auch nicht, und Mrs. Franklin auch nicht. Ich sagte sofort, daß wir nichts anrühren sollten.

LIEBERMAN: Wir werden mit den Nachbarn sprechen, aber ist Ihnen in den letzten ein oder zwei Wochen etwas Ungewöhnliches in der Nachbarschaft aufgefallen? Hat Ihre Frau irgend jemanden erwähnt?

ROZIER: Nein, ich glaube nicht ... Mein Gott, ja, da war ein Mann, kam an die Haustür letzten Sonntag. Er wollte wissen, ob wir einen Handwerker brauchen. Er sagte, er hätte einen Kunden in der Nachbarschaft und war auf der Suche nach weiteren Arbeiten. Aber ich glaube nicht ...

LIEBERMAN: Hat er seine Karte dagelassen? Seinen Namen?

ROZIER: Nein, daß heißt, vielleicht doch. Eventuell hat er den vor sich hin gemurmelt. Ich habe ihm gleich gesagt, daß wir schon seit Jahren denselben Handwerker haben, Jeff Lerner. Der macht alles Elektrische, schreinert und erledigt auch einfache Klempnerarbeiten.

LIEBERMAN: Er hat aber nicht gesagt, für welchen Nachbarn er gerade arbeitete?

ROZIER: Nein.

LIEBERMAN: Glauben Sie, daß Sie ihn wiedererkennen würden?

ROZIER: Unbedingt.

FRANKLIN: Harvey hat ein außergewöhnliches Gedächtnis, wenn es um Gesichter, Namen und Zahlen geht.

LIEBERMAN: Sehr gut. Hätten Sie etwas dagegen, mit auf die Wache zu kommen und sich einige Fotos anzusehen?

FRANKLIN: Sie meinen, jetzt sofort?

LIEBERMAN: Je dichter wir noch an dem Vorfall dran sind, um so wahrscheinlicher ist es, daß Sie ihn wiedererkennen. Wir können aber auch warten, bis ...

ROZIER: Ich komme gerne mit, wann immer Sie wollen, je eher, desto besser. Jetzt gleich ist auch okay. Wenn du ... Ken, ich weiß, du bist müde, aber wenn du hier die Stellung noch eine Stunde oder zwei halten könntest ...

FRANKLIN: Selbstverständlich.

LIEBERMAN: Gut. Gehen wir. Und vielen Dank für das Wasser.

Sie brauchten gar nicht miteinander zu reden. Hanrahan blieb einfach draußen, um mit den Nachbarn weiterzumachen, als Abe und Rozier in Liebermans Wagen stiegen.

»Bin in zwei Stunden wieder hier vorm Haus«, sagte Lieberman.

»Das wird ziemlich knapp mit den Cubbies«, sagte Hanrahan ganz ruhig.

»Morgen«, sagte Lieberman, »die Giants sind hier.«

Kameras schwenkten herum, und Reporter mit Mikrophonen riefen Fragen durch das geschlossene Wagenfenster, aber Lieberman hatte keine Schwierigkeiten, durch die Gasse hinauszufahren, die Scotty Phierson und seine Kleinert-Mannschaft für ihn frei machte. Lieberman sah zum Fenster von Roziers Arbeitszimmer hinauf. Kenneth Franklin schaute auf den Polizisten hinunter. Der alte Anwalt sah aus dieser Perspektive nicht ganz so sportlich und robust aus. Lieberman setzte zurück und ließ seinen Partner in der Einfahrt hinter sich. Er fuhr schweigend zurück in Richtung Innenstadt.

»Ist es okay, wenn ich das Radio anmache?« fragte Lieberman Rozier, der neben ihm saß. Der Geruch von Donuts und Kaffee hing noch im Wagen. Abe Lieberman knurrte der Magen. Rozier nickte. Lieberman drehte das Radio an und drückte die Taste für den Oldie-Sender. Rudy Vallee suchte nach einem hohen näselnden Ton in »Goodbye Sweetheart«.

»Haben Sie Kinder?« fragte Lieberman.

Rozier schüttelte den Kopf. Nein.

»Hat Ihre Frau Verwandte? Und Sie?«

»Danas Eltern wohnen in Santa Fe. Ich habe vorhin mit ihnen gesprochen. Sie kommen irgendwann heute abend oder heute nachmittag hier an.«

». . . till we meet tomorrow«, sang Rudy mit viel Schmalz.

»Keine Brüder, Schwestern, Cousinen?«

»Danas Vater hat gesagt, er kümmert sich darum. Ein Bruder. Ein paar Cousinen, die ich nie kennengelernt habe. Meine Eltern sind tot. Ich bin ein Einzelkind. Habe meine Tante und meine Cousinen, was weiß ich, fünfundzwanzig Jahre lang nicht mehr gesehen. Ken und Betty sind so ziemlich das einzige, was ich an Familie habe. Entschuldigen Sie, aber würde es Ihnen etwas ausmachen, einen anderen Sender zu wählen?«

»Nein«, sagte Lieberman, obwohl sie beide wußten, daß es ihm doch was ausmachte. Ein klassisches Stück war jetzt zu hören, und Rozier schloß die Augen.

»Ich habe Beruhigungsmittel genommen«, sagte Rozier.

»Verstehe.«

Danach wurde nichts mehr gesprochen, bis sie auf den kleinen Parkplatz hinter der Clark-Street-Wache einbogen. Der Geruch von Wendy's Hamburgern neben der Wache schlug Abe entgegen, als er die Wagentür öffnete. Er bekam Lust auf einen Hamburger und Pommes frites, obwohl er in Fast-food-Restaurants nur in Notfällen aß. Er aß am liebsten zu Hause oder in Maishs T & L.

Er wollte die Broschüren, die Doc Berry ihm gegeben hatte, sorgfältig lesen. Er wollte es Bess heute abend erzählen, und sie müßten einfach einen Plan aufstellen, der Abe nicht in Versuchung führte. Das würde alles nicht einfach sein. Ein gutgewürztes Stück Rindfleisch auf frischem Roggenbrot mit einer Essiggurke war die beste Zuflucht vor dem Chaos der menschlichen Existenz. Diesmal mußte er sich wirklich anstrengen und bei seiner Diät bleiben. Lieberman führte Rozier den Zementweg entlang zur Vorderseite der Wache und in die Eingangshalle, wo Sergeant Nestor Briggs an seinem Schreibtisch saß und mit zwei Frauen sprach, die sich auf spanisch beschwerten, einer Sprache, die Nestor in seinen knapp dreißig Dienstjahren als Cop in Chicago nicht in den Griff gekriegt hatte. Nestor sah Edgar Kennedy ziemlich ähnlich, dem Schauspieler von damals mit der Glatze, der mit wütenden und witzigen Grimassen dabeistand, wenn Komiker von Buster Keaton bis zu Abbott & Costello ihre Mätzchen machten. Briggs versuchte nicht nur die Beschwerde aufzunehmen, er versuchte auch gleichzeitig einen Anruf zu erledigen. Er nickte knapp, als Lieberman und Rozier vorbeigingen.

Die Dateien und die Alben mit den Verbrecherfotos befanden sich in der »Bibliothek«, hinter der Tür an Nestor Briggs Platz. Abe führte Rozier in den kleinen Raum, setzte ihn an einen Tisch vor einen Computerbildschirm und sagte: »Ich zeige Ihnen jetzt Einbrecher, Hunderte von Einbrechern, aber wir werden alles ein bißchen eingrenzen, damit Sie darüber nicht sein Gesicht vergessen.«

»Ich erkenne ihn wieder, wenn ich ihn sehe«, sagte Rozier.

»Richtig«, sagte Lieberman. »Ihr Gedächtnis. Kann ich Ihnen eine Cola, Kaffee oder sonst etwas anbieten?«

»Eine Cola light, mit Koffein.«

Lieberman nahm den Hörer des Telefons ab, das auf dem Tisch stand, und drückte zwei Knöpfe.

»Bobby, ist jemand da, der uns eine Cola light mit Koffein und einen Kaffee, schwarz, mit noch mehr Koffein, nach unten in die Bibliothek bringen kann?»

»Hast du Rozier da unten?« fragte Bobby Arango.

»Ja«, sagte Abe.

»Dann komm' ich sofort runter. Den möchte ich mir auch kurz mal ansehen. Krank, nicht?« fragte Arango. »Glaubst du, daß er sie zerhackt hat? Oder jemanden angeheuert hat, der's für ihn macht?«

»Bobby, eine Cola, einen Kaffee und keine Fragen«, sagte Lieberman.

»Geht klar. Rat mal, wen wir hier haben?«

»Maury Povich«, sagte Lieberman und sah dabei Rozier an.

»Au Mann, bleib auf'm Teppich, Abe«, sagte Arango.

»Wilma Rudolph.«

»Wer ist Wilma . . .?«

»Wen habt ihr, Officer Arango?«

»Chuculo Fernandez«, antwortete Bobby.

»Was liegt gegen ihn vor?«

»Er war Ghostrider im Wrack eines Busses auf der Clark Street. Er war mit seiner neuen Freundin zusammen, Leona Soundso. Sieht so aus, als wollte er es ziemlich brutal treiben nach dem Vorfall. Wollte feiern, daß er Glück gehabt hatte. Aber sie wollte nicht.«

»Und dann?«

»Dann haben sie's brutal getrieben«, sagte Bobby. »Sie hat ihn wegen des Ghostrider-Betrugs angezeigt, als Fernandez sie ins Krankenhaus einlieferte.«

»Wie schwer ist sie denn verletzt?« fragte Lieberman und sah dabei Rozier an, der aus dem Fenster in den rasch dämmernden Tag hinaussah.

»Nicht allzu schlimm. Sie wird's überleben. Willst du mit Fernandez sprechen? Er hat nach dir gefragt.«

»Später. Kaffee und Cola, Bobby«, erinnerte Lieberman ihn und legte auf.

Chuculo Fernandez war ein Mitglied der Tentáculos, einer Latino-Bande, deren Anführer ein Verrückter namens Emiliano Del Sol war, der Lieberman eine zweifellos untypische Zuneigung entgegenbrachte. Chuculo war dumm und flink mit dem Messer. Die Tentáculos bestanden aus Mexikanern, Guatemalteken und Panamesen, angeführt von dem fast schon legendären El Perro, Emiliano Del Sol. Man munkelte von El Perro, daß er mehr als einen Mann umgebracht hatte – es waren immer Männer gewesen –, weil sie die Narbe auf seiner Backe zu lange angestarrt oder zumindest den Eindruck erweckt hatten. Selbst ein extrem milder Richter wie Mitgang hätte bei Fernandez Schwierigkeiten, ihm weniger als mindestens zwei Jahre aufzubrummen, selbst wenn es sich nur um ein Delikt wie Ghostriding handelte.

Ghostriders sind ein Phänomen der Großstadt – New York, Chicago, L.A., Detroit. Nichts Neues. Ein Mann oder eine Frau mit einem Hang zum Kriminellen hat Riesenglück und ist zufällig am Ort des Geschehens, wenn ein Bus einen schweren Verkehrsunfall hat oder vier oder fünf Fahrzeuge aufeinanderprallen. Unsere Person mit dem Hang zum Kriminellen schließt sich den unter Schock stehenden Busfahrgästen an und behauptet, er oder sie habe mit im Bus gesessen und würde an inneren Verletzungen sterben. Vier Anwälte mit Polizeifunkgeräten sind normalerweise so schnell am Tatort wie die Polizei selbst und nehmen bereitwillig Klienten an. Manchmal, wenn ein Anwalt vor der Polizei da ist, schlägt sich dieser sogar mit auf die Seite der Geschädigten und behauptet, daß er auch mit im Bus war. Eine Straftat. Nicht die schlimmste, aber dennoch eine Straftat.

Lieberman ging zum Computer und drückte auf einen Schalter.

Zusammen schauten sie sich zwei Dateien mit jeweils ungefähr achtzig Gesichtern an. Dreimal hielt Rozier bei einem Foto inne; die Fotos waren sich irgendwie ähnlich: hagere Männer, Weiße, zwischen vierzig und fünfzig. Jedesmal, wenn Rozier innehielt, fragte er nach dem Namen der Person auf dem Foto. Keiner der Namen sagte ihm etwas.

Bobby Arango kam mit den Getränken herein, glotzte ganz unauffällig und machte dann einen professionellen Abgang.

Rozier überlegte bei zwei weiteren Verbrecherfotos in dem dicken Album, das Lieberman vor ihn hingelegt hatte; er erkundigte sich nach den Namen und sagte, daß sie so ähnlich klängen, aber daß er sicher sei, daß es sich bei beiden nicht um den Betreffenden handelte. Das Ganze war jetzt ein Spiel, und es war vorbei. Das dritte Foto in der Datei war von Gregor Eupatniaks gewesen, alias George Patniks, alias Pitty-Pitty Patniks. Rozier hatte nach nichts anderem gefragt als nach dem Namen des Mannes, der ihm dabei zugesehen hatte, wie er seine Frau ermordete.

»Tut mir leid«, sagte Rozier eine Stunde und noch eine Cola und noch einen Kaffee später, als sie das letzte Album schlossen.

»Das ist schon in Ordnung«, sagte Lieberman. »Es kommen laufend neue dazu. Wir werden weiter die Bilder überprüfen. Vielleicht war das sein erstes Ding, oder er ist neu in der Stadt.« Lieberman hatte sich Notizen von jedem Mann gemacht, bei dem Rozier überlegt hatte.

»Ich würde jetzt eigentlich gerne nach Hause fahren«, sagte Rozier, erhob sich und rieb sich die Stirn.

»Gut, gehen wir. Und vielen Dank für ihre Mitarbeit.«

»Gern geschehen.«

»Wir kriegen ihn, Mr. Rozier. Ich habe das Gefühl, er hat eine Menge Fehler gemacht. Man bricht nicht einfach in ein Haus ein, dreht durch, mordet und rennt dann weg, ohne irgend etwas zurückzulassen.«

»Ich hoffe, Sie haben recht«, sagte Harvey Rozier. »Bei Gott, ich hoffe, Sie haben recht.«

»Ich muß noch mal ganz kurz oben vorbei, bevor wir gehen. Das stört Sie doch nicht ...?«

»Ich bleibe hier unten, wenn Sie nichts dagegen haben«, sagte Rozier. »Ich würde gerne ein paar Minuten allein sein.«

Lieberman nickte, ging auf den schmalen Flur und dann die Treppe hinauf zum Mannschaftsraum. Alle nannten diesen Raum den Mannschafts- oder Einsatzmannschaftsraum, obwohl es dort überhaupt keine Einsatzmannschaft gab. Es war lediglich der Raum, in dem die Schreibtische der Detectives standen, in dem sie ihre Anrufe entgegennahmen, in dem sie ihre Aufträge erhielten und in den sie die Verdächtigen brachten, die Opfer und die Zeugen.

Joe Wiznicki saß an seinem Schreibtisch, fuhr sich über die Lippen und hackte einen Bericht in seinen Computer. »Black and White«, Applegate und Acardo, standen über eine dürre Frau gebeugt, die die Handtasche auf ihrem Schoß krampfhaft festhielt. Wahrscheinlich ein Opfer. In der Ecke neben den Fenstern, die so beschaffen waren, daß man sie nicht öffnen konnte, saß Chuculo Fernandez in Handschellen, ein dünner, mißmutiger Zwanzigjähriger mit einem langen Vorstrafenregister voller Gewalttätigkeiten und der Auszeichnung, einer der drei verrücktesten Mitglieder der Tentáculos zu sein.

Ernest Cadwell sprach mit Fernandez, der, zusammengesunken auf seinem Stuhl, den Hut im Frank-Sinatra-Stil über die Augenbraue gezogen, sich alle Mühe gab, gelangweilt auszusehen. Cadwell, ein riesiger Schwarzer mit einer Geduld, die Lieberman bewunderte, aber nicht nachvollziehen konnte, stellte Fernandez leise und gelassen Fragen in einer Mischung aus Englisch und Spanisch.

»Viejo«, sagte Fernandez, als er Lieberman erblickte.

»Muy lejos de su país, Chuculo«, sagte Lieberman.

»Pues . . .«

»Dígama, ¿qué pasa? Auf englisch«, sagte Lieberman.

»Da war diese puta, wissen Sie«, sagte Chuculo, setzte sich langsam auf und schob den Hut in den Nacken. »Ich bezahle sie gut. Sie sagt okay, Chico. Wir vögeln. Dann ruft sie einen Cop, und die schnappen mich direkt vor einer Bar, nur eine Straße entfernt. Hört sich das an, als wenn einer wegrennt?«

»Du hast die Frau geschlagen, Fernandez.«

»Ein bißchen vielleicht.« Er zuckte die Achseln.

»Rechter Backenknochen gebrochen, Schnittwunden um das Auge herum, die genäht werden mußten, Blutergüsse an den Rippen und eine schlimme Bißwunde am linken Ohr«, sagte Cadwell ganz sachlich.

»He, Viejo, Sie wissen, wie das ist«, erklärte Fernandez. »Leidenschaft. Man hat sich nicht unter Kontrolle.«

»Sie hat gesagt, daß du Ghostriding gemacht hast«, sagte Lieberman.

»Nunca«, sagte Fernandez empört. »Nie im Leben.«

»Körperverletzung und Ghostriding, Chuculo. Bereite dich mal auf einen langen Tag vor. Mucho gusto a verle usted, otra vez, Fernandez«, sagte Lieberman und drehte sich um.

»Moment mal, halt!« rief Fernandez und wollte aufstehen. Cadwell langte hinüber, packte den Mann an der Schulter und drückte ihn ganz ruhig nach unten.

»Viejo, gehen Sie und holen Sie Emiliano«, sagte Fernandez. »Er wird Ihnen einen Deal vorschlagen.«

»Wenn ich Zeit habe«, sagte Lieberman und ging weg.

Als Lieberman zurück in die Bibliothek kam, schaute Harvey Rozier, offensichtlich mit seinen Gedanken in seinem Alptraum verloren, zu ihm auf.

»Wir können jetzt gehen. Entschuldigen Sie«, sagte Lieberman.

Rozier schüttelte den Kopf und lächelte verständnisvoll.

Schweigend fuhren sie zu Roziers Haus zurück. Nicht mal das Radio lief. Der Himmel war bedeckt und grau, so wie immer in den letzten Tagen, und der Regen war wieder da, ein leichter aber beständiger Regen.

Lieberman wußte eines: Er mochte Harvey Rozier nicht. Vielleicht war es Standesneid oder die Tatsache, daß Rozier ihn an einen fast vergessenen Widersacher aus der High School erinnerte, oder die Art und Weise, wie Rozier aussah, wenn er sich bemühte, seinen Kummer zu verbergen. Aber vielleicht hatte Lieberman auch unrecht. Das war nicht unbedingt eine bedeutsame Beobachtung. Abe hatte Opfer kennengelernt, die nicht Sympathie verdient hatten, sondern eher, daß man sie erschoß, und er hatte auch mehr als einen Mörder kennengelernt, den er sympathisch fand.

Lieberman würde seine Arbeit gut machen. Und es sah so aus, als wenn er die Cubs verpassen würde, zumindest heute. Verdammt, das Spiel würde wohl wegen Regen abgeblasen werden.

# 7 Häuser

Das Spiel fiel nicht ins Wasser. Zwar gab es zwei Verzögerungen, aber zwischen den Wolkenbrüchen wurde das Spiel flott durchgezogen. Es stand vier zu zwei für die Pirates im siebten Inning, als Lieberman und Hanrahan durch die Tür des T & L Deli auf der Devon Street hereinkamen.

Im Radio ermahnte Harry Carey die Zuschauer.

»Ich will was hören!« rief er und die Menge antwortete mit dem Lied »Take Me Out to the Ball Game.«

Drei der »Alten Knacker« – Herschel Rosen, Syd Levan und Howie Chen – saßen an ihrem Stammtisch, dem einzigen Tisch im T & L, und sangen mit Harry mit, als die Polizisten hereinkamen. Ein vierter Mann saß mit am Tisch, er sang nicht mit, aber er lächelte wissend und nickte mit dem Kopf.

Syd Levan, mit achtundsechzig der jüngste Knacker, gab Lieberman und Hanrahan ein Zeichen, an ihrem Tisch vorbeizukommen. Das taten sie und warteten brav, bis der Schlachtruf »Root, root, root for the Cubbies« die Gäste des T & L – einschließlich der zwei Frauen an der Theke und dem Ehepaar mit dem kleinen Kind in einer der roten kunstlederbezogenen Sitznischen – wissen ließ, daß der wichtigste Teil unmittelbar bevorstand.

»For it's one, two, three strikes you're out at the ball game!« schmetterten die drei Knacker und der kleine Junge in der Sitznische.

Der stets fröhliche Syd im gelben Pullover, ein pensionierter Versicherungsagent, hielt die Hand hoch, damit Herschel den neuen Mann vorstellen konnte. Hersch war einundsiebzig und pensionierter Schmuckverkäufer. Damals in den späten dreißiger Jahren war er »Red« Rosen gewesen, Verteidiger in der Mannschaft der Marshall High School, die in einem Siegeszug einhundert Spiele hintereinander gewann. Es gab immer noch Leute, die sich an den Namen erinnerten, obwohl sein weißes Haar nur noch einen Hauch von Rot und Orange aufwies. Hersch war der anerkannte Anführer der Alten Knacker, der geistige Kopf, derjenige mit dem meisten Mumm und dem namhaftesten Ruf. »Die Detectives Lieberman und Hanrahan«, sagte Herschel Rosen feierlich, »ich möchte euch ein neues Mitglied an unserem Tisch vorstellen, Morris Becker. Morris erzählte uns gerade, als ihr hereinkamt, daß er sich fragt, ob es eine gute Idee sei, ein paar Unzen Heroin in der Tasche mit sich herumzutragen. Er stammt aus St. Louis, wo ein alter Sack sich so was erlauben kann.«

»Nein«, rief Morris Becker, stand abrupt auf und hätte dabei fast ein Glas umgeschmissen, dessen Inhalt wie Kirschlimonade aussah.

Becker war zerbrechlich und dünn und wirkte trotz einer grünen Jacke und einer dazu passenden Baskenmütze nicht gerade wie ein Denkmal der Freigeistigkeit.

»Nein«, wiederholte Becker und sah dabei Herschel Rosen ungläubig an. »Ich habe niemals ... Gott ist mein Zeuge. Auf dem Grab meines Vaters, aleh vei sholom, ich habe wirklich niemals ...«

»Herschel macht Witze«, sagte Howie Chen. »Er hat eine eigenartige Vorstellung von Humor, seitdem er senil geworden ist.«

Howie, der einzige Nichtjude unter den Knackern, war mit zweiundachtzig auch der älteste von ihnen, obwohl er zwei Jahrzehnte jünger aussah. Howie war der Besitzer des Blue-Dragon-Restaurants eine Straße weiter gewesen und hatte über dreißig Jahre lang vierzehn bis achtzehn Stunden täglich gearbeitet. Als er in Pension ging und das Restaurant seinem Enkel vermachte, war er am Tisch mit offenen Armen empfangen worden. Neben Herschel und Morrie Stoltzer sprach Howie das beste Jiddisch von allen Knackern.

»Erklär's ihm, Abe«, sagte Howie.

»Es war ein Witz, Mr. Becker«, sagte Lieberman und streckte die Hand aus.

»Dann sind Sie nicht von der Polizei«, sagte Becker und schob langsam seine Hand vor, halb in der Erwartung, daß man sie greifen und ihr Handschellen anlegen würde, genau wie im Fernsehen.

»Wir sind die Polizei«, sagte Hanrahan, »aber wir kennen Mr. Rosen. Sie werden gerade in den Club aufgenommen.«

»Freut mich, Sie kennenzulernen«, sagte Becker, schüttelte die Hand und setzte sich mit einem mißtrauischen Blick auf Herschel wieder hin.

»Wo sind Al und Morrie?« fragte Lieberman.

»Die Atheisten sind bei Gericht wegen einer Verkehrssache«, erklärte Howie Chen. »Al ist auf dem Parkplatz beim Zurücksetzen in Morrie hineingefahren und . . .«

»Nein, nein, nein«, stöhnte Herschel. »Morrie ist in Al hineingefahren.«

»Gibt es da einen Unterschied?« fragte Howie und sah dabei hilfesuchend Lieberman an.

»Hier macht das einen großen Unterschied«, beharrte Herschel. »Was redest du? In China mag es da vielleicht keinen Unterschied geben. Aber hier sehr wohl.«

Howie Chen war nie in China gewesen. Er war in San Francisco geboren. Herschel war 1931 in die Vereinigten Staaten gekommen. Damit hatte Howie in Amerika einen Vorsprung von drei Jahren.

»Jedenfalls«, fuhr Howie fort, »sehen sie sich heute nachmittag vor Gericht wieder. Wir warten darauf, daß der Sieger hierherkommt und sich brüstet.«

Al Bloombach und Morrie Stoltzer waren die besten Freunde, und das schon seit fast siebzig Jahren. Sie waren außerdem als die Atheistengruppe der Alten Knacker bekannt. Und trotz ihrer gemeinsamen Überzeugung, daß es keinen Gott gebe, stritten sie sich sonst so ziemlich über jedes andere Thema.

Die hintere Sitznische neben der Küche war frei. Die Detectives gingen dorthin und setzten sich einander gegenüber. Der kleine Junge mit seinen Eltern am Nebentisch hatte gehört, wie die beiden Männer als Polizisten vorgestellt wurden. Er stand auf dem Sitz und war Lieberman zugewandt, der seine Jacke aufmachte, damit sein Pistolenhalfter sichtbar wurde. Die Augen des Jungen wurden groß. Lieberman zwinkerte ihm zu und widmete seine Aufmerksamkeit dann Hanrahan, der sein Notizbuch herausgeholt hatte.

An der Wand über der Sitznische hing ein Plakat. Seine verblichenen Farben lockten mit dem Ruf nach einem deftigen, roten Hot dog, der auf reichlich Senf, Zwiebeln, Tomaten und Soße gebettet war. Lieberman versuchte nicht hinzuschauen.

Der Schnellimbißkoch Manuel, der sich normalerweise in der Küche um die Bestellungen kümmerte, brachte Abe und Bill Kaffee.

»Wo ist Maish?« fragte Lieberman

»Ihr Bruder geht spazieren«, sagte Manuel, ein schlanker Schwarzer Ende Vierzig. Lieberman hatte Manuel 1967 einbuchten lassen wegen einer Serie von Autodiebstählen. Als er aus dem Gefängnis kam, wo er Koch gelernt hatte, machte Lieberman ihn mit Maish bekannt, der ihn sofort einstellte. Das war vor über zweiundzwanzig Jahren gewesen.

»Das macht er häufig in diesen Tagen«, fügte Manuel hinzu.

Lieberman nickte.

Maishs Sohn, ein aufstrebender TV-Manager, war vor zwei Monaten bei einem sinnlosen Raubüberfall erschossen worden. Maish, der zeit seines fünfundsechzigjährigen Lebens als der ungerührte Maish-haut-nichts-um galt, war schwer erschüttert. Maish hatte sein Leben seiner Frau Yetta, seinem Sohn und seinem Deli gewidmet. Jetzt ging er lange spazieren, niemand wußte wohin, und zeigte wenig Interesse an seinem Geschäft.

»Wie wär's mit Corned beef, einer süßen Zwiebelscheibe auf frischem Roggenbrot und kleingehackter Leber oder Wurst als Beilage?« empfahl Manuel.

Hanrahan nickte zur Bestätigung, und Lieberman sagte: »Nur ein Brötchen, getoastet, und vielleicht ein bißchen Marmelade oder Gelee oder so was.«

Manuel zuckte die Achseln und ging zur Theke, um bei den Frauen zu kassieren, die jetzt neben der Kasse standen.

»Alles in Ordnung, Rabbi?« fragte Hanrahan.

»Bin wieder auf Diät, der neue Arzt. Cholesterin. Frag lieber nicht. Was ist mit dir, hast du deinen Cholesterinspiegel mal überprüfen lassen?«

»Ja, letztes Jahr. Niedrige Werte. Der Doc meint, das sei Vererbung«, sagte Hanrahan und überflog dabei die Seiten seines Notizbuchs.

Die Cubs hatten jetzt Spieler auf dem ersten und dritten Mal und einen draußen. Grace schlug so, daß beide Spieler draußen waren. Die Knacker stöhnten auf, und der kleine Junge in der Sitznische nebenan drehte sich um, um sich die verrückten Alten anzugucken.

»Also, Father Murphy«, sagte Lieberman, bevor er seinen Kaffee schlürfte, »was haben wir denn bis jetzt?«

»Keiner von Roziers Nachbarn erinnert sich an einen Handwerker, der an die Tür gekommen ist. Seit Monaten hat von denen niemand mehr einen Handwerker beschäftigt. Ich hab' drei Straßen rauf und runter überprüft. Hätte meinen Regenmantel mitbringen sollen.«

»Also hat unser Dieb entweder das Haus der Roziers observiert . . .«, sagte Lieberman.

»Oder es gab keinen Dieb«, sagte Hanrahan und sah auf. »Mir gefällt unser frischgebackener Witwer nicht. Seine Trauer ist unaufrichtig.«

Lieberman nickte. Hanrahan war Weltmeister im Trauern.

»Das macht ihn aber noch nicht zum Killer, Father Murph.«

Die Knacker plauderten jetzt. Die Familie am Nebentisch war weg. Harry Carey sagte, die Cubs hätten noch zwei Chancen, und drei Lastwagenfahrer kamen herein und setzten sich an die Theke.

»Ein Mann kann froh sein, daß seine Frau tot ist, oder zumindest nicht traurig, und muß trotzdem nicht für ihren Tod verantwortlich sein«, sagte Lieberman. »Und er hat ein verdammt gutes Alibi.«

»Hat vielleicht jemanden angeheuert«, konterte Hanrahan.

»Vielleicht. Vielleicht sagt er aber auch die Wahrheit.«

»Vielleicht. Du magst ihn auch nicht, stimmt's?«

»Ja«, gab Lieberman zu und fragte sich gleichzeitig, ob er mit der Diät nicht erst morgen anfangen sollte. Was machte denn ein Tag aus? Noch einmal zuschlagen vor der langen Durststrecke. Wer war jemals an einem Hot dog gestorben? Aber er wußte, daß er es nicht tun würde. Es gab keine Mäßigung für Abe Lieberman, hatte es nie gegeben. Er konnte eine Sache aufgeben, aber er konnte sich nicht mit etwas Halbem begnügen.

»Also?«

»Du übernimmst Harvey«, sagte Lieberman. »Versuch herauszubekommen, ob er seine Frau beerbt, ob er sie betrügt oder ob sie ihn betrogen hat. Überprüfe sein Alibi. Sei vorsichtig. Unser Harvey ist ein einflußreicher Mann.«

»Ich werd's schnell und in aller Stille erledigen, rufe ein paar Leute an, die mir einen Gefallen schulden«, sagte Hanrahan, als Manuel zurückkam und ein Riesensandwich vor ihn hinstellte. Die Gewürzgurke auf dem Teller glänzte grün und frisch.

»Ich kümmere mich um den Dieb«, sagte Lieberman und schielte auf das getoastete Bagel vor sich und das kleine Schälchen mit roter Marmelade. »Rozier hat mich bei den Fotoalben nach den Namen von fünf Straftätern gefragt. Er sagt, keiner von denen sei der Möchtegern-Handwerker. Für einen Mann, der behauptet, daß er Gesichter im Kopf hat wie Charlton Heston Shakespeare, kommt mir sein Nachfragen bei den Namen ...«

»Seltsam vor«, sagte Hanrahan und riß den Mund auf bei dem Versuch, von dem Riesensandwich in seinen Händen ein Stück abzubeißen.

Lieberman biß einen Happen von seinem getoasteten Bagel ab und stand auf.

»Ich ruf die Spurensicherung und den Gerichtsmediziner an«, sagte er. »Laß dir dein Sandwich schmecken!«

Das Telefon hing auf dem Flur zur Küche, direkt neben der Herrentoilette. Er erledigte seine Anrufe, machte sich dabei Notizen, den Hörer unterm Kinn eingeklemmt, stellte Fragen und hängte ein. Als er an den Tisch zurückkam, hatten die Cubs wundersamerweise den Ausgleich geschafft, die Lastwagenfahrer kauten mit vollem Mund und die Alten Knacker lachten.

Morris Becker, der neue Knacker, machte etwas mit seinem Gesicht, das man als ein Lächeln hätte interpretieren können.

Hanrahan war Gott sei Dank mit seinem Sandwich und der Gewürzgurke fertig.

»Was hat's denn ergeben?« fragte er.

»Lauter Rätsel«, sagte Lieberman.

»Ich mag keine Rätsel«, sagte Hanrahan und versuchte, etwas aus seinen Zähnen zu saugen.

»Sie sind gerade bei der Autopsie«, sagte er. »Ich habe mit Reasoner gesprochen. Er hat gesagt, er dreht mir den Hals um, wenn ich jemandem was erzähle, bevor uns Brice offiziell etwas sagt, aber es sieht so aus, als ob Dana Rozier durch mehrfache Messerstiche in Arme, Beine, Rücken, Bauch, Brust und Gesicht getötet wurde. Kein Sexualverbrechen, weder mit noch ohne Waffe.«

»Wo liegt dann das Rätsel?«

»Sie haben Ipekakuanha in ihrem Magen gefunden«, sagte er. »Das Zeug, das sofortigen Brechreiz bewirkt.«

»Kenne ich. Also, sie hat per Zufall etwas gegessen, wovon

sie dachte ...«, fing Hanrahan an, aber Lieberman schüttelte den Kopf.

»Unser Freund Dr. Reasoner sagt, es sehe nicht so aus, als hätte sie überhaupt etwas im Magen gehabt, und daß sie seit mindestens sechs oder acht Stunden nichts mehr gegessen hatte. Ist nur vorläufig, aber ...« Lieberman zuckte die Achseln.

»Ich schau mal, ob die Roziers Ipekahuanha im Haus haben«, sagte Hanrahan und trank seinen Kaffee, während die Pirates am Ende des neunten Inning einen Treffer landeten und mit einem Punkt Vorsprung wechselten. »Was sonst noch?«

»Erinnerst du dich an die Stelle im Blut, rechteckig, ungefähr fünfzehn mal fünfundvierzig Zentimeter?«

»Klar, sah so aus, als wäre das Blut um etwas herumgeflossen.«

»Die Spurensicherung sagt, sie hätten nichts aus dem Raum mitgenommen. Hätten gar nichts angerührt«, sagte Lieberman.

»Vielleicht«, überlegte Hanrahan, »hat der Mörder etwas abgestellt, als er Mrs. Rozier umgebracht hat. Als er fertig war, hat er den Gegenstand aufgehoben und ist weggerannt.«

»Nix da«, sagte Lieberman und bearbeitete sein inzwischen kaltgewordenes Bagel. »Was immer das war, es lag gut zwei bis drei Meter von der Leiche entfernt. Hat eine Zeitlang gedauert, bis das Blut dorthin gelangte.«

»Wie lange denn?« fragte Hanrahan.

»Wer weiß? Zwei, vielleicht drei Minuten. Ein Mann bringt in Panik eine Frau um, als er bei einem Einbruch erwischt wird, und wartet dann eine Minute oder geht und sucht nach Kerzenleuchtern?«

»Unwahrscheinlich, es sei denn, es handelt sich um einen ganz schweren Fall von Sucht«, antwortete Hanrahan. »Aber es ist immer noch denkbar, Rabbi.«

»Die meisten Diebe, die etwas auf sich halten und solch ein

Verbrechen nicht geplant haben, würden verdammt zusehen, daß sie dort so schnell wie möglich rauskämen. Ich frage dich also, Father Murphy, was war das für ein Gegenstand im Blut, und wo ist er jetzt?«

»Die Cubs gewinnen! Die Cubs gewinnen!« schrie Harry Carey. »Der reine Wahnsinn!«

»Ich werde mich nach diesem mysteriösen Gegenstand umsehen«, sagte Hanrahan, »aber ...«

»Es ist wahrscheinlich nichts Wichtiges. Ich weiß. Letztes Rätsel. Die Fingerabdrücke stammen von Rozier, Franklin, dessen Frau und von der Toten. Die Fußabdrücke im Blut stammen auch von Rozier, Franklin, dessen Frau und noch zwei anderen, einer davon mit Sportschuhen.«

»Zwei Einbrecher?« fragte Hanrahan.

»Wir fragen sie, wenn wir einen von ihnen finden, Father Murphy«, sagte Lieberman.

Manuel kam an den Tisch und brachte zwei Portionen Kartoffelpfannkuchen mit Sauerrahm.

»Mit den besten Empfehlungen der Jungs«, sagte er und nickte zum Tisch der Knacker hinüber. »Auf den Sieg der Cubs.«

Lieberman sah zu den Knackern hinüber, die mit Selterswasser, Schokoladengetränken und Kaffee ihr Hoch auf die Cubs ausbrachten.

Standen Kartoffelpfannkuchen auch auf Doc Berrys Hitliste? Keinesfalls, entschied Lieberman. Wenigstens nicht, bis ich Doc Berry danach frage. Und daraufhin haute er rein.

Als er Bill Hanrahan fünfzehn Minuten später nach Hause fuhr, war Maish noch immer nicht zurück.

Für Harvey Rozier war es am schwierigsten, nicht arbeiten zu dürfen. Die Rolle des trauernden Ehemannes zu spielen stellte sich als die größte Schwierigkeit nach der Ermordung seiner Frau heraus. Er saß im Wohnzimmer und gab sich Mühe, gestreßt auszusehen, während Betty Franklin, die ihren Ehemann abgelöst hatte, eine ganze Reihe von Telefonanrufen von Geschäftspartnern, Harveys Sekretärin, nahen und entfernten Verwandten und den Medien beantwortete.

Der blutige Werkzeugkasten, den der Dieb zurückgelassen hatte, lag eingeschlossen in Harveys zweitem Safe in der Garage. Der Safe stand hinter dem Werkzeugschrank und sah so alt aus wie das Haus, das in den zwanziger Jahren erbaut worden war.

Er mußte diesen Dieb finden, diesen Zeugen seines Verbrechens. Er hatte seinen Namen, George Patniks oder Eupatniaks. Er wollte die Telefonbücher der Innenstadt und der Vororte überprüfen und, falls notwendig, einen Freund bei der Telefongesellschaft bitten, nachzusehen, ob der Mann eine Geheimnummer besaß. Nein, entschied Harvey. Das konnte er unmöglich tun. Genausowenig wie er einfach jemanden bei der Stadtverwaltung bitten konnte, den Bewährungshelfer des Diebes anzurufen oder die Akten zu überprüfen, um die Adresse des Mannes ausfindig zu machen. Er konnte niemanden gebrauchen bei seiner Suche nach dem Dieb, besonders dann nicht, wenn er diesen umbringen mußte.

Wenn der Mann vernünftig war, sagte sich Harvey, könnte er ihm vielleicht drohen, ihn als Mörder zu enthüllen, zusammen mit dem blutigen Werkzeugkasten des Mannes als Beweismittel. Das könnte er tun. Aber Harvey zweifelte daran.

Wenn er heute abend allein im Zimmer war, wollte er die Telefonbücher durchgehen; er hoffte, daß der Mann aufgeführt war. War das nicht der Fall, wurde die ganze Sache sehr viel komplizierter.

Es gab keine Parkplätze auf der Straße vor dem Haus, nicht mal vor dem Feuerhydranten. Dort parkte bereits widerrechtlich ein Lieferwagen mit dem Schild GEISTLICHER auf der heruntergeklappten Sonnenblende.

Im Radio kündigte Art Hellyer gerade gutgelaunt eine neue Reihe Oldies an, als Lieberman um die Ecke in die Birchwood einbog und dann hintenrum in das Gäßchen fuhr.

Der Regen hatte aufgehört, und es lag eine schwere und feuchte Kühle in der Luft – typisch für den Frühling in Chicago –, als Lieberman aus dem Wagen stieg, den richtigen Schlüssel an seinem Bund fand und die Garage öffnete. Das Garagentor verweigerte schon seit über einem Jahrzehnt seine unterwürfige Zusammenarbeit. Sein Widerwille nahm mit jedem weiteren Öffnen zu. Das Tor war müde geworden von der Hitze, von der Kälte und vom Regen Chicagos und wollte nur noch in Ruhe gelassen werden. Normalerweise kam Lieberman seinem Wunsch nach, aber es gab ein paar Nächte, so wie heute, in denen es entweder hieß, zwei oder drei Straßen weiter zu parken oder die im Sterben liegende Tür aufzuwecken. Lieberman mühte sich, zog und zog und hörte, wie der Motor des Wagens hinter ihm ungeduldig im Leerlauf lief. Während er versuchte, die Tür mit den Knien hochzudrücken und sich dabei nicht den Rücken zu verheben, beschwatzte er die Tür, bis sie mit einem rostigen Quietschen langsam und widerwillig nach oben rutschte.

Nie wieder, entschied Lieberman. Er wollte nicht mehr in der Garage parken. Er wollte den Kram aus den Schränken in die Garage stellen. Entweder das oder die Tür reparieren, eine Aufgabe, die er nicht ernsthaft in Betracht zog.

Es war spät geworden, viel später, als ihm lieb war, kurz nach acht. Noch ein bißchen mit den Kindern plaudern, bevor sie ins Bett gingen, ein kleines Geplänkel über strittige Themen mit seiner Tochter, etwas essen – aber was? – und dann mit Bess ab ins Schlafzimmer, falls kein Anruf kam.

Abe öffnete die Verandatür und ging die paar Schritte zum Hintereingang. Er hörte die laute zuversichtliche Baritonstimme in dem Moment, als er die Tür öffnete. Die Stimme klang vertraut. Abe streifte sich die Schuhe ab und stellte sie auf den Bogen Zeitungspapier auf dem Fußboden neben der

Tür. Ein Duft von Rinderbraten erfüllte den Raum. Ich werde schwach, dachte Lieberman.

»Kein Zweifel, überhaupt kein Zweifel«, dozierte die belehrende Stimme durch die geschlossene Küchentür.

»Na ja . . .«, antwortete Bess.

Abe ging durch die Küche, öffnete die Tür und traf auf den Blick seiner Frau. Sie und der Mann saßen am Eßtisch.

Bess war fünf Jahre jünger als Lieberman. An einem schlechten Tag sah sie fünfzehn Jahre jünger aus. An einem guten Tag sah sie aus wie seine Tochter. Sie war ungefähr so groß wie Abe, dunkel und schlank. Keine Schönheit im klassischen Sinne, aber eine Lady, eine Lady mit einem großen L. Sie trug ihr lockiges Haar kurz, und sie hatte die schönste und ausgeprägteste sanfte Stimme, die Lieberman je gehört hatte. Der Vater von Bess war Metzger auf der South Side gewesen, aber Bess, jetzt Präsidentin der Synagoge Mir Shavot, gab sich, als stamme sie von einer traditionsreichen erfolgreichen Bankiersfamilie ab.

»Oh, Abe«, sagte sie und schaute zu ihm auf. »Ich hatte gehofft, daß du es bist. Du kennst Rabbi Nathanson?«

Bess hatte einen Ton in der Stimme, der verriet, daß sie Beistand oder Rettung brauchte. Rabbi Ira Nathanson von der Synagoge B'nai Shalom, südlich der Devon gelegen, erhob sich und streckte die rechte Hand aus. In der linken hielt er einen Briefumschlag. Rabbi Nathanson war groß und vier oder fünf Jahre jünger als Lieberman. Er hatte hängende Schultern, und sein dunkles Gesicht und die Tränensäcke unter den Augen hatten ihm bei den Kindern den Spitznamen Rabbi Kamel eingebracht. Der Rabbi trug einen dunklen Anzug, eine Krawatte und blickte ernst drein.

»Wir kennen uns«, sagte Lieberman und drückte die große Hand des Rabbis mit festem Griff. »Vor drei Jahren. Isadore Green, ein Mitglied Ihrer Gemeinde. Er wurde vermißt.«

»Ach ja«, sagte Rabbi Nathanson, trat einen halben Schritt zurück und schüttelte dabei den Kopf, die Arme vor der Brust verschränkt. »Er wurde nie gefunden. Möge der Herr ihn zu sich genommen haben.«

»Amen«, sagte Lieberman und sah dabei Bess zur Orientierung an. Liebermans Schlußfolgerung war gewesen, daß Isadore Green ganz einfach weggelaufen war und wahrscheinlich in Gallup, New Mexico, lebte oder sogar noch weiter im Westen, und zwar putzmunter.

Bess zuckte die Achseln.

»Kaffee, Abe?« fragte sie. »Noch Kaffee für Sie, Rabbi?«

»Später«, antwortete Lieberman und setzte sich zu ihnen an den Tisch. »Wo sind Lisa und die Kinder?«

»Todd ist mit den Kindern ins Kino gegangen, ›Die Hard‹ III oder IV oder so ähnlich. Lisa arbeitet heute länger.«

Endlich allein, dachte Lieberman, lockerte die Krawatte und sah dabei Rabbi Nathanson an, der mit dem Kopf genickt hatte, zum Zeichen, daß ihm eine weitere Tasse Kaffee sehr willkommen sei. Bess ging zur Küche.

Nathanson wollte gerade den Mund aufmachen und anfangen, als Abe ihn mit einem »Bin gleich zurück!« unterbrach und in das gemeinsame eheliche Schlafzimmer eilte. Wie immer, wenn er nach Hause kam, öffnete Lieberman im Schlafzimmer die Schublade des Nachtschränkchens auf seiner Bettseite mit dem Schlüssel, den er stets um den Hals trug. Er legte seinen 38er samt Halfter in die Lade, schob sie zu, schloß sie mit dem Schlüssel ab und vergewisserte sich nochmals, daß die Schublade wirklich abgeschlossen war. Dann ging er ins Eßzimmer und zu seinem wartenden Besucher zurück.

»Lassen Sie mich erklären«, sagte der Rabbi und faltete dabei die Hände auf dem Tisch, »so wie ich es auch Ihrer Frau erklärt habe, die – das möchte ich hinzufügen – beim Umzug in die neue Synagoge als Präsidentin von Mir Shavot phantastische Arbeit leistet. Phantastisch.«

»Vielen Dank«, sagte Lieberman und faltete ebenfalls seine Hände auf dem Tisch.

Bess kam mit der Kaffeekanne zurück und schenkte dem

Rabbi Kaffee nach. Der Rabbi nickte dankbar und blickte dann Abe wieder unnachgiebig ins Gesicht.

»Rabbi Wass, Ihr Rabbiner, hat im Gespräch angedeutet, daß Sie vorhaben umzuziehen, um näher an der neuen Synagoge zu wohnen«, flüsterte der Rabbi fast unhörbar, als handele es sich um streng vertrauliche Informationen.

»›Vorhaben‹ ist ein bißchen übertrieben, Rabbi«, sagte Lieberman und sah dabei Bess über den Tisch hinweg an. Sie zuckte die Achseln, um zu signalisieren, daß sie mit der Verbreitung dieses Gerüchts nichts zu tun hatte.

»Nun«, sagte Nathanson, »es wird Sie nicht im geringsten überraschen, daß die Gemeinde B'nai Shalom ernsthaft erwägt, in dieses Viertel umzuziehen, um sich um die älteren jüdischen Gemeindemitglieder – diejenigen also, die nicht so leicht mit Ihnen nach Norden ziehen können – zu kümmern sowie um die jungen russischen Immigranten, die inzwischen scharenweise in diese Gegend kommen.«

Es stand Lieberman nicht zu und er hatte auch kein Verlangen danach, dem Rabbi zu widersprechen, zumindest nicht, bevor der Mann zur Sache gekommen war. Rabbi Kamel stand in dem Ruf, verschlungene Predigten zu halten, bei denen die eigentliche Aussage sehr spät kam und im allgemeinen von der Gemeinde nicht begriffen wurde. Die älteren Juden in Liebermans Viertel starben aus, zogen zu ihren Kindern in die Vorstädte oder faulenzten in Hochhäusern in Florida vor sich hin, sofern sie sich das finanziell erlauben konnten. Ein paar russische Immigranten zogen tatsächlich hierher, aber der größte Teil der Einwanderer waren Asiaten, Inder und einige wenige Lateinamerikaner, die gesellschaftlich aufgestiegen waren. Die Veränderungen in diesem Viertel waren der Hauptgrund dafür, daß die Synagoge Mir Shavot dreißig Straßen weiter nach Norden zog.

»Wir bauen vielleicht«, sagte Nathanson und hielt erst eine Hand und dann die andere hoch, »oder wir kaufen vielleicht ein passendes Gebäude. Es ist sehr schade, daß das Gebäude, das Sie verlassen, an chinesische Christen verkauft worden ist.«

»Koreanische«, korrigierte Bess.

Die Koreaner, das wußte Lieberman, hatten das beste Angebot gemacht, und Bess, Rabbi Wass und das Baukomitee hatten entschieden, daß die koreanische Baptistenkirche und ihr Leiter Reverend Kim Park konservativ, respektabel und weitaus besser waren als das einzige andere Angebot, das sie erhalten hatten, nämlich das von Kenehay Exporters, einer Gruppe, die Lieberman nach einem Anruf als »in dubiose Geschäfte verwickelt« bezeichnet hatte.

»Meine Frau . . .«, fuhr Nathanson fort.

Lieberman blickte unverhohlen auf seine Uhr. Bess warf ihm wegen seiner Manieren einen finsteren Blick zu, und Rabbi Nathanson schien gar nichts bemerkt zu haben. Er war in Gang gekommen. Es gab kein Halten mehr.

»Meine Frau Leah und ich haben unser Haus verkauft. Die Kinder, Larry und Rachel, sind aus dem Haus, sie gehen aufs College. Rachel ist in Brandeis. Larry wird demnächst mit dem Zahnmedizinstudium an der University of California fertig.«

»Das ist ja wunderbar«, sagte Bess. »Nicht wahr, Abe?«

»Ein Segen«, antwortete Abe.

»Teuer«, seufte der Rabbi. »Aber für seine Kinder . . .«

»Bringt man Opfer«, beendete Bess seinen Satz.

»Sie haben also Ihr Haus verkauft«, gab Lieberman das Stichwort.

»Wir haben unser Haus verkauft, in dem wir eine Familie großgezogen, gehegt, gepflegt und geliebt haben«, fuhr der Rabbi fort. »Wir haben verkauft und sind in eine Eigentumswohnung gezogen.«

»Schön«, sagte Bess.

»Wir hassen sie«, sagte Rabbi Nathanson betrübt. »Sie hat keine Vergangenheit, keinen Charakter. Wir haben unsere Bilder aufgehängt – Sie haben von unserem unschätzbaren

Gemälde der Thora gehört, das von Hammasha von Jerusalem?«

Er sah Bess und Lieberman an, die leicht nickten; beide hatten von diesem berühmten Kunstwerk nie gehört.

»Nun ja, es hängt nicht gut in dem Apartment«, sagte er traurig. »Ein kaltes Museum, welche Anstrengungen meine arme Leah deswegen auch unternimmt. Aber dieses Haus . . .« Er sah sich im Eßzimmer um und zum Wohnzimmer hinüber. »Dieses Haus hat Vergangenheit, eine Familie, eine Atmosphäre, wenn Sie so wollen, von jüdischer Kultur.«

Lieberman nickte bestätigend und war sicher, daß die Atmosphäre teilweise von der seit über fünfzehn Jahren unterbliebenen Investition in neue Möbel herrührte sowie von der Rinderbrust, die in der Küche vor sich hin brutzelte.

»Vielen Dank«, sagte Bess. »Willst du wirklich keinen Kaffee, Abe?«

»Später«, sagte Lieberman, plötzlich fasziniert von den offenkundig unsinnigen, aber elegant vorgetragenen Rhetorikkünsten des Rabbis.

»Kurzum, ich möchte Ihr Haus kaufen. Ich bin sicher, Ihr Preis wird annehmbar sein«, sagte der Rabbi und machte eine Pause, um die Reaktion abzuwarten.

»Ich glaube nicht, daß wir ernsthaft überlegen, jetzt schon zu verkaufen«, sagte Lieberman.

»Abe«, sagte Bess leise.

»Na ja, vielleicht«, räumte Lieberman ein.

»Gut«, sagte Rabbi Nathanson und lehnte sich geschäftsbereit nach vorn. »Nennen Sie mir einen Preis?«

»Einhundertundfünfundsiebzigtausend«, sagte Bess.

Rabbi Nathanson lehnte sich zurück, um darüber nachzudenken.

»Kein Makler, sechseinhalb Prozent gespart«, sagte der Rabbi. »Einhundertundzweiundsechzigtausendfünfhundert Dollar«.

»Das könnten wir uns überlegen«, sagte Bess, sah zugleich

Lieberman an und forderte ihn mit ihrem Blick auf, diese Gelegenheit nicht kaputtzumachen.

»Wir werden darüber nachdenken«, sagte Lieberman.

Der Rabbi legte den Briefumschlag auf den Tisch, zog einen Füllfederhalter heraus und fing an zu schreiben.

»Ich werde Ihnen jetzt einen Scheck über eintausend Dollar ausstellen«, sagte er. »Als Anzahlung. Geld in gutem Glauben, das später auf den Kaufpreis angerechnet wird. Im Gegenzug unterschreiben Sie dieses Dokument und erklären damit gleichzeitig, daß Sie in den nächsten sechs Monaten an niemand anderen verkaufen werden.«

»Ich weiß nicht . . .«, fing Lieberman an, aber Rabbi Nathanson war über den Briefumschlag und über sein Scheckbuch gebeugt, das er aus seiner Tasche hervorgezaubert hatte. Er war jetzt in Worte und Dollar vertieft.

»Bitte schön«, sagte er und übergab Scheck und Briefumschlag an Lieberman, der beides anstarrte und den Umschlag herumdrehte. Er stammte von einer Postwurfsendung eines Hondahändlers auf der Western Avenue. Lieberman reichte Scheck und Umschlag an Bess weiter.

»Nichts für ungut, Rabbi«, sagte Lieberman, »aber ich glaube, wir sollten das noch mal überdenken und mit unserem Anwalt sprechen, bevor wir irgend etwas unterschreiben.«

Rabbi Nathanson nickte ganz verständnisvoll und sagte dann: »Gut, aber ich möchte, daß Sie den Scheck behalten und einlösen. Ich will dieses vollkommene Haus. Ich möchte meine Frau mitbringen, damit sie es auch sehen kann. Würde es Ihnen morgen abend passen?«

Die Liebermans tauschten Blicke aus, und Bess, den Briefumschlag in der Hand, sagte: »Gut.«

»Sieben Uhr?« fragte der Rabbi.

»Sieben Uhr«, willigte Bess ein, als der großgewachsene Rabbi den Umschlag wieder an sich nahm und unterschrieb.

»Bitte. Hier ist mein Scheck. Hier ist meine Unterschrift.«

Der Rabbi erhob sich. Die Liebermans ebenfalls. Sie gaben

sich die Hand, und dann begleiteten sie ihren Gast zur Haustür. Auf dem Weg dorthin begutachtete er mit Interesse die Wände, die Decke und das Mobiliar.

»Die Lampenfassungen«, sagte er an der Tür, »die bleiben doch im Haus?«

»Klar«, sagte Lieberman.

»Gut«, sagte der Rabbi. »Gut. Morgen. Um sieben.«

Er eilte die Stufen hinunter zu seinem Wagen mit dem Schild GEISTLICHER, der vor dem Hydranten geparkt war. Lieberman schloß die Tür und sah seine Frau an.

»Der spinnt«, sagte Lieberman.

»Unorthodox«, sagte Bess und gab ihrem Mann den Scheck des Rabbis.

»Reformiert«, verbesserte Lieberman und betrachtete den Scheck. »Und er hat eine Handschrift wie ein Axtmörder.«

Sie gingen wieder in die Küche, wo Bess ihm etwas zu essen machte und ihn wegen seines Besuchs bei Dr. Berry ausquetschen wollte.

»Handschriftenanalyse ist nicht deine Spezialität«, sagte Bess und nahm seine Hand.

»Man muß kein Experte sein, um Wahnsinn zu erkennen, den Eifer eines echten Gläubigen«, sagte Lieberman.

»Wir haben ein schönes Haus«, sagte Bess und ging an den Küchentisch.

»Dann sollten wir auch darin wohnen bleiben«, meinte Lieberman und setzte sich hin. Der Tisch war bereits für eine Person gedeckt.

»Wir waren uns beide einig, daß wir überlegen wollten, ob wir verkaufen«, sagte Bess. »Und das Schicksal hat uns Rabbi Nathanson beschert. Das Haus ist zu groß für zwei.«

»Lisa . . .«, unternahm er einen Versuch, aber sie hatte darauf gewartet.

»Zieht bald aus, und wir haben weiterhin Heizung, Klimaanlage, Reparaturen, Reinigung . . .«

»Wir denken noch einmal darüber nach. Lös' den Scheck

nicht ein. Ruf Denenberg an und frag ihn, was er davon hält. Wann mußt du los?«

»Los?« fragte sie.

»Der Tisch ist für einen gedeckt. Du hast ein Kostüm an, Perlenkette und Parfüm, und das um acht Uhr. Der große Detektiv kombiniert haarscharf. Baukomitee?« fragte Lieberman.

»Finanzierungskomitee«, antwortete Bess. »Du hast Zeit für dich allein, also mach's dir gemütlich.«

Sie kam um den Tisch herum und küßte ihn. Sie schmeckte lieblich, und Lieberman fragte sich, ob sie noch Zeit hätten für ...

»Al und Sophie Bloombach holen mich in ...«, sagte sie mit einem Lächeln und wußte wohl, was er im Sinn hatte, »ungefähr zehn Minuten ab.«

Lieberman seufzte.

»Du wirst dich zufriedengeben müssen mit einer dünnen Scheibe Rinderbrust, Kartoffeln und Salat, bis ich wiederkomme. Wenn du dann noch wach und munter bist.«

»Keine Rinderbrust«, sagte Lieberman, als seine Frau an den Herd ging. Der Duft vom Herd war unwiderstehlich. »Ab heute nicht mehr.«

Bess drehte sich zu ihm um.

»Was hat dir der Arzt gesagt?«

Abe riß sich ein Stück Brot ab von dem halben Laib vor ihm auf dem Tisch.

»Er heißt Berry, Jacob Berry, Jude. Ist gerade hier angekommen aus Indiana oder Michigan. Er ist Mitte Dreißig, geschieden, mag Baseball, hat keinen Humor und läßt sich leicht herumkommandieren. Genau richtig für Lisa. Ich habe mir gedacht, wir könnten ihn vielleicht einladen ...«

»Abe«, sagte Bess ungeduldig, die Hände in die Hüften gestemmt.

»Das Cholesterin ist hoch, Leberwerte immer noch hoch, aber in den Griff zu kriegen, Migräne unter Kontrolle, der

Rücken hält noch aus, Arthritis so, wie zu erwarten war. Ende des Berichts. Nichts Neues.«

»Wir müssen darauf achten, was du ißt, Abe. Du hast mir versprochen, daß du hundertneun Jahr alt wirst.«

»Mein Schatz, der Herr wird sehr großzügig mit mir sein müssen, damit ich hundertneun werde, und er wird massive Opfer von mir verlangen. Kein Fleisch, keine Milchprodukte, dauernd auf Fett und Cholesterin achten, Unmengen Gemüse und Früchte ... kurzum, ein möglicherweise langes Leben mit extremen Entbehrungen.«

»Wir finden schon einen Weg, daß es gut schmeckt und dir guttut«, sagte sie. »Die Rinderbrust ist fertig. Laß es dir schmecken, Abraham. Wenigstens ein Stück.«

»Du hast mich überzeugt«, sagte er, und sie brachte die Rinderbrust an den Tisch.

Bill Hanrahan wollte nicht nach Hause gehen, wollte nicht in das Haus zurückkehren, das von der Erinnerung an seine Frau Maureen und die Kinder und nun auch noch zusätzlich von Frankie Kraylaw heimgesucht wurde, den er im Flur hinter der Eingangstür erschossen hatte. Niemand und nichts wartete auf ihn, außer einem Haufen verworrener Träume unter einer Schicht von bitteren Erinnerungen.

Bill Hanrahan aß sein Schweinefleisch süß-sauer. Mit Eßstäbchen kam er nicht immer ganz klar, aber im großen und ganzen ging es. Zwei andere Gäste saßen noch im Black-Moon-Restaurant, ein älteres Ehepaar, wahrscheinlich aus einem der Hochhäuser auf der anderen Seite der Sheridan Road. Das ältere Ehepaar hatte bezahlt und wartete jetzt darauf, daß Iris Chen das Wechselgeld brachte.

Durch das Fenster des Restaurants konnte Hanrahan den Eingang von einem der Hochhäuser auf der anderen Straßenseite sehen, dasjenige, in dem eine Prostituierte namens Estralda Valdez ermordet worden war, weil William Michael Hanrahan im Dienst besoffen gewesen war. Er hatte Iris kennengelernt, als er das Black-Moon-Restaurant als günstigen Beobachtungsposten für die Observierung des Hochhauseinganges genutzt hatte. Er war betrunken, als er Iris kennenlernte, aber sie hatte dennoch eingewilligt, mit ihm auszugehen. Und sie hatten jetzt seit über einem Jahr eine Beziehung, die sich sehr langsam entwickelte.

Iris gab dem älteren Ehepaar das Geld zurück, kam dann zu Hanrahan herüber und setzte sich ihm gegenüber. Sie war sehr schön, fand er. Er wußte, daß sie älter war als sie aussah, daß sie älter war als er, aber sie sah jugendlich aus und zuverlässig und gut, und er fühlte sich entspannt, wenn er mit ihr zusammen war.

»Wir sprachen gerade über Laio Woo«, sagte er und wählte ein kleines, vollkommen würfelförmiges Stück Schweinefleisch aus.

»Ich erinnere mich«, sagte Iris. Sie hatte ein blaues Seidenkleid an, unverkennbar asiatisch, die Arbeitskleidung des Blue-Moon-Restaurants. »Er kennt meine Familie wirklich. Er ... mein Vater hat sich Geld von ihm geliehen, um dieses Restaurant zu eröffnen. Mr. Woo hat nichts dafür verlangt außer pünktlicher und angemessener Abzahlung des Darlehens mit ganz geringen Zinsen.«

»Er ist dir gegenüber nie zudringlich geworden oder so etwas?«

»Nein«, sagte Iris lächelnd. »Mr. Woo ist ein sehr alter Mann.«

»Alte Männer sind nicht tote Männer«, sagte Hanrahan und arbeitete sich durch den Reis.

»Ich habe Mr. Woo vielleicht sechs- oder siebenmal gesehen«, sagte sie. »Er ist immer höflich und distanziert. Wenn Mr. Woo Frauen haben wollte, könnte er so viele hübsche junge Mädchen haben, wie er will.«

»Unterschätze dich bitte nicht«, sagte Hanrahan und nahm gleichzeitig ihre Hand.

Sie war glatt und zierlich.

»Mr. Woo stammt aus einer armen Familie in China«, sagte Iris und blickte auf die weiße Tischdecke hinunter. »Mein Vater glaubt, daß er einfach nur respektiert und als Leiter der chinesischen Gemeinde anerkannt sein will. Mein Vater glaubt, daß Mr. Woo verherrlicht werden will und sich nach Respekt sehnt. Mein Vater glaubt, daß Mr. Woo niemals vergessen wird, was er als Kind war und wovor er sich als Erwachsener fürchtet. Mein Vater sagt, Mr. Woo kann sehr gefährlich sein.«

»Wann wirst du mich heiraten, Iris?«

»Wann möchtest du denn?«

»Ende des Monats«, sagte er.

Iris zog ihre Hand weg und lehnte sich zurück.

»Weil Mr. Woo gesagt hat, daß du mich nicht mehr treffen sollst, willst du auf einmal heiraten?«

Die Küchentür öffnete sich, und Iris' gebrechlicher Vater stand in der Tür, eine Schürze umgebunden.

»Nicht, um Woo zu trotzen«, sagte Hanrahan, obwohl er wußte, daß das auch etwas mit seiner Entscheidung zu tun hatte. »Ich habe genug davon, allein zu sein, und ich bin viel mehr mit mir selbst im reinen, seit ich mit dir zusammen bin, mehr als jemals zuvor in meinem Leben.«

Der Vater von Iris stand unbeweglich. Obwohl Hanrahan die Stimme gesenkt hatte, war er sicher, daß der Alte ihn hören konnte.

»Ich glaube, mein Vater stimmt mit Mr. Woo überein«, sagte Iris. »Ich glaube, mein Vater hat Mr. Woo gebeten, mit dir zu sprechen.«

Hanrahan schaute den finsteren Alten in der Tür an.

»Sei meinem Vater nicht böse«, sagte sie und berührte leicht Hanrahans Arm.

»Bin ich ja nicht«, sagte Hanrahan. »Ich wäre gerne auf jemanden böse, aber ich bin's nicht. Ich bin ganz eindeutig kein Chinese. Ich bin ein Cop, der Probleme mit dem Alkohol hat, ich arbeite zu ungewöhnlichen Zeiten, blase manchmal Trübsinn und bin tagelang verschwunden. Er und Mr. Woo haben recht. Wirst du mich heiraten? Ich kann meinen Job an den Nagel hängen, wir packen unsere Sachen und sind in zwei Wochen aus Chicago raus.«

Mr. Chen drehte sich um und ging schweigend zurück in die Küche.

»Und wir fliehen«, sagte sie und streichelte dabei seinen Handrücken.

»Ja, so ähnlich«, stimmte er zu.

»Ich werde darüber nachdenken«, sagte sie.

»Ich möchte gern mit deinem Vater sprechen«, sagte er.

»Es ist jetzt nicht der richtige Moment, William«, sagte sie, glitt aus der Sitznische und warf einen flüchtigen Blick in Richtung Küche.

Er ließ einen Zehndollarschein auf den Tisch fallen, doch Iris griff danach, hob ihn auf und gab ihn Hanrahan zurück.

»Ich würde lieber bezahlen«, sagte er.

»Nicht in meinem Haus«, sagte sie und beugte sich vor, um ihn zu küssen.

Die Stellung wirkte unbeholfen, weil er saß, aber sie machte es sehr anmutig.

»Können wir nicht irgendwohin gehen?« fragte er. »Vielleicht zu mir? Wir haben viel zu bereden.«

»Heute abend nicht«, sagte sie und streichelte seine Wange. »Ich muß bei meinem Vater bleiben.«

»Ich verstehe«, sagte Hanrahan. »Oder zumindest akzeptiere ich, daß ich es nicht verstehe.« Er war jetzt auch aufgestanden, konnte sich aber noch nicht entschließen zu gehen.

»Ruf mich morgen an, William«, sagte Iris sanft.

Und Hanrahan ging zur Tür und hinaus auf die Sheridan Road.

Einen Moment lang blieb er stehen und sah zu seinem Wagen hinüber. Er sollte eigentlich nach Hause gehen, vielleicht ein bißchen fernsehen, Papierkram erledigen. Nüchtern und allein bleiben. Aber das konnte er nicht, noch nicht, so früh noch nicht. Er konnte ins Kino gehen, aber es gab nichts, was er gern gesehen hätte, und er war sicher, daß er einschlafen und schnarchen würde.

Hanrahan entschloß sich statt dessen zu einem spätabendlichen Besuch bei Harvey Rozier.

»Ich sag' scheiß drauf, wir vergessen das, Mann!« sagte Albert Davis und sackte in seinen Stuhl zurück, ganz hinten im McDonald's auf dem South Shore Drive. »Warum woll'n wir so weit nach Norden rauf, so weit weg von unserem eigenen Revier? Wenn's schiefläuft, wenn die Kacke am Dampfen ist, wo soll'n wir dann hin? Auf 'nen S-Bahnhof rauf und auf den Zug nach Englewood warten mit jeder Menge Bullen um uns rum?«

»Wir steigen ein. Nehmen uns, was wir brauchen. Der kriegt Klebeband aufs Maul, wir stecken ihn in den Schrank, irgend so was, und schon sind wir wieder draußen, nehmen uns vielleicht ein Taxi«, sagte Iago Simms, wobei er das linke Auge zukniff und an einem doppelten Cheeseburger kaute.

Es war kurz nach neun Uhr abends. Das Restaurant war voll, hauptsächlich von Jugendlichen, alle schwarz, und die meisten machten Lärm und lachten. Lonny, Iago und Dalbert saßen hinten in einer Sitznische und mußten gegen den Lärm anreden. Es war ihnen egal, wer sie hören konnte.

»Hast wohl nicht mehr alle Tassen im Schrank, du Arschloch?« sagte Dalbert gereizt und suchte mit dem Blick Lonny Waynes Bestätigung und Unterstützung. Es kam aber nichts. Lonny sah cool aus, saß aufrecht, faßte an den Schirm seiner White-Sox-Baseballkappe und kaute weiter an seinem Fischsandwich, vollgestopft mit Pommes frites. »Welcher Taxifahrer soll uns denn mitnehmen? Jedenfalls kein Weißer oder Nigger, das ist schon mal ganz klar. Und was machen wir dann? Latschen auf den Straßen rum mit jeder Menge Zeug, Drogen und was nicht alles, und suchen 'n Schlitzauge als Fahrer?«

»Wir kriegen 'ne Kiste«, sagte Lonny und schaute über Dalberts Kopf zu einem Mädchen hinüber, das mit zwei anderen Mädchen und einem Jungen zusammensaß. Das Mädchen war jung, vielleicht vierzehn oder fünfzehn, hatte schokoladenbraune Haut, kam vielleicht aus Haiti, vielleicht aus Jamaika. Er hatte sie schon öfter gesehen, dachte, daß sie wahrscheinlich neu im Viertel sei. Sie war sexy und trug einen enganliegenden Pullover, den sie immer wieder straffzog, damit sie sicher sein konnte, daß ihre großen Brüste zur Geltung kamen.

»Scheiße«, sagte Dalbert.

»Die Garagen sind weit weg auf der Siebenunddreißigsten, ist dir das klar?« fragte Lonny und begegnete dem Blick des Mädchens. Sie hielt seinem Blick einen Augenblick lang stand, drehte sich dann weg und beteiligte sich wieder an der Unterhaltung. Lonny Wayne brauchte Geld, um an so ein hübsches Mädchen heranzukommen. Verdammt, Lonny brauchte Geld, um an irgendein Mädchen außer Railroad Monique heranzukommen, und die war nur ein dämliches Miststück, der jede Menge Zähne fehlten.

»Is' klar«, sagte Iago.

Dalbert zuckte die Achseln.

»Bag Man Reno hat seine Kiste in so 'ner kleinen Garage, 'nen großen alten Chrysler, ist vielleicht 'n paar Jahre alt«, sagte Lonny. »Bag Man ist weg. Hab's von meinem Alten gehört, hab' gehört, wie er's Jackson, dem Friseur, erzählt hat.«

»Versteh ich richtig, was du da sagst?« fragte Dalbert ungläubig. »Du willst Bag Man Renos Wagen klauen? Mensch, wenn uns da einer bei sieht, dann quatscht der nachher, da kannst du Gift drauf nehmen, und dann hacken sie uns den Schwanz ab, wie diesem Kerl namens Bobbit im Fernsehen.«

»Wir leihen uns den Wagen doch nur aus«, kreischte Iago, sein halb zusammengefallenes Gesicht Dalbert zugewandt. »Leih'n den nur mal 'nen Moment aus und bringen den dann sofort wieder zurück. Is' doch so, oder nich', Lonny?«

»Genau so!« sagte Lonny.

»Wann denn?« fragte Dalbert resigniert und griff sich ein Pommes frites, zum Zeichen dafür, daß er den Widerstand aufgab.

»Wir holen uns die Kiste heute abend«, sagte Lonny. »Parken drüben auf dem Parkplatz vom Krankenhaus. Holen sie morgen ab, so um drei oder vier. Schnappen uns den Doc, warten bis abends und bringen dann Bag Mans Wagen zurück.«

»Nich' so einfach«, sagte Dalbert, der nur noch so dahinredete.

»Nix is' einfach auf der Welt«, sagte Iago.

Lonny begegnete wieder dem Blick des Mädchens und war nicht sicher, ob sie an ihm interessiert war. Vielleicht war sie nur fasziniert von der Narbe, die aussah wie ein Blitz und durch seine rechte Augenbraue verlief. So wie Juanita. Die wollte die Narbe nur mal berühren und ihre Zunge in die Lücke zwischen seinen Zähnen legen. Juanita war jetzt nur noch ein toter Junkie. Die war ein dämliches Miststück gewesen.

»Ach, scheiß doch drauf!« sagte Lonny und stand auf.

»Wo geh'n wir hin?« fragte Iago.

»Achte auf meinen Arsch«, sagte Lonny und ging zu den drei Mädchen und dem Typen hinüber. Als er näher kam, wußte er, daß er sich nicht geirrt hatte. Die redeten ganz komisch, klang wie Französisch.

»Hallo«, sagte er.

Alle vier sahen zu ihm auf. Sie waren alle jung, aber der Junge war ein bißchen älter, und seine Augen schienen zu sagen, ich hab' was ziemlich Hartes geschluckt, mach' mich ja nicht an. Lonny lächelte, die Lücke zwischen seinen Zähnen wurde sichtbar, und er schaute nur die hübsche Kleine an. Gott, die hatte tolle große weiße Zähne.

»Ich bin Lonny Wayne«, sagte er und nahm seine Kappe ab. Die Mädchen kicherten. »Und wer seid ihr denn wohl?«

»Leute, die in Ruhe gelassen werden wollen«, sagte der Junge ungehalten.

»Sei höflich«, sagte eines der Mädchen. Sie war nicht so hübsch oder so rund wie das Mädchen, hinter dem Lonny her war, aber ihr Mund war groß und rot. »Ich heiße Martine. Und das hier sind Adrienne und Denise.« Sie heißt also Denise. »Und das ist André.«

»Graf André, der Zähler«, sagte der Junge. »Der Zähler, weil wenn du mit mir Krach gekriegt hast, zählst du nachher lieber deine Finger nach. So, jetzt hast du dich vorgestellt, wie wär's, wenn du wieder an deinen Tisch zurückgehst, bevor du deine Finger zählen mußt?«

»Wie wär's, wenn du'n bißchen feiner reden würdest? Ich hab' nix gesagt, was dich stören könnte. Oder, meine Damen?« sagte Lonny und grinste.

»Nö«, sagten allen drei Mädchen.

Ein kreischendes und lachendes dickes Mädchen rannte an Lonny vorbei und rammte ihn dabei so heftig, daß er fast über den Tisch in Denises Schoß gefallen wäre.

»Hast du eine Telefonnummer?« fragte er.

Das Mädchen, das auf den Namen Martine hörte, lachte.

»Hey, hau ab, du Arschloch«, sagte der Graf. »Bleib von meiner Cousine weg.«

Lonny ignorierte ihn. Die hübsche Denise, die von nahem genausogut aussah wie von weitem, nickte.

»Kann sie dir aber nicht geben«, sagte sie. Tolle Stimme – und dann dieser Akzent. »Meine Mutter will nicht, daß ich schon mit Jungs ausgehe. Meint, ich bin zu jung.«

»Scheint mir von hier aus aber nicht so«, sagte Lonny.

Die beiden Mädchen flüsterten miteinander, und der Graf stand auf und griff in die Tasche. Aber so weit kam er nicht. Dalbert hielt den Typen am Handgelenk fest, und Iago stand mit dem Rücken zum Tisch und zeigte dem wutentbrannten Jungen jetzt etwas, wodurch der Graf ruhiger wurde.

»War gar nicht böse gemeint, mein Freund«, sagte Lonny.

»Was hältst du davon, wenn ich 'ne Runde Hamburger für alle schmeiße, und dann setzen wir uns zusammen, ich und meine Freunde, und quatschen 'n bißchen mit euch?«

Der Graf hatte keine Wahl. Er saß jetzt eingekeilt zwischen Dalbert und Iago.

»Was habt ihr dabei?« fragte Lonny, stand auf und zog vier Dollar aus der Tasche. Dalbert rückte zwei Dollar und ein bißchen Kleingeld raus, und Iago bekam drei Dollar zusammen, hauptsächlich Kleingeld.

»Bin gleich wieder da«, sagte Lonny und bahnte sich einen Weg durch die Menge Richtung Theke.

Jetzt gab's keinen Zweifel mehr. Er brauchte Geld.

Und er wußte, wo er es kriegen konnte.

# 8 Unwillkommene Gäste

Als es an der Tür klingelte, hatte Abe es sich gerade in der Badewanne mit seinem Kreuzworträtselheft bequem gemacht. Auf dem Boden lag als Reserve die letzte Sonntagsausgabe des »Tribune Magazine«.

Todd und die Kinder konnten es nicht sein. Barry hatte einen Schlüssel. Es sei denn, er hatte ihn vergessen oder verloren.

Lieberman stieg aus der Wanne, trocknete sich rasch ab und zog sich seinen blauen Frotteebademantel über. Es klingelte jetzt hartnäckiger. Er schlüpfte in die abgenutzten Hausschuhe, ein Geschenk zum Chanukka-Fest von Maish und Yetta, lief in den Flur und durch Eßzimmer und Wohnzimmer zur Haustür. Es klingelte gerade wieder, als er die Tür aufmachte und vor sich Rabbi Nathanson und eine kleine Frau stehen sah. Ein feiner Regen fiel, und die Frau zuckte bei jedem Tropfen zusammen, als wäre es ein Säureangriff.

»Siehst du«, sagte das Kamel triumphierend, »ich habe es dir gesagt. Er ist da. Lieberman, wir müssen miteinander reden.«

Mit diesen Worten drückten sich der Rabbi und die Frau, die ein bißchen wie ein Spatz aussah, an Abe Lieberman vorbei. Abe blieb keine andere Wahl, als die Tür zu schließen und sich seinen Gästen zuzuwenden, die bereits ihre Plätze am Eßzimmertisch aussuchten.

»Das ist meine Frau Leah«, sagte Rabbi Nathanson und deutete mit seinem langen Arm auf seine Frau.

Sie lächelte Lieberman höflich an.

»Rabbi, im Moment paßt es nicht«, sagte Lieberman, der immer noch stand und sehr schnell zu dem Schluß kam, daß es eigentlich nie paßte, wenn das Kamel bei ihm auftauchte.

»Eine Minute, nur eine Minute«, sagte der Rabbi und nahm

die Yarmulke ab, um sich mit seiner riesigen Hand über das feuchte Haar zu streichen. »Sogar der Herr hatte für Josua eine Minute Zeit übrig. Sogar der große Rabbiner Eleasar hatte für jeden eine Minute Zeit übrig, der seines Rates bedurfte oder nach seiner Gesellschaft verlangte.«

Der Mantel des Rabbis stand jetzt halb offen, und Lieberman konnte sehen, daß er darunter seinen Schlafanzug anhatte.

»Ich möchte nicht unhöflich sein, Mrs. Nathanson«, sagte Lieberman und mied den noch freien Stuhl am Tisch. »Aber ich habe einen langen Tag hinter mir, und wie Sie sehen ...«, sagte er und sah dabei auf seinen Bademantel und die Pantoffeln herunter.

»Sie sind Polizist«, sagte Nathanson mit einem verständnisvollen Nicken. »Die Geschichten, die Sie erzählen könnten. Die Dinge, die Sie schon gesehen haben. Wir leben in einer Welt des Chaos, in einer Zeit der Gewalttätigkeit. Wir brauchen, unser Volk braucht Rettung und Trost vom Wort unseres Gottes.«

»Amen«, sagte Mrs. Nathanson pflichtbewußt.

»Amen«, sagte Lieberman. »Nun, Rabbi, wenn Sie mich jetzt ...«

»Ich wollte, daß Leah dieses Haus sieht, dieses vollendete Haus, und ich wollte darauf drängen, daß Sie den Scheck, den ich Ihnen gegeben habe, einlösen. Jeder Tag, den wir ungenutzt verstreichen lassen, entfernt uns einen weiteren Tag davon, ein neues Heim einzurichten, ein Heim, dessen wir dringend bedürfen, meine Gemeinde und meine Familie.«

»Rabbi«, sagte Lieberman. »Ich muß erst mit meinem Anwalt sprechen.«

»Wieso denn?« fragte der Rabbi und schaute seine Frau an, die auch keine Antwort wußte. »Ich zahle Ihren Preis. Meine Frau will kein anderes Haus haben.«

Mrs. Nathanson schaute sich jetzt zum erstenmal im Zimmer um, betrachtete die Wände und sah in das halbdunkle Wohnzimmer und auch in Richtung Küchentür.

Selbst das Geräusch eines Schlüssels in der Haustür konnte Rabbi Nathanson nicht unterbrechen.

»Heimatlos zu sein ist ein Fluch unseres Volkes, Lieberman. Aufschub bedeutet Sorgen. Sorgen haben zur Folge, daß man seine Pflichten vernachlässigt und für diejenigen eine Belastung darstellt, die wir lieben und die auf uns angewiesen sind.«

Liebermans Enkel Barry, fast dreizehn, und Melisa, acht, kamen mit ihrem Vater Todd Cresswell zur Tür herein.

Mrs. Nathanson lächelte die drei an. Der Rabbi schien ihre Ankunft gar nicht bemerkt zu haben.

»Lieberman, wer weiß?« sagte er mit Nachdruck und lehnte sich zu Abe hinüber, der tropfnaß vor ihm stand. »Wer weiß, wieviel Zeit uns Gott in dieser beunruhigenden Welt für die Arbeit, die wir verrichten sollen, gegeben hat? Können wir uns Aufschub leisten angesichts der Hürden unserer Zivilisation, die sich voller Mißtrauen vor uns auftürmen?«

»Rabbi, Mrs. Nathanson«, sagte Lieberman, »das sind mein Schwiegersohn Todd und meine Enkel Barry und Melisa.«

»Wir haben Beethoven Zwei gesehen«, sagte Melisa, und Lieberman dachte bei sich, daß Melisa genauso aussah wie ihre Mutter, als sie acht war. Ernst, eifrig, mißtrauisch.

Todd, groß und mit einem ansehnlichen, leicht schiefen Gesicht, strohglattem Haar und einer randlosen Brille, nickte den Nathansons zu. Barry, der seinem Vater äußerst ähnlich sah, schaute Abe fragend an, warum die nächtlichen Besucher im Schlafanzug da waren.

»Rabbi Nathanson und seine Frau sind daran interessiert, unser Haus zu kaufen«, erklärte Abe.

Todd, dessen Haar ein regennasses Durcheinander war, nickte und fragte: »Lisa ist . . .?« Todd schaute in Richtung Küche.

»Macht Überstunden«, sagte Lieberman.

Todd nickte.

»Verspotte nicht die Lebensart des Armen!« fuhr Rabbi

Nathanson fort. »Und laß die Augen des Betrübten nicht verschmachten! Bringe ein zerschlagenes Gemüt nicht in Erregung, und einem Dürftigen versage nicht die Gabe! Mache dich beliebt in der Gemeinde und beuge vor dem Herrn der Stadt dein Haupt! Neige dem Bedürftigen dein Ohr, und gib ihm freundlich Antwort auf den Gruß!«

»Vor den Bedrängern rette den Bedrängten, und recht zu richten sei dir nicht zuwider!« zitierte Todd und sah dabei Lieberman an.

Rabbi Nathanson drehte sich auf seinem Stuhl um, um der Herausforderung, die Todd Cresswell darstellte, ins Auge zu blicken.

»Die Weisheit von Sirach aus den Apokryphen«, erklärte Todd. »Der Rabbi hat eine Zeile ausgelassen.«

»Todd ist Professor für Altphilologie an der Northwestern University«, erläuterte Lieberman. »Cresswell ist sein Name. Die griechische Tragödie ist sein Geschäft.«

»Die Apokryphen wurden auf griechisch verfaßt«, erklärte Todd seinem Sohn Barry, als wenn die versammelten Erwachsenen dies schon längst wüßten.

»Sie sind Teil der griechischen Ausgabe der ursprünglichen jüdischen Bibel. Die nicht in die endgültige und anerkannte Version der hebräischen Bibel aufgenommenen Bücher werden Apokryphen genannt, die versteckten oder geheimen Bücher.«

»War Ihr Vater Rabbiner?« fragte Rabbi Nathanson.

»Mein Vater war Methodistenpfarrer in Dayton, Ohio«, antwortete Todd.

Rabbi Nathanson, jetzt völlig verblüfft, sah fragend zu Lieberman hinüber und sagte, da er keine Antwort bekam: »Lieberman, ich muß bei Ihnen auf eine Entscheidung drängen.«

»Bernhardiner sabbern vielleicht viel! Sogar im Film. Krieg ich Eis?« fragte Melisa.

»Ja«, sagte Lieberman.

»Ich auch«, sagte Barry.

Melisa und Barry umarmten ihren Vater, sausten in die Küche und machten die Tür hinter sich zu.

Todd machte keine Anstalten aufzubrechen, deshalb sagte Lieberman: »Todd und ich haben etwas zu besprechen. Wenn Sie also . . .«

»Öffnet die Tore, auf daß das rechtschaffene Volk, das die Treue hält, eintrete«, sagte Rabbi Nathanson.

»Jesaja«, sagte Todd. »Rechtschaffenen Häusern werden Kinder gegeben in aller Herrlichkeit.«

»Numeri, viertes Buch Mose?« bemühte sich der eindeutig herausgeforderte Rabbi Nathanson.

»Aischylos«, sagte Todd. »Agamemnon«.

»Rabbi«, sagte Lieberman, »ich glaube, man hat Sie im Zitieren übertrumpft.«

»Ira, laß uns nach Hause gehen«, sagte Mrs. Nathanson, stand auf, ging um den Tisch und nahm den Arm ihres Mannes, der verzweifelt sein Gedächtnis nach einem passenden Zitat durchforstete – Maimonides, Eleazar, den Talmud, Franklin Roosevelt. Ihm fiel nichts ein. Er stand auf, und seine Frau knöpfte seinen Mantel zu.

»Wir reden morgen«, sagte Rabbi Nathanson, als seine Frau ihn zur Tür führte.

Lieberman folgte ihnen und ging an Todd vorbei. Er öffnete die Tür und geleitete die Nathansons in den Nieselregen hinaus. Der große, schlaksige Rabbi schritt die Zementstufen hinunter, und seine Frau drehte sich um und flüsterte Lieberman rasch etwas zu.

»Es tut mir so leid. Ira ist . . . ziemlich verwirrt in der letzten Zeit.«

»Leah!« rief der Rabbi und ging den schmalen Zementpfad zur Straße hinunter.

Mrs. Nathanson drehte sich um und eilte hinter ihrem Mann her; in der Ferne hörte man ein leises Donnern. Lieberman schloß die Tür und wandte sich wieder Todd Cresswell zu, der immer noch im Eßzimmer stand.

»Ich war in der Badewanne, Todd«, sagte Lieberman und ging ins Eßzimmer, um mit seinem Schwiegersohn zu reden.

»Es tut mir leid«, sagte Todd. »Abe, ich . . . ich bin mit der Scheidung einverstanden.«

Lieberman schüttelte den Kopf. Hinter der geschlossenen Küchentür stritten sich Barry und Melisa um irgend etwas.

»Das überrascht mich nicht«, sagte Lieberman.

»Hätte mich auch gewundert. Von Natur aus sind alle Menschen befangen und . . .«

»Nein!« sagte Lieberman und hielt beide Hände hoch. »Nicht Sophokles.«

»Ich wollte eigentlich Euripides zitieren.«

»Keine Griechen«, sagte Lieberman. »Ich hab' einen langen Tag hinter mir. Du willst heiraten . . .?«

»Faye«, sagte Todd leise und sah gleichzeitig zur Küchentür. »Ja.«

Lieberman nickte. Er hatte Faye Cunningham einmal getroffen, als Todd die Kinder für ein Wochenende abgeholt hatte. Lieberman erinnerte sich an eine gutaussehende, dunkle Frau mit einem ehrlichen Lächeln und großen Zähnen. Sie war eindeutig älter als Todd, und obwohl Lieberman darauf vorbereitet worden war, sie nicht zu mögen, fand er sie angenehm und offensichtlich in Todd verliebt.

»Abe, Lisa und ich sind uns zu ähnlich«, sagte Todd.

»Ich weiß«, stimmte Abe zu. »Es ist ein Fluch. Es klappt nicht, wenn man sich zu ähnlich oder sich zu unähnlich ist. Die Antwort liegt irgendwo dazwischen.«

»Du machst Witze«, sagte Todd und schob sich die Brille zurecht. »Ich meine es ernst.«

Die Küchentür flog auf.

Barry hielt eine Plastikflasche mit Hershey's Schokoladensoße über dem Kopf. Melisa versuchte danach zu greifen.

»Mama hat gesagt, sie soll abends keine Schokolade essen«, rief Barry. »Da wird sie wild und zerstreut von.«

»Opa!« bettelte Melisa. »Auf das Eis muß Schokoladensoße. Es ist Vanilleeis.«

»Ein bißchen Schokoladensoße, Barry«, sagte Lieberman. »Vanilleeis ohne Schokoladensoße ist eine Tragödie.«

»Okay«, sagte Barry und gab seiner Schwester die Flasche. »Auf deine Gefahr. Wenn sie durchdreht, mußt du's Mama erzählen.«

»Ich werde es eurer Mutter erzählen«, willigte Lieberman ein, und die beiden Kinder verschwanden wieder in der Küche.

»Die benehmen sich, als wäre ich schon längst weg«, sagte Todd und rückte sich die Brille zurecht.

»Ich finde Faye sympathisch«, sagte Lieberman.

»Mit Lisa und mir ist es eine Tragödie«, sagte Todd. »Verstehst du? Mit Faye ist es eine Komödie.«

»Ich verstehe«, sagte Lieberman.

Lieberman hatte es keinem eingestanden außer sich selbst, daß Todd tatsächlich besser dran war ohne Lisa. Obwohl sie seine eigene Tochter war, strahlte sie die Verzweiflung einer Märtyrerin und eine Strenge aus, die eindeutig auf die vergangenen Generationen zurückzuführen war, die sich in grauer Vorzeit und in den bäuerlichen Landschaften nördlich von Kiew verloren, aus denen sowohl Liebermans Großeltern als auch die von Bess stammten.

»Dann wirst du . . .?«

»Mit Lisa reden, ja«, stimmte Lieberman zu.

»Und danach werde ich mit ihr reden. Ich verspreche es«, sagte Todd und ließ sich bereitwillig zur Tür führen.

»Ich glaube dir«, sagte Lieberman und öffnete die Haustür.

»Vergiß nicht, Abe, Lisa war diejenige, die mehr Freiheit wollte und die mit den Kindern weggelaufen ist.«

»Ich erteile dir die Absolution, Todd. Gehe hinaus in die Welt und führe ein Leben voller Barmherzigkeit und Selbstverwirklichung.«

»Abe, mach keine . . .«, begann er und öffnete die Haustür.

»Entschuldige, Todd. Ich bin müde. Ich habe Hunger auf

ein Dutzend Ritz Cracker mit gehackter Leber. Ich möchte in der heißen Wanne sizten, mich rasieren und Kreuzworträtsel lösen. Ich möchte, daß ›Die Henry-Morgan-Show‹ wieder im Radio läuft. Ich möchte einen neuen Magen, neue Knie und möchte, daß alles wieder so ist wie 1958. Ist das zuviel verlangt?«

»Das ist unmöglich«, erwiderte Todd.

»Ist mir klar. Gute Nacht. Ich spreche mit Lisa.«

Todd nickte, rückte die Brille zurecht, stopfte die Hände tief in die Taschen seiner Jeansjacke und lief hinaus in die Nacht. Es regnete jetzt stärker.

Er fand die Kinder am Küchentisch, wie sie weiße Eisberge bearbeiteten, die von sirupartiger Schokolade bedeckt waren. Abe Lieberman hätte furchtbar gerne mitgegessen.

»Kann ich mich darauf verlassen, daß ihr beide aufräumt und verhältnismäßig sauber ins Bett geht?«

»Dürfen wir noch eine Stunde fernsehen?« fragte Melisa. Sie hatte Schokolade an der Nase. »Ich kann morgens gut aufstehen. Das weißt du.«

Barry schaute an die Decke und machte damit klar, daß er an dieser Debatte nicht teilnahm.

»Eine Stunde«, willigte Lieberman ein. »Ihr guckt beide dieselbe Sendung. Oben. Im Bett. Keine Zankereien. Wenn ihr eure Mutter hört, ist das Licht aus, bevor sie euch erwischt. Abgemacht?«

»Die wird petzen!« sagte Barry.

»Gar nicht wahr!« beharrte Melisa und bohrte ihren Löffel in den schmelzenden Berg aus Eis und Schokolade.

»Das werden wir ja sehen«, sagte Barry und sah dabei genau aus wie sein Vater.

»Ich gehe wieder zurück in meine Wanne. Gute Nacht!« sagte Lieberman.

»Guck dir ja nicht Beethoven Zwei an, Opa«, sagte Melisa, als er zur Tür hinausging. »Das ist ätzend.«

Im Haus der Roziers brannte Licht – nicht gerade viele Lampen, aber genügend, um zu verraten, daß der trauernde Harvey Rozier um kurz vor zehn noch nicht halbtot ins Bett gefallen war.

Vor der Tür standen keine privaten Wachleute mehr.

Hanrahan wußte, warum er Rozier nicht mochte. Der Mann war arrogant und seine Trauer war gespielt. Das hieß nicht, daß er deswegen dafür verantwortlich war, seine Frau umgebracht zu haben oder daß jemand es für ihn getan hatte. Viele unsympathische Menschen sind unschuldig, genauso wie mancher Mörder ein anständiger Mensch ist. Trotzdem, Bill Hanrahan mochte Harvey Rozier nicht.

Er drückte auf die Klingel. Ein Gong ertönte. Eine kurze Pause. Er klingelte wieder und hörte Schritte die Treppe herunterkommen. Dann öffnete sich die Tür, und Harvey Rozier, barfuß, in verblichenen Jeans und einem roten Chicago-Bulls-Sweatshirt, starrte den Polizisten an seiner Haustür an.

»Sie haben gar nicht gefragt, wer da ist, bevor Sie die Tür aufgemacht haben«, sagte Hanrahan.

»Stimmt«, sagte Rozier gereizt.

»Sie wollen doch nichts riskieren, oder?« fragte Hanrahan.

»Bin demnächst vorsichtiger«, sagte Rozier.

»Kennen Sie mich?«

»Einer der Polizisten, die heute morgen hier waren. Detective Liebermans Partner. Tut mir leid, aber ich weiß nicht mehr, wie . . .«

»Hanrahan, Detective William Hanrahan. Haben Sie etwas dagegen, wenn ich hereinkomme?«

»Was ist passiert?« fragte Rozier.

»Nur ein paar Fragen. Ich mach's kurz.«

»Wer ist denn da, Harvey?« hörte man eine Frauenstimme von innen.

»Ein Polizist, Betty«, antwortete Rozier und dann Hanrahan zugewandt: »Die Franklins wollen nicht, daß ich hier alleine bleibe.«

»Gut, solche Freunde zu haben«, sagte Hanrahan und trat an Rozier vorbei in den Flur. Mrs. Franklin, deren weißes Haar wie eine gutsitzende Kappe geschnitten war und die ein passendes schwarzes Kleid trug, trat aus dem Wohnzimmer links vom Flur.

»Das ist Detective Hanrahan, Betty«, sagte Rozier. »Er hat ein paar Fragen. Sie haben Mr. Franklin kennengelernt. Das ist seine Frau.«

Die Frau paßte hundertprozentig zu dem großgewachsenen Anwalt, mit dem Hanrahan und Lieberman am Morgen zu tun gehabt hatten. Großgewachsen, distanziert und mißmutig.

»Ich rufe Ken an«, sagte sie und ging zum Telefon, das auf einem antiken Tischchen an der Wand stand.

»Laß nur, Ken braucht Ruhe«, sagte Rozier. »Ich bin sicher, ich kann Hanrahans Fragen auch ohne meinen Anwalt beantworten.«

»Hätte das denn nicht bis morgen Zeit gehabt?« fragte Mrs. Franklin. »Harvey hat allerhand . . .«

»Ich mach's kurz«, sagte Hanrahan. »Ich dachte, Sie wären erfreut, daß wir Überstunden machen, um die Person zu finden, die Ihre Frau umgebracht hat.«

Rozier nickte, fuhr sich mit der Hand über das Haar und machte eine einladende Handbewegung in Richtung Wohnzimmer. Hanrahan folgte ihm, und Mrs. Franklin blieb dicht hinter ihm, um sicherzugehen, daß er nicht irgendein kostbares Zierstück in der Tasche verschwinden ließ.

Das Wohnzimmer der Roziers schien einem Film über französische Könige vor zweihundert Jahren entsprungen zu sein. Dunkles Holz, leicht verblichener, aber heller Stoff voller sich emporrankender Weinreben und Blumen. Sideboards und Sofas auf dürren Beinen und Gemälde mit Hunde- und Waldmotiven an der Wand.

Weder Rozier noch Mrs. Franklin setzten sich.

»Ipekakuanha«, sagte Hanrahan. »Haben Sie Ipekakuanha im Haus?«

»Ipa . . .?« stotterte Rozier und sah verwirrt aus.

»Das Mittel, das man nimmt, wenn man sich übergeben will, für den Fall, daß man aus Versehen etwas Giftiges geschluckt hat«, erklärte Hanrahan.

Rozier hätte das wissen müssen. Es handelte sich ja schließlich nicht um irgendeine esoterische Droge.

»Ja, natürlich!« sagte Rozier und begriff plötzlich. »Tut mir leid. Ich bin ein bißchen überrascht. Ich glaube nicht, daß wir Ipekakuanha haben. Wieso . . .?«

»Ihre Frau hatte mehr als nur eine Spur davon im Magen.«

»Warum in aller Welt hätte Dana . . .«, sagte Betty Franklin und ballte die Fäuste.

»Das ergibt überhaupt keinen Sinn«, sagte Rozier und setzte sich auf einen alten französischen Stuhl. »Warum hätte sie Ipekakuanha nehmen sollen?«

»Vielleicht hat sie es gar nicht genommen«, sagte Hanrahan. »Vielleicht hat es ihr jemand gegeben.«

»Das ist doch verrückt«, rief Betty Franklin aus. »Warum hätte jemand Dana etwas geben sollen, damit sie sich übergibt?«

»Wer weiß?« sagte Hanrahan, ohne Rozier dabei eine Sekunde aus den Augen zu lassen. »Vielleicht wollte jemand, daß ihr schlecht wird und daß sie letzte Nacht zu Hause bleibt. Vielleicht kannte sie den Mörder, der vorhatte, sie umzubringen.«

»Das ist doch Wahnsinn«, sagte Betty Franklin. »Warum sollte jemand Dana ermorden wollen?«

»Jemand hat es getan«, sagte Harvey Rozier. »Reden Sie weiter, Mr. Hanrahan!«

»Haben Sie etwas dagegen, wenn ich mich mal umsehe und gucke, ob wir dieses Ipekakuanha finden?«

»Hat das nicht bis morgen Zeit?« fragte Rozier. »Oder Betty und ich können nachsehen und teilen es Ihnen dann mit . . .«

Irgend etwas in Hanrahans Blick ließ Rozier plötzlich innehalten; ihm wurde schlagartig klar, daß der Polizist ihn verdächtigte. Aber es gab keinen Grund für einen Verdacht. Es war ihre Taktik. Das war alles. Jeder hat irgend etwas auf dem Gewissen. Laß die Zeugen, die Verdächtigen und die Opfer zappeln. Harvey hatte dieselbe Taktik bei Klienten und Konkurrenten angewandt. Als Lieberman morgens an seinem Alibi gesägt hatte, war das auch nicht überraschend für ihn gekommen. Man brauchte nur gelegentlich die Zehnuhr-Nachrichten zu verfolgen, um zu sehen, daß der Ehepartner, der den Mord überlebte, der Hauptverdächtige und sehr häufig der Mörder war. Das war eine Situation, die er vorhergesehen hatte und auf die er eingestellt war.

»Verstehe«, sagte Rozier.

»Was verstehst du?« fragte Betty Franklin fordernd, ging zu einem Tischchen hinüber und nahm eine Zigarette aus einer dunklen Emailledose.

»Ich werde verdächtigt«, sagte Harvey und lächelte sie von unten her an.

Jetzt, wo Betty Franklin etwas in den Händen hatte, fühlte sie sich ein bißchen ruhiger.

»Ich rufe Ken an«, sagte sie und ging zu einem antiken Telefon auf einem Tischchen neben Rozier.

»Nein, Betty«, sagte er, ging rasch zu ihr hinüber und hielt seine Hand über den Hörer, um sie von ihrem Anruf abzuhalten. »Detective Hanrahan macht nur seine Arbeit. Er verdächtigt mich. Er verdächtigt Ken. Er verdächtigt dich.«

»Ken? Mich?«

Mrs. Franklin setzte sich in einen Sessel Rozier gegenüber, spielte mit der Zigarette in der Hand und sah plötzlich auf.

»Das ist absurd!« sagte sie. »Wir waren im Konzert. Du hast mich gesehen. Du hast Ken gesehen. Und wir haben dich gesehen.«

»Sie haben sich den gesamten Abend über alle gegenseitig gesehen?« fragte Hanrahan. »Ich versuche lediglich, auch nur den geringsten Verdacht auszuschalten, verstehen Sie?«

»Warum fragen Sie nicht bei den Platzanweisern oder Mrs. Gabriel nach?« fragte Rozier. »Jemand muß doch gesehen haben . . .«

»Das haben wir schon getan«, sagte Hanrahan. »Niemand hat bemerkt, ob nicht doch einer von Ihnen den Konzertsaal verlassen hat.«

»Wir haben häufig zu Harvey hinübergeschaut!« sagte Mrs. Franklin empört. »Wir wußten, daß er sich um Dana Sorgen macht, und wir wollten jederzeit bereit sein, nach Hause zu fahren, wenn Harvey es wollte.«

»Und ich kann mich für die Franklins verbürgen«, sagte Harvey, »aber ich glaube, Detective Hanrahan denkt, daß ein Komplize Dana umgebracht haben könnte.«

»Möglicherweise zwei Komplizen«, sagte Hanrahan. »Es gibt zwei verschiedene nicht identifizierte Fußabdrücke im Blut von Mrs. Rozier. Eine Spur führt zum eingeschlagenen Eßzimmerfenster und zur Einfahrt hinunter. Die andere Spur führt zur Hintertür und verschwindet dann. Seltsam. Die Mörder gehen in unterschiedliche Richtungen auseinander, und es sieht so aus, als hätte einer seine Schuhe an der Hintertür ausgezogen.«

Rozier wirkte eigentlich nicht bestürzt oder durcheinander. Nein, Hanrahan spürte, daß der Mann ihn neu einzuschätzen versuchte und sich überlegte, was die richtige Reaktion war. Es gab nicht einen einzigen Typus, den Hanrahan in seinen über zwanzig Dienstjahren als Cop in Chicago noch nicht gesehen hatte. Nach einer kurzen Pause traf Rozier eine Entscheidung.

»Bitte schauen Sie sich nach dem Ipekakuanha um«, sagte er mit leicht zitternder Stimme und stand auf. »Und beeilen Sie sich bitte. Und dann gehen Sie und suchen Sie die Person oder die Personen, die Dana ermordet haben. Und klingeln Sie bitte nicht mehr nachts an meiner Haustür, ohne vorher angerufen zu haben.«

»Ja, sehen Sie denn nicht, daß der Mann leidet?« fragte Betty Franklin den Polizisten.

»Doch, Madam«, sagte Hanrahan, aber er hatte das dumpfe Gefühl, daß er einen Mann beobachtete, der nur vorgab zu leiden. »Also, wenn wir dann vielleicht ...«

»Ich komme mit«, sagte Rozier, traf Hanrahans Blick und machte deutlich, daß er nicht wollte, daß ein unterbezahlter Polizist unbeaufsichtigt durch sein Haus wanderte. »Bleib bitte hier, Betty.«

Betty Franklin hatte die Zigarette im Mund, hatte sie aber noch nicht angezündet. Rozier faßte sie an der Schulter, um sie zu beruhigen, und reichte ihr dann ein Feuerzeug, das sie mit einem nervösen Nicken entgegennahm.

Es waren noch keine drei Minuten vergangen, als Hanrahan die kleine Flasche in Dana Roziers Frisierkommode fand. Hanrahan nahm einen Klarsichtbeutel mit Reißverschluß aus der Tasche, stülpte ihn über die Flasche und ließ sie in den Beutel gleiten, ohne sie zu berühren.

»Sie haben doch nichts dagegen, wenn ich sie mitnehme?«

»Nein«, sagte Rozier und schaute zu, die Arme über der Brust verschränkt. »Warum hatte Dana so etwas?«

Hanrahan steckte die Flasche ein und zuckte die Achseln. »Bulimie, Angst davor, vergiftet zu werden – wer weiß? Ich habe schon die irrsten Begründungen für die irrsten Dinge gehört.«

»Sind wir fertig?« fragte Rozier.

»Ja, sind wir«, sagte Hanrahan und sah sich in dem geschmackvoll mit antiken Möbeln eingerichteten Schlafzimmer um. »Nur noch eine Frage.«

»Stellen Sie Ihre Frage, Detective. Und suchen Sie dann Danas Mörder.«

»Sie haben nicht zufällig eine Kiste, ungefähr so breit und so lang, in der Küche auf dem Fußboden gefunden, bevor die Polizei hier ankam?« fragte Hanrahan und deutete mit den Händen die ungefähre Größe des Objekts an, dessen Umriß in Danas Blut gefunden worden war. »Ich meine, nachdem Ihre Frau tot war und bevor die Polizei kam.«

Der verwirrte Blick kam fast sofort, aber doch nicht schnell genug. Hanrahan war sich sicher, daß er ein nervöses Zucken – vielleicht Angst – im Gesicht von Harvey Rozier gesehen hatte.

»Nein«, sagte er. »Wieso?«

Hanrahan zuckte die Achseln und antwortete nicht. Er wandte sich von Rozier ab, sah sich im Zimmer um und ging dann langsam hinaus; Rozier folgte ihm.

Unten an der Treppe im Flur stand Mrs. Franklin und rauchte nervös, während sie wartete.

»Nun?« fragte sie.

»Wir haben das Ipekakuanha gefunden«, sagte Harvey Rozier im Hinuntergehen. »Wußtest du, daß Dana so etwas hatte? Oder warum?«

»Nein«, sagte Betty Franklin.

»Tut mir leid, daß ich Sie gestört habe«, sagte Hanrahan, sah dabei Rozier in die Augen und streckte seine Hand aus. Beide wußten, daß es Hanrahan nicht im geringsten leid tat. Sie gaben sich höflich die Hand, und der Polizist ging allein zur Tür.

»Ich werde Kenneth bitten, sich über diesen Mann zu beschweren«, sagte Betty Franklin, drückte dabei die Zigarette aus und starrte zur Tür. »Du brauchst Ruhe, aber nicht derartige Belästigungen.«

»Er macht nur seine Arbeit«, sagte Rozier und ging auf sie zu.

»Er könnte dabei aber höflicher sein«, sagte sie. »Danas Mörder können sie nicht finden, deshalb belästigen sie dich. Ich glaube, das war heute genug für dich, Harvey, du solltest ins Bett gehen.«

»Stimmt«, sagte er mit einem Gähnen, »aber nur unter einer Bedingung.«

»Und die wäre?«

»Daß du mitkommst«, sagte er.

Betty Franklin glitt in seine Arme und öffnete den Mund zum Kuß.

Hanrahan fuhr und hörte Radio. Unsinniges Geschwätz spätabends. Unsinniges Geschwätz die ganze Nacht. Eine Stimme in der Nacht beim Autofahren. Zu Hause hatte er eigentlich nie Lust, das Radio anzumachen, aber im Auto hörte er in der Nacht fast jeder Stimme zu.

Es war immer noch früh, höchstens kurz nach elf, und ihm kamen Gedanken und Empfindungen, die ohne Namen bleiben und nur dumpf in bernsteingoldenem Scotch abtauchen wollten.

Zehn Minuten später stand er vor der Blue Parrot Lounge auf dem Broadway, nicht mehr als fünf Straßen von der Polizeiwache Rogers Park entfernt. Hanrahan wußte nicht, wo sein Schweiß aufhörte und der Regen begann. Er stand unter der Markise vor der Eingangstür, die wenig Schutz vor dem Regen gewährte, ein beruhigendes rotgoldenes Rinnsal aus Neonlicht auf seiner Haut, der Duft von Rippchen von Wesley's auf der anderen Straßenseite, und vor ihm, hinter der wohlbekannten Tür, der Baßrhythmus, der ohne Melodie aus der Jukebox dröhnte.

Bill Hanrahan rieb sich die Augen. Das Viertel war übel und wurde immer übler, aber nur ein Vollidiot konnte den Fehler begehen, das Lokal zu überfallen, durch die Doppeltür zu schreiten und ein drittklassiges Teil aus der Tasche zu ziehen. Das war vor vier Jahren passiert. Der Pistolenschütze hatte nur eine Sekunde gebraucht, um einzusehen, daß er absoluten Mist gebaut hatte. Die Kneipe war voller Cops, die auch alle aussahen wie Cops, ein paar von ihnen sogar noch in Uniform, mit geöffnetem Kragen. Aber da war es auch schon zu spät, und der Schütze, der Robert Jefferson Davis Jointz hieß, hatte sich drei Kugeln im Bein eingefangen und eine in der rechten Brust, die seine Lunge außer Gefecht setzte. Jointz atmete jetzt schwer und saß im Knast in Stateville.

Die Erinnerungen an das Blue Parrot, seine Gerüche, sein beruhigendes braunes Licht mit den Helden der Silver Bullets über dem Tresen, stellten sich rasch und heftig wieder ein. Hanrahan drückte die Türen auf und trat hinein.

Die Musik klang von innen auch nicht besser, irgendein rauhstimmiger Heuler aus den sechziger Jahren. Elvis, die Everly Brothers, Creedence Clearwater Revival und der frühe Johnny Cash würden in einer Minute oder in einer Stunde drankommen.

In der Sitznische neben der Jukebox stritten Applegate und Acardo, »Black and White«, miteinander. Applegates Finger befand sich praktisch im Gesicht seines Partners. Zum Schutz hielten beide halbvolle Gläser hoch.

Ernie Cadwell stand an der Theke und unterhielt sich mit einer Frau vom Sittendezernat, deren Name Hanrahan entfallen war.

»William!« übertönte eine Stimme das Rumsbums der Gitarre und des Schlagzeugs aus der hellerleuchteten Jukebox.

Nestor Briggs saß in der Sitznische hinter den beiden Streithähnen Acardo und Applegate. Nestor hielt einen Krug Bier hoch und winkte Hanrahan zu. Hanrahan bahnte sich einen Weg an drei vollbesetzten Tischen vorbei – die meisten hier waren Cops, die er fast alle wiedererkannte. Nichts hatte sich verändert.

Nestor war allein. Hanrahan setzte sich ihm gegenüber, und eine Frau mit einem Riesenbusen, krausem blondem Haar und dem ernsten Gesichtsausdruck einer Pfarrerin war fast augenblicklich zur Stelle.

»Was soll's denn heute abend sein, Ire?« fragte Ramona.

Als wenn er nicht schon fast ein halbes Jahr lang weggewesen wäre. Sie hatte die sechs Monate gar nicht bemerkt, die ihm wie lebenslänglich bei Wasser und Brot vorgekommen waren.

Hanrahan sah auf den Tisch hinunter.

»Willst du ein Bier, William?« fragte Nestor Briggs und lehnte sich zu ihm hinüber. »Ein Bier zählt nicht.«

Hanrahan nickte, und Ramona schlenderte in Richtung Theke.

»Erinnert mich an eine alte irische Geschichte«, sagte Hanrahan und schaute sich in dem ihm wohlvertrauten Raum um, sah die Fotos von toten Cops an der Wand, das Foto von Jim McMahon mit Autogramm an der Wand über der Jukebox und das andere handsignierte Foto vom alten Bill Nicholson über der Theke, komplett mit dem alten Cubs-Trikot und einem albernen Grinsen.

»Doyle Murphy verließ eines Tages die Stadt Galway als armer siebzehnjähriger Junge, der sich entschlossen hatte, in Australien sein Glück zu machen, um dann triumphierend nach Galway zurückzukehren. Die Jahre vergingen, und Doyle arbeitete sich vom Dockarbeiter über den Hafenvorarbeiter und den Union Stewart, den Gewerkschaftssekretär, zum Gewerkschaftsvorsitzenden und bis in die Aufsichtsräte der vier größten Schiffahrtslinien hoch. Er war reich und war in den einschlägigen Kreisen von Sidney und Perth sogar berühmt.«

»Eine Erfolgsgeschichte«, sagte Nestor und rieb sich seine schwitzende Stirn. »Trinken wir auf ihn!«

Nestor hob sein Glas mit Scotch und geschmolzenem Eis und trank auf Doyle Murphy aus Galway.

»Die Geschichte geht noch weiter«, sagte Hanrahan, als Applegate am Nebentisch in die kurze Pause während des Plattenwechsels der Jukebox brüllte: ». . . und ich sag dir, der hatte volle zwei Kilo dabei, da kannst du Gift drauf nehmen!« Und dann schmetterte Elvis sein bekanntes trauriges »It's now or never«.

»Doyle fuhr zunächst mit dem Schiff Richtung Heimat und nahm dann den Zug, und an einem Sommerabend, fast fünfzig Jahre nachdem er Galway verlassen hatte«, sagte Hanrahan und nickte Ramona zu, die zurückgekommen war, um einen randvollen, kühlen Maßkrug vor ihn hinzustellen, »stieg er aus dem Zug, stellte seinen Koffer ab und schaute den Bahnsteig entlang, auf dem ein alter Mann langsam auf ihn zukam. Als der Alte nur noch knapp fünf Meter entfernt war, erkannte Doyle in ihm seinen Jugendfreund Conan Frazier wieder. ›Doyle‹, sagt Conan, ›bist du es?‹ ›Ja, ich bin's‹, sagte Doyle und stand in voller Größe in seinem maßgeschneiderten Seidenanzug vor ihm. ›Nun‹, sagte Conan, ›ich sehe, du hast deinen Koffer dabei. Wo willst du denn hin?‹«

Nestor Briggs setzte seinen Drink ab und sah verblüfft aus. Hanrahan guckte auf sein Bier hinunter und umfaßte mit seinen großen Händen den Maßkrug.

»Ich habe das Gefühl, wieder in Galway zu sein«, sagte er.

»Ich habe gehört, du hast aufgehört mit dem Trinken, William«, sagte Briggs.

»Naja . . . Ich sag dir, Nestor, es ist nicht leicht, heimzukommen in ein leeres Haus. Es ist nicht leicht, ein Heiliger zu sein. Es ist nicht leicht, sich selber zu belügen und seinen eigenen Lügen nicht zu glauben.«

». . . our love won't wait«, schmachtete Elvis.

»Ich weiß«, sagte Briggs und schob eine fast leere blaue Schüssel mit Nachos zu Hanrahan hin. »Um ganz ehrlich zu sein«, fuhr er fort, senkte die Stimme und biß sich auf die Unterlippe, »ich wohne gleich um die Ecke, weißt du, und der einzige, der auf mich wartet, ist mein Hund. Weißt du, warum ich so leise rede? Bist du katholisch?«

»Ja«, sagte Hanrahan.

»Ich hasse den Scheißköter, hasse ihn!« gestand Nestor Briggs. »Ich tue so, als ob ich ihn mag, und in gewisser Weise mag ich ihn auch, aber er ist alt, und er furzt, und ich muß ihn ausführen und ihn füttern und bei ihm zu Hause bleiben. Als meine Frau starb, habe ich mir gedacht, ich bräuchte Gesellschaft. Alle dachten, ich sollte mir einen Hund halten. Der alte Nestor sollte sich einen Hund halten. Also habe ich mir einen Hund angeschafft. Und jetzt hasse ich es, nach Hause zu gehen und mich um ihn kümmern zu müssen. Willst du einen Hund?«

»Klingt sehr vielversprechend, so wie du davon erzählst, Nestor, mein Freund, aber ich werde meinen jungenhaften Drang zügeln müssen und nein danke sagen.«

»Solltest du es dir jemals anders überlegen, weißt du, wo du mich finden kannst. Ich leg' noch sein Körbchen, seine Decke und das ganze Hundefutter, das ich zu Hause habe, drauf. Er ist geimpft. Er ... Scheiße, wem mach' ich denn hier was vor. Ich könnte ihn gar nicht weggeben. Ich würde mich ...«

Nestor wußte nicht genau, wie er sich fühlen würde. Er trank zu Ende, saugte Luft durch die Zähne und schaute das leere Glas an. Dann stand er auf.

»Ich geh' heim«, sagte er und tastete nach seiner Geldbörse.

»Willst du, daß ich dich begleite?« fragte Hanrahan.

»Gleich bei unserer ersten Verabredung?« lachte Nestor undeutlich. »Niemals.«

»Dein Scotch geht auf mich«, sagte Hanrahan. »Auf mich und Doyle Murphy.«

»Doyle ...? Der Typ aus Galway? Was ist denn aus dem geworden?« fragte Briggs und schaute zu Bill Nicholson über der Theke auf.

»Der ist zurück nach Australien gegangen«, sagte Hanrahan und erhob sich. Er zog einen Zehndollarschein aus der Geldbörse und ließ ihn auf den Tisch fallen. »Ich begleite dich nach Hause, erste Verabredung hin oder her, und ich verspreche, daß ich dich nicht küssen werde und dir auch nicht an deine Jockey-Unterhosen gehe.«

Nestor Briggs zuckte die Achseln und ließ sich willig in Richtung Eingang führen.

»Hanrahan«, schrie Applegate. »Du bist doch Ire. Du kennst doch den hier. Komm zurück, wenn du Briggs nach Hause gebracht hast, und dann erledigen wir das hier.«

Johnny Cash sang gerade »I walk the line«. Der Maßkrug mit frischgezapftem Coors schäumte auf dem Tisch vor sich hin und stand unberührt, als die Türen des Blue Parrot hinter Hanrahan und dem schwankenden Nestor Briggs zufielen.

Der Regen war jetzt langsam in Nebel übergegangen.

Irgendwo in der Nähe wartete ein einsamer Hund.

## 9 Wenn Mütter träumen

»Du weißt schon, Gregor«, sagte Wanda Skutnik von ihrem Lieblingssessel aus zu ihrem Sohn und versuchte dabei, gegen Jenny Jones anzureden. »Diese Dinger auf den Dingern.«

Sie streckte ihre Hand aus und machte eine Bewegung, als wenn sie plötzlich eine Lähmung erlitten hätte.

»Ich weiß nicht, was du meinst, Ma«, sagte George.

»Ach«, sagte Wanda wütend und versuchte den passenden Ausdruck zu finden. »Die Dinger, die mir meine Schwester gegeben hat, als sie hier war ... neunzehnhundertundzweiundachtzig.«

»Die Untersetzer? Die kleinen runden Dinger mit den Blumen drauf?«

Wanda nickte erleichtert.

»Du hast sie Mr. und Mrs. Karawan zu Weihnachten geschenkt, bevor ich wieder zurück war ... Hör mal, Ma, ich wollte mit dir noch mal über Seattle sprechen.«

»Ich weiß«, sagte Wanda und setzte sich auf, den Blick weiterhin auf den Fernseher gerichtet, wo Jenny sich gerade mit einem dicken Mann mit Bart stritt, der eine Ehefrau und auch eine Geliebte hatte, die früher ein Mann gewesen war.

»Hör mal, Ma.«

Sie hielt die Hand hoch. »Jetzt weiß ich wieder, woran ich vorhin gedacht habe, vor diesen kleinen runden Dingern. An eine Maus!«

»Ma, wir haben keine Mäuse.«

»Nicht die Tiere«, sagte sie und schüttelte den Kopf, weil ihr Sohn so begriffsstutzig war.

»Die an den Schreibmaschinen mit den Fernsehern dran.«

»Du meinst die Maus an einem Computer – eine Computermaus?« fragte George.

»Genau«, sagte sie erleichtert. »Wenn du mehr als eine Maus hast, wie heißt das dann?«

»Warum sollte jemand mehr als eine Maus haben?«

»Wenn du die verkaufst, dann hast du doch auch mehrere davon«, sagte sie geduldig. »Wenn du der Mann im Computerladen wärst, der die verkauft, und du müßtest noch mehr davon bestellen.«

»Weiß ich nicht«, sagte George. »Ich weiß nicht, was man dann sagt.«

George Patniks gab sich geschlagen.

Er hatte die letzte Nacht nicht gut geschlafen. Träume, Angstvorstellungen und dunkle Schatten. Er war um kurz nach vier aufgestanden, hatte sich geduscht, sich ein halbwegs sauberes Sweatshirt übergezogen und sich wieder an das Bild gemacht. Um kurz vor acht, als George oben seine Mutter über sich herumschlurfen hörte, war er mit dem Bild fertig geworden. Er trat einen Schritt zurück, betrachtete es genauer und wartete dabei auf das Gefühl der Erleichterung, das er sich erhofft hatte.

Die Frau war jetzt lebendig, ihr Gesicht vor Entsetzen ein einziges Flehen, und die Gestalt im Mantel über ihr, das Messer in der Hand, sah aus der Leinwand heraus, als wenn sie den Maler gerade entdeckt hätte. Harvey Roziers Gesicht war so lebendig wie das seiner Frau. Das blendende Weiß der Küche auf dem Bild bildete einen Kontrast zu der dunklen Blutlache auf dem Fliesenboden. Gegenstände spiegelten sich im Blut, dunkle, hämisch grinsende Dinge, die durch Licht und Schatten nur angedeutet wurden. Und inmitten des Blutes stand Georges Werkzeugkasten, ganz nüchtern, deplaziert und dem dargestellten Grauen unangemessen.

Das war wahrscheinlich die beste Arbeit, die George Patniks jemals gemacht hatte, aber er würde sie niemals zeigen könnten. Er wollte sie auch gar nicht zeigen. Er wollte das Bild aus seinem Gedächtnis hervorholen und es auf die Leinwand bannen.

Hätte er herausspringen, Rozier angreifen und versuchen sollen, die Frau zu retten? Er war überrascht gewesen, gleichsam hypnotisiert, so als würde er einen Horrorfilm sehen, der plötzlich mitten in der Nacht an die Zimmerwand projiziert wird. Selbst wenn er herausgesprungen wäre, so hatte er überlegt, als er sein Bild betrachtete, die Frau war ja schon fast tot gewesen, nicht wahr? Und auf dem Boden war alles voller Blut. George wäre ausgerutscht, und Rozier hätte sich auf ihn gestürzt. George lief es eiskalt den Rücken hinunter. Dieses Bild war deutlich und urplötzlich aufgetaucht. Er hoffte, dieses Bild nicht malen zu müssen. Doch Moment, Rozier hatte ein Messer und er war viel besser in Form und wog auch mehr als George. George hatte alles getan, was in seiner Macht stand. Er hatte sich selbst gerettet.

Aber das Telefon. George hatte die Leitung durchgeschnitten. Dana Rozier war zum Telefon gerannt, das war ihre letzte Chance, und das Telefon war stumm geblieben. Innerhalb von Sekunden war Rozier durch die Tür gekommen und hatte sie attackiert, aber hätten diese paar Sekunden am Telefon gereicht, um die Notrufnummer anzurufen und einfach zu sagen: »Mein Mann bringt mich gerade um«?

»Du solltest duschen, Gregor«, sagte Wanda.

»Ich habe schon gedsucht«, antwortete er, besah sich dann und stellte fest, daß er wieder einmal von Kopf bis Fuß mit Farbe bekleckert war. »Ma, ich möchte heute noch packen und nach Seattle zu dieser Kunstmesse fahren. Wenn du nicht mitkommen willst, ist das auch okay. Ich werde Tommy anrufen. Er und Sissy können ab und zu bei dir vorbeischauen, sie bleiben vielleicht eine Zeitlang hier.«

Es klingelte.

Georges Hände umklammerten die Sessellehnen, kalkweiße Knöchel unter blauen und roten Farbklecksen.

»Die Geliebte sieht besser aus als die Frau«, sagte Wanda und sah dabei auf den Fernseher – sie hatte die Klingel eindeutig nicht gehört. »Und das is' nicht mal 'ne Frau. So was seh' ich immer sofort.«

Es klingelte wieder.

Diesmal hörte sie es.

»Gregor, die Tür. Es hat geklingelt«, sagte sie und sah ihren Sohn an. »Gregor, geht's dir nicht gut? Geh mal an die Tür. Das ist wahrscheinlich Mrs. Vivlachki oder sonstwer.«

Es klingelte wieder, und George stand auf. Seine Mutter hatte recht. Er konnte so etwas nicht jedesmal durchleben, wenn es an der Tür klingelte. Rozier hatte ihn unmöglich so schnell finden können. Rozier würde ihn wahrscheinlich niemals finden, besonders wenn er für eine Zeitlang nach Seattle zog. Er würde es seiner derzeitigen Bewährungshelferin sagen müssen, aber . . .

Es klingelte noch einmal.

George schlurfte an seiner Mutter vorbei in den kleinen Flur mit dem winzigen ausgeblichenen Fransenteppich. George holte tief Luft und öffnete die Tür.

Es hatte aufgehört zu regnen, aber der dunkle Himmel ließ erkennen, daß dies nur von kurzer Dauer sein würde.

Vor ihm stand ein Mann, fast so groß wie George, etwa fünfundsechzig Jahre oder älter, mit krausem weißem Haar und mit einem kleinen weißen Schnauzbart. Der Mann sah müde und gelangweilt aus, und George wußte genau, daß der Mann ein Cop war.

»Gregor Eupatniaks?« fragte Lieberman.

»Ja, aber mein richtiger Name ist George, George Patniks.«

Lieberman trug einen offenen Trenchcoat über seinem braunen Jackett und eine Krawatte, die er zum Geburtstag von Barry und Melisa geschenkt bekommen hatte. Auf der Krawatte waren kleine braune Doppeldecker wie die aus dem Ersten Weltkrieg zu sehen, die auf dunkelblauem Hintergrund um violette Wölkchen herumflogen.

»Mein Name ist Lieberman. Ich bin Detective bei der

Clark-Street-Wache in Rogers Park. Ich nehme an, Sie kennen diese Gegend.«

Lieberman nahm seine Brieftasche heraus und zeigte seinen Dienstausweis.

»Ja«, sagte George.

»Darf ich hereinkommen?« fragte Lieberman.

»Meine Mutter guckt gerade Fernsehen. Sie regt sich auf, wenn Polizei ins Haus kommt. Können Sie das verstehen?«

»Wir können uns ins Auto setzen und einen Kaffee trinken gehen«, bot Lieberman verständnisvoll an.

»Okay, alles klar«, sagte Patniks. »Ich sage nur eben meiner Mutter Bescheid.«

Lieberman nickte und trat ein.

»Ich habe gehört, Sie sind Maler«, sagte Lieberman.

»Ja.«

»Ich mag Malerei. Sachen, die echt aussehen. Malen Sie so, oder malen Sie so, daß die Sachen nach nichts aussehen?«

»Meine Bilder sind gegenständlich«, sagte George nervös.

»Ich würde sie gerne mal sehen«, sagte Lieberman.

Es war ein Alptraum. Nicht der, den George befürchtet hatte, aber trotzdem ein Alptraum. Du machst einen Bruch, und plötzlich bringt ein Mann seine Frau um. Du hörst die Türklingel, und da steht ein Cop, der das Bild sehen will, das du von dem Typen gemalt hast, der seine Frau umgebracht hat. Ein Alptraum. George bekam weiche Knie.

»Vielleicht ein andermal. Ich sage meiner Mutter Bescheid«, sagte er.

Aus dem Flur heraus beobachtete Lieberman, wie der Mann zu einer beleibten Frau hinüberging, die vor einem Sony-Fernseher saß.

George beugte sich zu ihr hinunter und sagte: »Ich bin mal eine halbe Stunde oder so weg. Der Mann da will mit mir reden.«

Wanda Skutnik drehte sich schwerfällig in ihrem Sessel

um, ohne dabei den Kopf zu bewegen. Der Sessel knarrte. Jenny Jones rief gerade: »Moment mal! Moment mal!«

»Ist es okay, wenn ich mir ein anderes Hemd und eine andere Hose anziehe – dauert nur eine Minute?« fragte George.

Lieberman nickte, und George eilte auf die Tür zu, die zu seinem Zimmer führte.

»Sie sind von der Polizei«, sagte Wanda.

»Stimmt.«

»Sie sind alt für einen Polizisten«, stellte sie fest.

»Ich sehe nur alt aus«, sagte Lieberman. »Das bringt der Job mit sich.«

»Der Neffe von Mrs. Maniaks, Stan, der war auch Polizist. Haben Sie den gekannt?«

»Ich glaube nicht«, sagte Lieberman.

»Er hat Geld von den Geschäften auf der Division Street angenommen. Und dann war er kein Polizist mehr.«

Die Frau nickte, und Lieberman fragte: »Hat Georges Zimmer einen Ausgang zur Straße?«

»Eine Tür«, sagte sie. »Stellen Sie sich da drüben ans Fenster, dann können Sie die Tür sehen, aber George wird nicht weglaufen.«

Lieberman ging zum Fenster und sah hinaus.

Gerade lief ein Werbespot. Eine Frau war ganz versessen auf das Home Shopping Network, die Verkaufssendung im Fernsehen rund um die Uhr.

»Man kann ganz gute Sachen über das Home Shopping kaufen«, sagte Wanda. »Ich habe eine Uhr, die sieht aus wie ein Soldat, ein Wecker. Brüllt dir zu: ›Aufstehen! Raus aus den Federn!‹«

»Hört sich drollig an«, sagte Lieberman.

»Was?«

»Hört sich drollig an«, wiederholte Lieberman mit lauter Stimme.

»Hab' ich meinem Sohn Tommy letztes Jahr zu Weihnachten geschenkt. Glauben Sie, daß die auch in Seattle Home Shopping haben?«

»Wahrscheinlich«, sagte Lieberman.

Die Frau stieß einen tiefen Seufzer aus.

»Ich glaub' nicht, daß ich nach Seattle fahren will«, sagte sie. »Meine Beine, und es ist so weit weg. Wer will denn in meinem Alter noch verreisen?«

»Haben Sie vor, nach Seattle zu fahren?« sagte er.

»Gregor, der hat da so eine fixe Idee, so 'ne Geschichte wegen 'ner Kunstausstellung, eine Messe, irgendsowas in Seattle. Gregor ist Künstler, Maler. Er hat Preise gewonnen, und einmal . . .«

Ihre Stimme brach ab, dann seufzte sie und fragte: »Was hat Gregor denn diesmal ausgefressen?«

Lieberman konnte durch den dünnen Fußboden unter sich hören, wie George Patniks herumschlurfte und Gegenstände herumrückte. Was mochte er da herumrücken?

»Ich wüßte nicht, daß er etwas ausgefressen hat«, antwortete er. »Ich brauche nur ein paar Informationen von ihm. Vorgestern abend. Wissen Sie noch, ob er da zu Hause war?«

»Vorgestern abend . . .« Wanda Skutnik drehte sich auf eine Eingebung hoffend dem Fernsehapparat zu.

»Nicht gestern abend, sondern . . . Er war zu Hause. Den ganzen Abend.«

»Gut«, sagte Lieberman lächelnd.

Angesichts der Tatsache, daß George Patniks einen eigenen Eingang und eine schwerhörige Mutter hatte, waren diese Informationen nicht viel wert. Lieberman sah auf die Uhr. Beinahe zwei Minuten waren vergangen. Er wollte gerade nach Patniks sehen, als er von unten Schritte heraufkommen hörte. George, der jetzt Jeans und ein sauber gebügeltes weißes Hemd trug, kam zur Tür herein. Er hatte immer noch Farbflecken auf Stirn und Händen.

»Zieh dir eine Jacke an«, sagte Wanda, als George auf Lieberman zuging.

»Mach ich, Ma«, sagte er, öffnete eine Schranktür und zog eine blaue Jacke mit Reißverschluß heraus. »Ich bin gleich wieder da.«

»Nett, Sie kennengelernt zu haben, Ma'am«, sagte Lieberman.

Von den fünf Männern, nach denen Harvey Rozier gefragt hatte, als er die Dateien und die Verbrecheralben durchging, war einer tot, einer saß im Bundesgefängnis in Marion und ein dritter war nach Tennessee auf eine Farm gezogen. Lieberman hatte einen der beiden Übriggebliebenen, Sandoval »Sandy« Borchers, in seinem Apartment auf der Claremont angetroffen. Borchers, ein »neugeborener Christ«, erzählte Lieberman, daß er abends arbeite und auch in der Mordnacht gearbeitet habe, und zwar im Toddle-Haus auf der Howard Street. Ein Anruf beim Geschäftsführer der Nachtschicht, der von seiner Frau geweckt werden mußte, bestätigte, daß Borchers zusammen mit dem Geschäftsführer und einem weiteren Angestellten die ganze Nacht über gearbeitet und zwischen acht Uhr abends und vier Uhr am nächsten Morgen das Restaurant nicht ein einziges Mal verlassen hatte. Damit blieb nur George Patniks als vielversprechender Kandidat übrig.

»Wollen Sie wissen, weswegen ich hier bin?« fragte Lieberman, als sie in den Wagen stiegen, der vor dem Haus geparkt war.

»Ich denke schon«, antwortete George mit einem Achselzucken.

»Sie scheinen ganz ungewöhnlich wenig neugierig zu sein«, sagte Lieberman. »Wollen Sie einen Kaffee?«

George zuckte wieder die Achseln. Lieberman griff nach unten, holte zwei Kaffeebecher von Dunkin' Donuts aus einer Tüte und gab einen davon George.

»Danke«, sagte er.

Der Kaffee war noch warm, aber nicht mehr heiß. Die beiden Männer tranken ihren Kaffee und beobachteten den dünnen Regen, der gerade wieder angefangen hatte. Auf der anderen Straßenseite schaute jemand im Erdgeschoß durch die Vorhänge hindurch. Alle Häuser in dieser Gegend waren klein, alt, mit Holz verkleidet und hatte kleine Vorgärten mit niedrigen Zäunen.

»Kennen Sie einen Mann namens Rozier?« fragte Lieberman.

»Nein.« George starrte geradeaus durch die Windschutzscheibe ins Leere und schüttelte den Kopf. »Ich kannte mal einen Mithäftling namens Rozell. Meinen Sie den?«

»Nein«, sagte Lieberman und machte eine kleine Pause, um einen Schluck lauwarmen Kaffee zu trinken. »Sind Sie sicher, daß Sie in Ihrem ganzen Leben niemals einen Mann namens Rozier getroffen haben?«

»Nicht, daß ich wüßte. Aber man trifft ja viele Leute.«

»Wollen Sie wissen, warum ich nachfrage?«

George zuckte die Achseln, um zu zeigen, daß es ihm egal war.

»Ihre Mutter sagt, daß Sie vorhaben, nach Seattle zu fahren.«

»Ich bin noch am Überlegen.«

»Was gibt es denn in Seattle?«

»Eine Kunstmesse. Vielleicht eine Gelegenheit, ein paar Bilder von mir zu verkaufen. Ich kann ganz gut malen. Hab' ich im Knast gelernt.«

Lieberman schaute zu der Person herüber, die sie von der anderen Straßenseite aus durch die teilweise geöffneten Vorhänge beobachtete.

»Weiß jeder hier, daß Sie mal im Knast waren?«

»Fast jeder. Aber wir haben hier keine Lokalzeitung. Die könnten viele hier sowieso nicht lesen.«

»Wie heißt diese Messe in Seattle?« fragte Lieberman. »Meine Frau ist Kunstliebhaberin. Vielleicht können wir einen Tag oder zwei hinfliegen, uns die Sehenswürdigkeiten anschauen, die Restaurants ausprobieren und eine Kunstausstellung besuchen.«

Eine junge Frau, die mit der einen Hand den Mantel über ihrem Kopf hielt und an der anderen einen kleinen weißblonden Jungen hatte, kam aus dem Nachbarhaus heraus. Es regnete jetzt etwas stärker, es war mehr als nur Nieselregen. Die Frau hatte es eilig und zog den Jungen mit sich über die Straße und vorne an Liebermans Wagen vorbei. Die Blicke des Jungen und des Detective trafen sich. Dann waren Mutter und Kind verschwunden.

»Süßer Bursche«, sagte Lieberman.

»Peter, Peter Wascaboinik«, sagte George und kämpfte gegen sein Verlangen, die Hände aneinanderzureiben oder mit seinem Ring zu spielen.

»Die Kunstmesse, George. Wir sprachen gerade über die Kunstmesse in Seattle«, sagte Lieberman. »Sie wollten mir eben sagen, wie die Messe heißt und mir vielleicht auch den Namen und die Telefonnummer von einem der Veranstalter geben.«

»So auswendig aus dem Kopf?« fragte George und sah Lieberman immer noch nicht in die Augen. »Wer weiß denn so was auswendig?«

»Sie haben es doch sicher irgendwo aufgeschrieben. Wir können ja nachsehen«, bot Lieberman an.

George lachte und hatte Angst, daß seine Stimme stocken und ihn verraten könnte.

»Was soll das alles?« fragte er und wandte seinen Blick endlich dem Detective zu, der bereits darauf wartete. »Okay, es gibt keine Kunstmesse in Seattle. Ich will einfach nur eine Woche weg von hier, eine Frau aufreißen. Ich habe ein bißchen was gespart. Das mit Seattle habe ich nur so meiner Mutter gesagt. Und wo liegt der Unterschied, ob ich bei einer Hure hier vom Loop einziehe oder nach Seattle gehe? Was beweist das schon? Was wollen Sie von mir?«

George hatte alles vorgebracht mit einer Mischung aus Schmerz, Entrüstung und Selbstgerechtigkeit. Lieberman sah George Patniks unverwandt an und trank seinen Kaffee.

George schaute als erster weg, neigte den Kopf nach vorne, schlug ihn gegen das Armaturenbrett und sagte: »Verdammt.«

»Eine Frau wurde vorgestern nacht gefunden«, sagte Lieberman. »Ermordet. Verstümmelt. Eine gutaussehende Frau, bevor das passiert ist.«

»Tut mir leid für sie«, sagte George, und er hörte sich an, als ob es ihm wirklich leid täte.

»Ihr Ehemann hat ausgesagt, daß Anfang letzter Woche ein Mann dagewesen sei, der sich nach Handwerksarbeiten erkundigt hat. Die Beschreibung paßt auf Sie. Sind Sie jetzt Handwerker, George?«

»Nein«, sagte er.

»Hätten Sie was gegen eine Gegenüberstellung?«

»Ich bin nie bei jemandem am Haus gewesen und hab' gesagt, ich sei Handwerker. Das ist Blödsinn.«

»Dann haben Sie also auch nichts gegen eine Gegenüberstellung?«

George zuckte die Achseln und sagte: »Ich hab' zu tun.«

»Es dauert nur eine Stunde. Länger nicht. Vielleicht sogar kürzer. Es ist Ihnen doch klar, daß ich auch die nötigen Papiere besorgen kann und Sie schon heute nachmittag auf der Wache sind. Gibt es etwas, wovor Sie Angst haben müssen, George?«

»O Gott«, stöhnte George.

»Ich muß doch sehr bitten«, sagte Lieberman. »Ich verlange ja nicht von Ihnen, daß Sie einen Mord gestehen, George. Ich bitte Sie nur zu einer Gegenüberstellung. Das haben Sie doch schon einmal gemacht. Sogar mehrmals.«

»Wann soll das sein?«

»Jetzt gleich wäre nicht schlecht. Vielleicht in einer Stunde oder so, dann kann ich unseren Zeugen anrufen«, sagte Lieberman.

»Ich habe einen Typen namens Rozier niemals getroffen«, sagte George. »Ganz ehrlich. Hand aufs Herz und Ehrenwort.«

»Rozier? Wer hat denn gesagt, daß der Ehemann Rozier heißt?«

»Ach kommen Sie, Liebowitz . . .«

»Lieberman.«

»Kommen Sie, Lieberman«, sagte George müde. »Sie fragen mich, ob ich einen Typen namens Rozier kenne. Dann erzählen Sie mir, daß eine Frau ermordet wurde und daß ihr Mann mit einem Handwerker gesprochen hat, der vielleicht Ähnlichkeit mit mir hat.«

»Klingt ganz logisch«, sagte Lieberman und spitzte die Lippen. »Wie wär's, wenn wir uns jetzt zur Gegenüberstellung begeben?«

»Ich muß nur Ma Bescheid sagen«, sagte George.

Es war ein kühler, regnerischer Frühlingsmorgen. George Patniks schwitzte. Lieberman beschloß, ihn noch ein bißchen schwitzen zu lassen.

»Gut«, sagte er und öffnete die Wagentür. »Wir können uns ein paar Minuten Zeit nehmen und uns einige Ihrer Bilder anschauen.«

»Sie haben keinen Hausdurchsuchungsbefehl«, sagte George, als Lieberman ausstieg.

»Kunstfreunde brauchen keinen Hausdurchsuchungsbefehl, George. Sie werden freiwillig von mittellosen Malern mittleren Alters eingeladen, oder haben Sie etwas in Ihrem Zimmer, das ich nicht sehen soll?«

»Nein«, sagte George mit aller Ruhe, die er noch aufbringen konnte.

»Nur ein kurzer Blick«, sagte Lieberman leise und stieg endgültig aus dem Wagen aus. »Kann das was schaden?«

»Nein«, sagte George und ließ sich willig von dem Polizisten zurück zum Haus führen.

Sie betraten das Haus und hörten sofort Wanda Skutnik schreien: »Schuhe ausziehen oder die Füße gut abputzen!«

Sowohl George als auch Abe Lieberman putzten sich auf dem kleinen Läufer im Flur die Schuhe ab.

»Ich zeig' Mr. Lieberman meine Arbeiten. Danach müssen wir mal 'ne Zeitlang weg.«

Wanda drehte sich herum, um zuzusehen, wie die beiden Männer auf die Tür zugingen, hinter der die Treppe zu Georges Zimmer lag.

»Was hast du diesmal getan, Gregor?«

»Nichts, Ma. Gar nichts. Guck du deine Show.«

»Montels Show ist blöd heute«, antwortete sie. »Sie von der Polizei, was hat mein Sohn diesmal getan? Wen hat er ausgeraubt?«

»Ich sehe zu, daß er in knapp drei Stunden wieder hier ist«, antwortete Lieberman und folgte George durch die Tür.

»Soll das 'ne Antwort auf meine Frage sein?« rief sie. »Ich bin eine Gefangene in meinem eigenen Haus. Keiner erzählt mir was. Habt ihr Hunger? Wollt ihr Roastbeef mit Kartoffelsalat?«

Lieberman folgte Patniks die schmale Holztreppe hinunter.

Georges Zimmer war ein einziges Durcheinander. Farbtöpfe und Bilder, Paletten und Zeitungen, ein ungemachtes Bett, stapelweise Zeitschriften. Lieberman fragte sich, was George wohl herumgerückt hatte, als er ihn vor knapp zehn Minuten durch den Fußboden behört hatte.

»Schön«, sagte Lieberman und hielt das Bild einer Frau hoch, die offensichtlich hinter der Theke eines Schnellrestaurants stand, das die ganze Nacht über geöffnet hatte. Die Frau sah traurig aus. Es war keine Kundschaft da für das, was sie verkaufte, was auch immer es sein mochte.

»Danke«, sagte George.

»Woran arbeiten Sie jetzt gerade? Haben Künstler nicht immer eine Staffelei oder so was?«

»Im Moment arbeite ich an nichts.«

»Wie kommt es dann, daß Sie mit Farbe bekleckert sind?«

»Ich hab' Farben gemischt, Farben ausprobiert«, erklärte George schwach. »Mache gerade nur Skizzen. Mit dem Bleistift. Hier, ich zeig's Ihnen.«

George schnappte sich einen Zeichenblock, öffnete ihn und blätterte seitenweise düstere Männer und noch düsterere Erscheinungen auf.

»Sehr erhellend«, sagte Lieberman.

»Danke«, sagte George. »Können wir jetzt gehen?«

Lieberman sah sich im Zimmer um und nickte. Über ihnen dröhnte der Fernseher.

»Kommen Sie, wir gehen hinten raus«, sagte George.

Auf dem Weg zur Wache durch die Stadt rief Lieberman Harvey Rozier an und bat ihn, auf die Wache zu kommen; er sagte ihm, es sei ganz wichtig und daß er einen möglichen Hinweis auf diesen sogenannten Handwerker habe.

»Ken und ich sind sofort da, und, Lieberman, ich halte es nur für fair, Ihnen mitzuteilen, daß ich eine offizielle Beschwerde aufgrund des Verhaltens Ihres Partners eingereicht habe, der gestern abend zu mir nach Hause kam und mich behandelt hat, als wäre ich der Hauptverdächtige bei dem Mord an meiner Frau.«

»Er ist etwas eigenwillig.«

»Ist das ironisch gemeint, Officer?« fragte die zitternde Stimme von Ken Franklin, offensichtlich von einem Nebenapparat aus.

»Es ist die Wahrheit«, sagte Lieberman. »Wir sehen uns in einer Stunde auf der Wache. Mr. Rozier kennt den Weg.«

Nachdem Lieberman aufgelegt hatte, wandte er sich George Patniks zu. Zweifellos schwitzte der Mann an seiner Seite wie ein Kind mit einer schweren Lungenentzündung.

Ken Franklin wandte sich Harvey Rozier zu und sagte: »Die sind mehr als nur ein bißchen anmaßend, diese Polizisten, aber sie scheinen ihre ganze Aufmerksamkeit auf diesen Fall zu richten. Alles in Ordnung, Harv?«

Harvey Rozier stand bleich und schwitzend in Shorts und T-Shirt mit dem Aufdruck »University of Illinois« vor ihm, ein Handtuch um den Hals. Er hatte gerade acht Meilen in vierzig Minuten auf dem Laufband in seinem Keller hinter sich gebracht und stand jetzt in seinem Arbeitszimmer und fragte sich, ob es noch eine Möglichkeit gab, sich vor dieser Sache zu drücken. Aber er hatte keine andere Wahl, als unverzüglich Liebermans Bitte nachzukommen, zur Wache zu fahren und den Mann zu identifizieren, den sie gefunden hatten. Aller Wahrscheinlichkeit nach war das nicht Patniks. Rozier hatte sich dazu entschlossen abzuwarten, bis das derzeitige Aufsehen um den Mord an Dana nachgelassen hatte, bevor er Patniks ausfindig machen und mit ihm Kontakt aufnehmen wollte. Und jetzt das. Was war mit den Fehlern, die er gemacht hatte? Harvey Rozier war zuversichtlich gewesen, daß er diese ganze Sache erfolgreich durchziehen konnte, aber er hatte noch niemals vorher jemanden ermordet, und so hatte er natürlich nicht vorhersehen können, daß ein Einbrecher Zeuge des Verbrechens sein würde.

Das Ipekakuanha, das Brechmittel – das war der Fehler. Er hätte sagen sollen, daß Dana so etwas aus Angst vor einer Lebensmittelvergiftung im Haus hatte. Vielleicht konnte ihm das bei passender Gelegenheit so ganz nebenbei einfallen, und er könnte sogar einflechten, daß ihr einmal schlecht geworden war und es weit und breit keinen Arzt gegeben hatte. Auf den Bahamas letztes Jahr.

»Harv?« sagte Ken Franklin besorgt und ging zu Rozier hinüber. »Alles in Ordnung?«

»Unter den gegebenen Umständen, ja«, sagte Rozier und zeigte seinem Anwalt dabei das schwache Lächeln eines Opfers, das sich bemüht, seine Trauer mit Fassung zu tragen.

Franklin lächelte mitfühlend und sagte: »Du solltest jetzt duschen und dich anziehen.«

Rozier nickte und verließ das Zimmer.

Es gab noch etwas anderes, was er bei dieser Sache nicht berücksichtigt hatte. Er hatte ein fast perfektes Alibi, und er hatte keinem von seinem Mordplan erzählt, aber daß die Polizei auf die Idee kommen könnte, er habe vielleicht jemanden bezahlt, um Dana zu ermorden, damit hatte er nicht gerechnet. Er war sich nicht sicher, daß das deren Gedankengang war, aber es war eigentlich ziemlich naheliegend.

Er zog sich im Badezimmer ganz aus und ließ die Kleidung für das Hausmädchen zum Aufräumen auf dem Boden liegen. Er fragte sich einen Moment lang, wie Dana diese Frau wohl bezahlt hatte. Da würde er wohl nachfragen müssen.

Harvey stellte das Wasser so heiß ein, wie er es eben vertragen konnte, und es prasselte auf ihn herab, beflügelte dabei seine Gedanken und belebte sein Selbstvertrauen. Ken würde zu ihm halten und Betty auch, die – wenn man ihr Alter berücksichtigte – toll in Form war und viel besser im Bett, als er sich das vor knapp sechs Monaten vorgestellt hatte, als er sich zum erstenmal an sie herangemacht hatte.

Selbstvertrauen, sagte er sich. Es besteht überhaupt keine Möglichkeit, daß sie dich deswegen drankriegen, auf gar keinen Fall. Dir das Leben schwermachen? Ja. Das war's aber auch schon, denn Ken – vorausgesetzt, daß er gesund blieb – würde sich vor Harvey stellen und das Schlimmste abfangen.

Harvey hatte absichtlich seinen Arbeitsrhythmus vor dem Mord kein bißchen verändert. Obwohl er wußte, daß er wochenlang nicht ins Büro kam, hatte er Termine vereinbart, Besprechungen angesetzt und Zusagen gemacht. An diesem Morgen hatte er Alan Gibson angerufen und ihm mitgeteilt, daß er so gut es ging weitermachen solle, und Alan Gibson hatte ihm gehorsam geantwortet, daß er sich keine Sorgen zu machen bräuchte.

Er hatte es Betty überlassen, zu Danas Verwandten Kontakt aufzunehmen und für sie Zimmer im Hyatt zu reservieren. Betty hatte ihnen gesagt, daß Harvey noch zu verzweifelt sei, um Besuch empfangen zu können.

Zehn Minuten nachdem Harvey unter die Dusche gegangen war, war er angezogen und wieder unten. Ken stand wartend im vorderen Flur, eine Zeitung in der Hand.

»Du hast die Zeitungen nicht gelesen, oder?« fragte Franklin.

»Du hast mich doch gebeten, es nicht zu tun.«

»Nur Fernsehen?«

»Nicht die Nachrichten.«

»Gut. Das Eindringen in deine Privatsphäre wird noch ein bis zwei Wochen anhalten und dann allmählich nachlassen. Es besteht kein Grund dafür, daß du noch einmal erinnert wirst an . . .«

»Danke, Ken. Ich weiß nicht, was ich ohne dich und Betty machen würde.«

»Wir fahren mit meinem Wagen«, sagte Ken. »Er steht in der Einfahrt.«

Harvey nickte dankbar.

Die Menge der Schaulustigen war weg, und der Mord an Dana Rozier war – obwohl von der Presse noch nicht vergessen – Schnee von vorgestern, insbesondere seitdem klar war, daß Harvey Rozier keine Fragen beantwortete.

Harvey stieg in Franklins Lincoln, zog die Tür zu und versuchte zu überlegen, wie er sich verhalten sollte für den Fall, daß sie durch einen glücklichen Umstand oder durch einen Fehler von ihm Patniks doch gefunden hatten.

# 10 Konfrontationen

Hanrahan kam zu spät. Als Lieberman Bill Hanrahan anrief und ihm sagte, er solle auf die Wache kommen, war er gerade mit Rasieren und Anziehen fertig geworden. Seine Krawatte war noch nicht gebunden, doch das hatte Zeit, bis er zur Tür hinausging.

Er hatte die Tribune hereingeholt, die Rozier-Story oben auf Seite zwei gelesen und gesehen, daß sie dort Captain Kearney zitierten; der hatte sinngemäß gesagt, daß es mehrere heiße Spuren gäbe, daß das Verbrechen eines der rücksichtslosesten und brutalsten sei, an dem er jemals gearbeitet habe, und daß Harvey Rozier sein Schicksal mit Fassung trage.

Hanrahan war bei der zweiten Tasse Kaffee. Acht waren noch in der Kaffeemaschine. Er hatte keine neue, kleinere Maschine gekauft, als Maureen ihn verlassen hatte, und er mahlte die Kaffeebohnen automatisch und füllte ebenso automatisch die Maschine für zehn Tassen. Er wärmte den Kaffee in der Mikrowelle auf, wenn er abends nach Hause kam, und schüttete den Rest weg, wenn er ins Bett ging. Koffein hielt Hanrahan nachts nicht wach. Von Zeit zu Zeit taten ihm seine kaputten Kniegelenke weh, und sein Verlangen nach den rezeptpflichtigen Tabletten, die den Schmerz linderten, riß ihn dann schweißgebadet aus dem Schlaf, aber normalerweise waren es nur seine Gedanken, Gedanken an Maureen, Iris und die Jungen. Er kämpfte gegen die Wut und die Bitterkeit und den Lockruf der Flasche an, und jeden Tag gewann er den Kampf, aber es fiel ihm ungeheuer schwer. Und er brauchte Kaffee.

Es klopfte an der Haustür. Hanrahan legte die Zeitung weg und ging mit der Kaffeetasse in der Hand zur Tür, öffnete und sah sich drei Asiaten gegenüber. Alle drei trugen dunkle Anzüge. Der Mann in der Mitte sah aus wie einer von diesen

Hunden mit dem zerknautschten Gesicht. Der alte Mann trug eine Brille mit dicken Gläsern und hatte einen einfachen Bambusstock bei sich.

»Mr. Hanrahan«, sagte der Alte, »dürfte ich Sie bitte einmal kurz sprechen?«

Hanrahan betrachtete die beiden jüngeren Männer. Sie sahen fit und kräftig aus und beherrschten wahrscheinlich verschiedene Kampfsportarten oder so was, etwas, das im Film immer ganz toll aussah. Nein, entschied er rasch, dafür hatten sie zuviel Format, und außerdem trug der Größere links von dem Alten eindeutig eine Kanone unter seinem Jackett. Der brauchte keine Kampfsportarten.

»Ich habe nur ein paar Minuten Zeit«, sagte Hanrahan und trat zurück, um sie hereinzulassen.

»Mehr ist auch nicht nötig«, sagte der Alte und nickte, als er mit den beiden anderen in Hanrahans Wohnzimmer trat.

Hanrahan schloß die Tür; der Alte schaute sich im Zimmer um.

»Bescheiden und sauber«, sagte der Alte anerkennend.

»Freut mich, daß es Ihnen gefällt«, sagte Hanrahan. »Kaffee ist in der Küche. Wir können uns auch setzen.«

»Sie wissen, wer ich bin?« fragte der Alte und folge Hanrahan in die Küche.

»Dazu braucht man kein großer Detektiv zu sein, um sich das denken zu können«, sagte Hanrahan und hielt die Küchentür auf, damit die drei eintreten konnten.

Hanrahan bat die Männer an den Tisch. Laio Woo schloß die Augen und nickte den anderen beiden Männern zu, sich zu setzen. Das taten sie, und er selbst ebenfalls.

»Nehmen Sie Milch und Zucker?«

»Schwarz für uns alle«, sagte Woo und legte den Stock auf den Küchentisch.

»Ich könnte Ihnen auch Tee machen«, sagte Hanrahan.

»Ich mache mir nichts aus Tee«, sagte Woo.

Soweit alles sehr höflich, dachte Hanrahan, servierte seinen

Besuchern Kaffee und setzte sich dann auf den einzigen freigebliebenen Stuhl. Hanrahan stellte die Kaffeetasse ab und faltete säuberlich die Zeitung zusammen.

»Sie halten Ihre Wohnung tadellos in Ordnung«, sagte Woo. »Das ist bewundernswert.«

»Wie gesagt, ich freue mich, daß es Ihre Zustimmung findet«, sagte Hanrahan und sah auf die Uhr.

Eine Zeitlang tranken die vier Männer schweigend ihren Kaffee, dann stellte Woo seine Tasse ab, faltete die Hände und schaute Hanrahan an.

»Sie wissen, warum ich hier bin«, sagte er.

»Um mich davon abzuhalten, Iris Chen zu heiraten«, sagte Hanrahan.

»Mr. Chen, der Vater von Iris, hat mir mitgeteilt, daß Sie trotz des Anrufs meines Mitarbeiters Ihrer Bitte Nachdruck verliehen und Iris Chen gebeten haben, Sie zu heiraten.«

»Das ist wohl wahr«, sagte Hanrahan, eine Redewendung, die sein Vater häufig gebraucht hatte.

Vielleicht war es die Förmlichkeit seines Gastes, die Hanrahan zur irischen Förmlichkeit seines Vaters Zuflucht nehmen ließ. Ganz deutlich vernahm er den vertrauten Tonfall von County Kildare, und er ruhte in ihm wie eine Cheshire-Katze, ein ruhiger Tonfall, irgendwie gesichtslos.

»Bitte verstehen Sie«, sagte Woo und lehnte sich vor. »Miß Chen würde aus der Gemeinschaft ausgestoßen werden. Für ihren Vater wäre es eine Schande. Sie sind ein Weißer, geschieden und Alkoholiker. Bin ich zu direkt?«

»Sie lassen den Blödsinn weg und kommen wenigstens gleich zur Sache«, antwortete Hanrahan mit einem Lächeln.

»So ist es«, sagte Woo nachdenklich.

»War's das?« fragte Hanrahan, schaute alle drei Männer an und stand auf. »Ich muß zur Arbeit.«

Er blickte dem Alten ins Auge und hielt seinem Blick stand.

»Diese Heirat dürfte für Sie von Vorteil sein. Iris Chen ist eine gute Frau, aber für sie wäre es nicht gut. Was sie durch Sie gewinnt, kann sie unmöglich für das entschädigen, was sie verliert. Sie wirken nicht wie ein Egoist. Wenn Sie mir bitte in aller Ehrlichkeit sagen wollen, ob ich unrecht habe.«

»O mein Gott«, sagte Hanrahan seufzend. »Nein, so gern, wie ich Sie alle drei am liebsten rausschmeißen und Ihren Stock übers Knie kaputtbrechen würde, Sie haben recht. Ich werde noch einmal in Ruhe darüber nachdenken.«

»Sie sind lange einsam gewesen«, sagte Woo. »Opfern Sie Iris Chen nicht Ihrer Angst, allein zu sein. Ich sage das, weil ich weiß, was es heißt, allein zu sein.«

»Ich weiß das zu schätzen«, sagte Hanrahan.

Woo erhob sich mit Hilfe seines Stockes, und die beiden anderen Männer standen ebenfalls auf.

»Sie machen den Eindruck, als wären Ihre Erwartungen enttäuscht worden«, sagte Woo zu Hanrahan gewandt. »Haben Sie erwartet, daß ich Ihnen drohe oder Sie zu bestechen versuche?«

»Vielleicht.«

»Hätte das eine Wirkung gehabt?«

»Nein«, sagte Hanrahan. »Sie haben völlig richtig gehandelt.«

Woo streckte seine Hand aus, und Bill Hanrahan nahm sie. Die Hand bestand nur noch aus faltiger Haut und dünnen Knochen. Der Polizist ging vorsichtig mit ihr um.

»Sie brauchen uns nicht bis zur Tür zu bringen«, sagte Woo und ging mit seinen Männern zur Küchentür.

»Aber ich möchte es gerne«, sagte Hanrahan und ging voraus.

Die drei Besucher machten eine Kopfbewegung, die möglicherweise eine Verbeugung war, und gingen wortlos.

»'ne schöne Vorstellung«, sagte Hanrahan laut, als die Tür hinter ihnen ins Schloß gefallen war.

Eine Menge höflicher Erklärungen, dachte er, und die eine oder andere versteckte Pistole.

Hanrahan hatte keine Angst – seit Maureen ihn verlassen hatte, trug er sowieso ein bißchen den Wunsch zu sterben mit sich herum –, aber der Besuch beunruhigte ihn.

Bill Hanrahan stellte nicht zum erstenmal fest, daß Laio Woo wahrscheinlich völlig recht hatte und daß der Alte eigentlich nichts anderes gesagt hatte als das, was Hanrahan selber dachte.

Er spülte die Tassen und Untertassen ab, stellte sie in die Spülmaschine und eilte zur Tür. Er war mehr als nur ein bißchen zu spät.

Als Hanrahan endlich auf der Clark-Street-Wache eintraf, war die Gegenüberstellung fast vorüber. Der kleine Raum mit dem einseitig durchlässigen Spiegel war voller Leute. Lieberman, Captain Kearney, Harvey Rozier, Kenneth Franklin und eine Anwältin aus dem Büro des Staatsanwalts. Hanrahan hatte vergessen, wie sie hieß.

Keiner beachtete Hanrahan. Die Blicke aller waren starr auf die kleine Bühne hinter dem Spiegel gerichtet, auf der vier Männer standen. Zwei davon waren Cops. Einer war ein Obdachloser aus der Umgebung namens Mize. Die Detectives gaben ihm für jede Gegenüberstellung drei Dollar. Der vierte Mann, der zweite von links, war der eigentliche Verdächtige, George Patniks. Hanrahan hatte Patniks zwar nie zuvor gesehen, aber er wußte genau, wie ein Mann aussieht, der Angst hat.

Hanrahan lehnte sich an die hintere Wand an und verschränkte die Arme vor der Brust. Lieberman saß neben Rozier und schwieg. In dem Raum hinter dem Spiegel war der Blick von George Patniks fest auf die Glasscheibe geheftet, die für ihn undurchsichtig war. Er atmete schwer und gab sich Mühe, seine Angst zu verbergen, aber das gelang ihm so schlecht, daß es fast schon komisch wirkte.

»Genug gesehen?« fragte Lieberman leise.

»Ja«, antwortete Rozier.

»Sie wollen nicht, daß einer vortritt, sich umdreht oder noch einmal etwas sagt?«

»Nicht nötig«, sagte Rozier.

Lieberman nickte und klopfte zweimal an das Fenster. Nestor Briggs geleitete die vier Männer von der Gegenüberstellung auf der rechten Seite hinaus. Hanrahan schaltete das Licht an.

Kenneth Franklin drehte sich um und sah ihn mit offener Verachtung an.

»Ich möchte darum bitten, daß dieser Officer nicht anwesend ist«, sagte Franklin. »Mein Klient hat bereits eine offizielle Beschwerde wegen Belästigung gegen ihn eingereicht.«

Rozier drehte sich um und begegnete Hanrahans Blick.

»Tut mir leid, Mr. Franklin, aber Detective Hanrahan ist als Ermittlungsbeamter an diesem Fall beteiligt«, sagte Captain Alan Kearney. »Ich werde nachher mit ihm wegen Ihrer Beschwerde sprechen.«

Kearney war mit einundvierzig Jahren der jüngste Captain im Chicago Police Department. Bis vor einem Jahr hatte er eine vielversprechende Karriere vor sich gehabt, und es schien ganz sicher zu sein, daß er der jüngste Polizeichef in der Geschichte Chicagos werden würde. Doch dann war eine Bombe eingeschlagen – ein Cop hatte durchgedreht, sich auf dem Dach eines Hochhauses verbarrikadiert, ein Mordstheater gemacht und Kearney beschuldigt, seine Frau verführt zu haben. Der Cop auf dem Dach war erschossen worden, und danach war es auch mit Kearneys Ambitionen zu Ende.

Kearney war dunkelhaarig und sah auf eine rauhe Art gut aus, aber das ließ jetzt nach; er war ein gefährlicher Mann, der in seiner Direktheit nichts mehr zu verlieren hatte.

»Ich fürchte, ich muß darauf bestehen, Captain«, sagte Franklin

»Und ich fürchte, ich muß Sie bitten, davon Abstand zu nehmen«, sagte Kearney. »Das Ziel all unserer Bemühungen ist es, die Person oder die Personen zu finden, die Mrs. Rozier ermordet haben, und nicht, uns von labilen Persönlichkeiten ablenken zu lassen.«

»Ken«, sagte Rozier und faßte Franklin am Arm. »Er hat recht.«

Kearney nickte zu Lieberman hinüber, und der sagte: »Haben Sie einen von diesen Männern wiedererkannt, Mr. Rozier?«

»Nein«, antwortete Rozier mit einem Kopfschütteln.

»Sind Sie sicher, daß keiner von ihnen der Mann war, der zu Ihnen an die Türe kam und nach Handwerkerarbeiten fragte?« fuhr Lieberman fort.

»Ganz eindeutig nicht«, sagte Rozier.

»Harvey hat, wie ich Ihnen, glaube ich, bereits erzählt habe, ein unglaubliches Gedächtnis für Gesichter«, sagte Franklin.

»Tja«, sagte Kearney und stand von seinem Stuhl auf, »dann müssen wir es halt weiter versuchen.«

»Das würden wir sehr begrüßen«, sagte Franklin.

»Bill, Abe, wir treffen uns in meinem Büro. Vielen Dank, daß Sie gekommen sind, Gentlemen. Wir halten Sie auf dem laufenden.«

»Vielen Dank«, sagte Rozier.

Kearney verließ den Beobachtungsraum.

»Sie kennen den Weg hinaus?« fragte Lieberman.

»Wir werden den Weg schon finden«, antwortete Franklin.

»Sergeant«, unterbrach Rozier, »vielen Dank für Ihren Versuch. Wenn Sie mich wieder brauchen, ich stehe Ihnen jederzeit zur Verfügung, Tag und Nacht. Sie beide tun schließlich nur Ihre Arbeit. Bitte entschuldigen Sie, daß ich im Moment nicht ganz bei mir bin.«

»Schon klar«, sagte Lieberman. »Vielen Dank, daß Sie gekommen sind.«

Im Flur, auf dem Weg zu Kearneys Büro, sagte Lieberman: »Was ist denn mit dir los, hast du dir die Schlaflosigkeit von mir geholt? Father Murphy, du siehst aus wie ein nasser Hundekuchen.«

»Hab' viel im Kopf, Rabbi«, sagte Hanrahan. »Mir geht allerhand durch den Kopf.«

»Was ist mit Chuculo Fernandez passiert?« fragte Lieberman.

»Das Opfer ist sich nicht mehr ganz sicher«, sagte Cadwell, ohne aufzusehen. »Der Captain sagt, entweder kommen wir ihm mit etwas Stichhaltigem, oder wir müssen dem Pflichtverteidiger erklären, warum wir ihn nicht laufenlassen. Wenn Fernandez das nächstemal hier auftaucht, dann wegen vorsätzlichen Mordes. Merkt euch das, ich sage es hier und jetzt und als erster.«

Hanrahan traf auf den Blick seines Partners, als sie auf Kearneys Büro zugingen.

»Guck mich nicht so an, Rabbi. Ich bin zurechnungsfähig, nüchtern und hellwach.«

Kearneys Büro befand sich in der Ecke des Mannschaftsraums. Es war klein, dafür aber fast schalldicht. Der Captain saß hinter seinem Schreibtisch und wartete auf sie. Die Detectives nahmen Platz.

»Und?« fragte Kearney.

»Ich würde sagen, Rozier hat ihn erkannt.«

»Ich auch«, sagte Kearney.

»Also ist es wohl am wahrscheinlichsten«, sagte Lieberman, »daß Rozier Patniks angeheuert hat, um seine Frau zu ermorden.«

»Das paßt nicht«, sagte Kearney.

»Hast recht«, pflichtete Lieberman ihm bei. »Das paßt nicht. Patniks ist keiner, den man einfach anheuert, um jemanden umzubringen – nicht mit einer Pistole und schon gar nicht mit einem Messer. Aber wer weiß?«

»Ja, wer weiß?« stimmte Kearney zu und schaute sich die Notizen auf seinem Schreibtisch an.

»Mrs. Rozier hatte eine Versicherung über fünfundzwanzigtausend Dollar abgeschlossen. Harvey Rozier gibt das in zwei Monaten für Öffentlichkeitsarbeit und Arbeitsessen aus.

Die Beerdigung kostet mindestens fünf- oder zehntausend. Mrs. Rozier hat ihm alles vermacht, aber das ist fast nichts, außer ihrer Haushälfte. Sieht nicht nach einem Geldmotiv aus.«

»Sieht nicht so aus«, meinte auch Lieberman. »Hat er was mit Frauen gehabt?«

»Wenn ich mir den ansehe, würde ich sagen, ja«, sagte Kearney, »aber das ist alles nicht hundertprozentig. Meinst du, sie hat ihm mit Scheidung gedroht und wollte alles haben, was er besitzt?«

»So was ist schon vorgekommen«, sagte Lieberman.

»Unser Harvey, dieser trauernde Witwer, besitzt gar nicht so verdammt viel, was sie ihm hätte wegnehmen können«, sagte Kearney. »Er ist in einer kostendeckenden Branche und muß sich jeden Monat anstrengen, damit der Laden weiter läuft. Laufende Geschäftskosten – Gästeempfänge, Miete, seine Angestellten. Unser Harvey hatte nicht viel, aber er könnte ein schönes Sümmchen gebrauchen.«

Kearney biß sich auf die Unterlippe und ging noch einmal seine Notizen durch.

»Rozier ist kerngesund. Da können wir nichts Negatives entdecken. Dasselbe kann man für seinen Anwalt, Kenneth Franklin, nicht behaupten. Franklin ist sehr reich und sehr krank. Er hat Krebs.«

»Das erklärt wenigstens ein paar von seinen Allüren.«

»Möglich«, sagte Kearney und sah zu Hanrahan auf. »Was zum Teufel haben Sie da gestern abend vorgehabt?«

»Wir«, sagte Lieberman. »Bill und ich waren beide der Meinung, daß er zu Rozier fahren und mit ihm sprechen sollte.«

»Um zehn Uhr abends? Allein schon die Zeit, ohne einen Notfall, reicht als Begründung aus, damit Franklin und Rozier hier mit ihrer Anzeige wegen Belästigung durchkommen können.«

»Er ist irgendwie schuldig, und . . .«, sagte Hanrahan.

»Und Ihnen tut es leid, daß Sie das getan haben«, beendete Kearney den Satz.

»Absolut«, sagte Hanrahan.

»Die Flasche Ipekakuanha«, sagte Kearney und war schon mit der Standpauke fertig. »Keine Fingerabdrücke drauf. Keine Spur. Nicht ein Fleckchen. Sauber abgewischt. Kennen Sie jemanden, der Medizinfläschchen abwischt, bevor er sie wegstellt?«

»Ein eigenartiger Fetisch«, sagte Lieberman.

»Die Spurensicherung sagt, die anderen Flaschen in Dana Roziers Schrank wurden alle von ihr angefaßt. Was ist da das wahrscheinlichste?«

»Rozier hat seine Fingerabdrücke von der Flasche abgewischt und die Flasche dann in die Schublade seiner Frau gelegt«, sagte Hanrahan.

»Rozier oder der Mörder. Können Sie sich einen Grund vorstellen, warum ein Einbrecher, der gerade einen Mord begangen hat, die Fingerabdrücke von einer Flasche Ipekakuanha abwischen sollte?« Kearney legte eine kurze Pause ein. »Ich mir auch nicht. Warum also hat Rozier die Flasche nicht weggeworfen?«

»Der ist clever genug und weiß, daß wir wahrscheinlich Spuren davon in ihrem Magen finden«, sagte Hanrahan. »Und wir finden tatsächlich was. Sieht dann so aus, als hätte sie das Zeug versteckt gehabt. Und dem trauernden Gatten ist das alles ein Rätsel.«

»Also«, sagte Kearney, »was haben wir bis jetzt?«

»Gar nix«, sagte Lieberman.

»Richtig. Wir haben gar nichts«, sagte Kearney. »Eine Flasche mit einem Brechmittel ohne Fingerabdrücke, einen Verdächtigen, von dem wir glauben, daß er den Einbrecher in einer Gegenüberstellung erkannt hat, der aber sagt, daß er ihn nicht kennt, einen Verdächtigen ohne offensichtliches Motiv und mit einem Alibi. Was machen wir also?«

»Wir suchen nach neuem Beweismaterial«, sagte Lieberman.

Iago Simms grinste, aber so genau wußte man das bei ihm nie, außer man kannte ihn so gut wie Dalbert und Lonny. Iagos Gesicht hing links nach unten, und auf der rechten Seite waren seine Zähne sichtbar.

»Ja!« sagte Iago und hielt die Pistole hoch, die er im Handschuhfach des Wagens gefunden hatte, den sie sich gerade von Reno, dem Drogendealer, ausgeliehen hatten.

Es war schwerer gewesen, als sie gedacht hatten, in die Garage zu kommen. Drei Schlösser waren an der Tür. Es war noch nicht richtig hell, deshalb waren sie sich einigermaßen sicher, daß keiner sie gesehen hatte. Lonny war dafür, die ganze blödsinnige Idee sausenzulassen, aber er wollte auch auf keinen Fall, daß Dalbert und Iago das mitkriegten.

»Scheiße, mach' sie platt«, hatte Lonny gesagt, und Dalbert hatte keine Sekunde gezögert. Über hundert Kilo warfen sich gegen das Garagentor. Es gab nach, brach aber nicht. Dalbert drehte sich zu Lonny um.

»Noch mal!« sagte Lonny und schaute sich um, um zu sehen, ob in den Häusern hinter ihnen Licht anging.

»Und diesmal mach' mal Dampf, verdammte Scheiße«, feuerte Iago ihn an.

Dalbert probierte es noch einmal und warf sich mit voller Wucht gegen das Tor. Das Tor bekam einen Riß und sprang auf, donnerte gegen die Holzwand und wäre Dalbert beim Zurückprallen beinahe ins Gesicht geknallt.

»Los, hoch mit dem Garagentor, schnell«, rief Lonny.

Iago ging zu dem braunen Chrysler, öffnete die Fahrertür und machte sich unverzüglich an die Verkabelung unter dem Armaturenbrett. Dalbert betätigte den Schalter und öffnete das Garagentor. Es glitt reibungslos nach oben, trotz der Bruchstellen.

»Los, beeilt euch!« schrie Lonny.

»Ich hab' ihn, ich hab' ihn, ich hab' ihn!« rief Iago. Der Motor erwachte mit einem Surren. »Da!«

Die drei drängten sich in den Wagen, Lonny fuhr an, und im nächsten Augenblick rasten sie schon die Gasse entlang.

»Ey, wir haben das Tor nicht zugemacht«, rief Dalbert, als er hinten zum Fenster hinaussah.

»Macht nix«, sagte Lonny.

»Wieso nicht?«

»Weil . . .«, sagte Iago und drehte sich im Beifahrersitz um, ». . . du das Tor in Klump gehauen hast. Wir haben überhaupt keine Chance, die Kiste zurückzubringen und dabei nicht irgend 'nem blödsinnigen Nigger mit 'ner Abgesägten in die Arme zu laufen, der schon auf uns wartet. Wir machen den Bruch und lassen den Wagen irgendwo stehen. Stimmt's, Lonny?«

»Stimmt!« erwiderte Lonny.

Iago hatte das Radio angedreht. Eine Frau sang gerade, daß die Männer alle nichts taugen. Lonny langte herüber und stellte das Radio ab. In diesem Moment öffnete Iago das Handschuhfach und fand die Pistole.

»Unser Glückstag, verdammt«, sagte Iago und zielte mit der Pistole aus dem Fenster, ein Auge zugekniffen.

Lonny kam das alles nicht so glücklich vor. Er hatte schon jetzt ein schlechtes Gefühl dabei, aber nun gab es kein Zurück mehr. Er fuhr schweigend innerhalb der Geschwindigkeitsbegrenzung den Lake Shore Drive entlang nach Norden, am Lincoln Park vorbei; der Lake Michigan begleitete sie auf der rechten Seite, und luxuriöse Hochhäuser tauchten auf der linken Seite hinter dem Park auf.

Lonny hatte Schwierigkeiten, den Schalter für den Scheibenwischer zu finden, und hätte fast die Kontrolle über den Wagen verloren, aber nach drei vergeblichen Versuchen drückte er auf den richtigen Knopf, und die Scheibenwischer schalteten sich ein und wischten den Regenfilm in den Morgen hinein.

Zweiundzwanzig Minuten nachdem sie aus der Garage losgefahren waren, parkte Lonny auf der Argyle gegenüber von Jacob Berrys Praxis.

»Schon da?« fragte Dalbert.

»Sieht gar nich' so aus«, meinte Iago.

»Was mach'n wir jetzt?« fragte Dalbert.

»Warten, sonst nix«, antwortete Lonny. »Wir warten einfach. Wenn er kommt, sollte einer von uns im Wagen bleiben und sich bereithalten. Wir haben keine Zeit, hier rumzumachen, die Kabel wieder zusammenzufummeln und so 'ne Scheiße, haste das kapiert?«

»Klar, Mann«, sagte Iago. »Aber ich bleib' nicht im Auto. Dalbert kann ja hierbleiben.«

»Vergiß es!« sagte Dalbert böse.

Wenn Lonny den beiden hätte vertrauen können, hätte er sein Ich-werde-wieder-ausgenutzt-Seufzen losgelassen, oder sein Ich-weiß-nicht-wie-ich-es-überhaupt-mit-euch-aushalte-Seufzen. Dann wäre er im Wagen geblieben. Er hatte schon kein gutes Gefühl gehabt bei der Garage, und er fühlte sich jetzt keinen Deut besser, wie sie hier saßen und darauf warteten, daß der Arzt zur Arbeit kam. Scheiße, dann würden sie eben alle reingehen.

»Vielleicht können wir da oben, äh, einfach nur so einsteigen und nach den Drogen, dem Geld und diesem ganzen Scheiß suchen. Versteht ihr?« machte Dalbert einen Versuch.

»Wir warten auf ihn«, sagte Lonny und machte dabei diesen Typen namens Hawk mit der Glatze aus der Fernsehserie »Spencer« nach. »Wir warten.«

Jacob Berry wachte an diesem Morgen auf und war nicht sicher, ob er sich schlechter oder besser fühlen sollte, daß er nach Chicago gekommen war. Der Himmel war dunkel und nieselig, nicht besser oder schlechter als in East Lansing, aber vielleicht ein bißchen schmutziger.

Er duschte und rasierte sich, kleidete sich an, trank ein großes Glas gepreßten Orangensaft, eine Tasse Folger's koffeinfreien Kaffee, aß ein getoastetes Mohnbagel und hörte dabei Radio.

Regen, Regen und nochmals Regen und dann immer noch mehr Regen. In den Nachrichten Killer, die kleine Mädchen umgebracht hatten. Väter, die durchdrehten und ihre Kinder als Geiseln nahmen. Busunglücke. Noch keine heiße Spur in dem Fall, wo eine Frau in einer guten Wohngegend in ihrem eigenen Haus erstochen worden war. Und das war nur im Stadtgebiet. Dr. Berry wechselte den Sender. Rockmusik. Er wechselte noch mal. Oldies. Chubby Checker. Die Bagels waren in Chicago besser. Das Essen war auch besser. Bloß die Menschen nicht.

Er wusch das Geschirr ab und stellte es ordentlich in den Geschirrspüler, bevor er zur Wohnungstür ging, nahm dann seine Aktentasche, öffnete sie auf dem Tisch und vergewisserte sich, daß die Pistole da war, schußbereit, was ihn beruhigte. Er überlegte kurz, ob er sie in die Tasche stecken sollte, aber das war zu unbequem und zu schwer. Wenn er in der Praxis ankam, wollte er die Pistole herausnehmen und sie in die Schublade legen.

Jacob war bereit, den Tag auf sich zukommen zu lassen. Im Fahrstuhl war er der einzige, was ihm ganz lieb war. Er wollte den Leuten nicht erzählen, daß er Arzt war, wollte nicht, daß sie ihn dann mit einem eigenartigen und fragenden Blick anschauten, der ausdrückte: »Wenn Sie Arzt sind, wieso wohnen Sie dann in diesem Haus? Ich habe ja keine Wahl, aber Sie als Arzt?«

Jacob kannte keinen im Haus mit Namen, einige Gesichter jedoch kannte er.

Er ging durch die kleine, feucht riechende Halle auf die Straße hinaus, wo er seinen Toyota Baujahr '90 vorfand, unverkratzt und nicht aufgebrochen. Der Wagen machte nicht viel her, aber er wollte sich die Quälerei mit der Versicherungsgesellschaft ersparen.

Bis zu Jacobs Praxis waren es nur zehn Minuten. Er hatte einen bezahlten Parkplatz hinter dem vietnamesischen Golden-Wing-Restaurant. Für dreißig Dollar im Monat paßte die

Familie Hee auf seinen Wagen auf und stellte ihm einen recht sicheren Parkplatz in dem ansonsten vielbefahrenen Viertel zur Verfügung. In East Lansing hatte er einen kostenlosen Parkplatz mit seinem Namensschild direkt vor der Klinik gehabt.

Mrs. Hee kam heraus, als er gerade geparkt hatte, und winkte ihm zu, während sie einen Plastiksack mit Müll in einen der Container warf, die an die Wand gekettet waren. Jacob winkte zurück.

In der Ferne rumpelte eine S-Bahn, als er durch die Gasse ging und auf seine Praxis zusteuerte. Rechts und links der Straße waren bereits Autos geparkt; einige davon gehörten Leuten, die in der Nähe wohnten, andere gehörten Kunden, die um diese Zeit schon ihre Einkäufe machten, oder den Angestellten und Eigentümern der Geschäfte.

Ein glänzender, rötlichbrauner Pontiac Grand Prix stand auf der anderen Straßenseite und hatte den Motor laufen. Es sah so aus, als wenn der Wagen leer war.

Jacob schloß die Tür im Erdgeschoß auf, knipste das Licht im Flur an, ging die Treppe hinauf und schloß die Praxistür auf. Als er den Schalter betätigte, wußte er, daß alles in Ordnung war. Alles war da, wo es sein sollte.

Er betrat das Büro, öffnete seine Aktentasche und legte seine Pistole in den Schreibtisch, ließ die Schublade aber einen Spalt weit offen.

Er sah auf die Uhr. Neun Uhr. Er hatte einen Termin um neun und dann noch einen um zehn, beides Routineuntersuchungen von Polizisten. Jacob ging ans Fenster und zog die Jalousie hoch, nur ein wenig, gerade weit genug, um einen staubigen Lichtstrahl hereinzulassen, aber nicht so weit, daß jemand vom S-Bahnsteig oder aus einem vorbeifahrenden Zug hineinschauen konnte.

Sein Neunuhrtermin hatte sich verspätet. Er hörte, wie jemand die Praxistür aufzumachen versuchte. Jacob hatte sich, wie sonst auch, eingeschlossen. Es klopfte.

»Ich komme«, rief er und strich den frischgestärkten Arztkittel glatt.

Jacob war sicher, daß das sein Neunuhrtermin war. Eine andere Möglichkeit war ihm gar nicht durch den Kopf gegangen. Er öffnete die Tür und sah die drei jungen Männer vor sich stehen. Sie waren gekommen. Die, die durch das Fenster geguckt hatten. Jacob Berry bekam weiche Knie.

Einer der drei, ein Kleiner mit einem verzerrten Gesicht, drückte Jacob eine Pistole in den Bauch. Ein zweiter, klein und kräftig, hatte ein Messer in der Hand. Der dritte, groß und mit einer dunklen, bösen Narbe, die durch seine Augenbraue lief, sagte: »Los, geh' zurück!«

Der Kleine drückte Jacob mit dem Pistolenlauf in die Praxis, und der mit der Narbe machte die Tür hinter sich zu.

»So«, sagte der Große mit der Narbe. »Tu das ganze Geld, die Medikamente und alles, was du hast, in einen Beutel, und zwar 'n bißchen dalli, sonst operieren wir dich, und glaub' mir, du Arschloch, wir haben keine Ahnung von dem Scheiß!«

Jacob konnte nicht sprechen. Seine Beine trugen ihn rückwärts, aber sie drohten einzuknicken.

»Ich habe nur ganz wenig Medikamente hier, und an Geld nur das, was ich in meiner Brieftasche habe, ungefähr vierzig Dollar«, sagte er und griff nach seiner Brieftasche.

Der Schwergewichtige mit dem Messer riß sie ihm aus der Hand und steckte sie in die Tasche.

»Du lügst!« sagte der Große. »Los, find' was, und zwar fix! Wir haben keine Zeit zu verlieren.«

»Aber ich habe nichts . . .«

»Find was, oder wir machen Hundefutter aus dir«, sagte der Kleine mit der Kanone.

»Okay, schon gut«, sagte Jacob und wich zurück. »Ich hab' was.«

Der mit dem Messer grinste, und Jacob ging langsam um den Schreibtisch herum auf die leicht geöffnete Schublade zu.

»Los, beweg deinen Arsch!« schrie der mit der Kanone.

Und dann brach die Hölle los. Der Neunuhrtermin, ein Polizist namens Matthews, ebenfalls ein Schwarzer, kam durch die unverschlossene Außentür herein, ohne daß einer im Büro es bemerkt hätte, und nahm nichts Ungewöhnliches wahr. Matthews hatte Angst vor Spritzen. Er wollte die Untersuchung nur möglichst schnell hinter sich bringen. Als er durch die Tür des Untersuchungsraums kam, sah er die drei jungen Männer, sah die Pistole und das Messer und sah den angsterfüllten Blick von Dr. Berry hinter dem Schreibtisch.

Matthews zog seine Pistole. Iago Simms drehte sich um und schoß. Jacob Berry tastete nach der Waffe im Schreibtisch, zog sie heraus, zielte grob in die Richtung der drei Angreifer und begann zu feuern.

Jemand schrie auf.

# 11 Panik in den Straßen

Lieberman und Hanrahan waren gerade an ihre Schreibtische gegangen, die sich neben dem Heizungsrohr gegenüberstanden. Heute war es gerade kalt genug, damit der automatische Thermostat die Heizung einschaltete. Heiße Luft erhitzte Liebermans rechte Gesichtshälfte. Sein Telefon klingelte gerade.

»Lieberman«, meldete er sich.

»Ein nervöser Typ ist am Telefon, er sagt, er muß mit dir sprechen«, sagte Nestor Briggs. »Er behauptet, er sei ein Rabbiner. Er sagt, daß es wichtig ist.«

»Stell ihn durch«, meinte Lieberman und schaute mit einem Kopfschütteln zu seinem Partner hinüber.

»Lieberman«, sagte Abe wieder.

»Lieberman?« fragte Rabbi Nathanson.

»Ja, was kann ich für Sie tun, Rabbi? Ich habe noch keine Gelegenheit gehabt, meinen Anwalt anzurufen oder die Sache mit meiner Frau zu besprechen, aber . . .«

»Ich habe eine Liste gemacht«, sagte Nathanson, und Lieberman stellte sich den langen Lulatsch vor, wie er eine Schriftrolle aus Pergament vor sich abwickelte.

»Eine Liste?«

»Probleme, die behoben werden, und Änderungen, die vorgenommen werden müssen, bevor wir in das Haus einziehen können.«

»Änderungen?«

»Und einige unumgängliche Umbauarbeiten«, bestätigte Rabbi Nathanson. »Alle Tapeten müssen herunter und sollten durch Farbe, die meinen genauen Angaben entspricht, ersetzt werden. Die Teppiche müssen raus, und der Holzfußboden mit einem Sandstrahlgebläse abgeschmirgelt und versiegelt werden. Ein komplett neues Dach und überall neue elektrische Anschlüsse.«

»Und Sie wollen, daß ich das bezahle?« fragte Lieberman.

»Dafür sind Sie verantwortlich.«

»Ich dachte, Ihnen gefällt das Haus so, wie es ist.«

»Das tut es auch, aber einige Wartungsarbeiten sind eben nötig, damit es sich dort leben läßt.«

»Rabbi, ich glaube nicht, daß wir miteinander ins Geschäft kommen«, sagte Lieberman.

»Wir haben einen Vertrag auf Treu und Glauben«, sagte Nathanson streng. »Ich habe Ihnen einen Scheck gegeben. Es gibt Zeugen dafür.«

»Ihr Scheck geht Ihnen noch heute abend mit der Post zu. Nein, es ist besser, wenn meine Frau ihn noch heute nachmittag bei der B'nai-Shalom-Synagoge abgibt.«

»Das ist nicht akzeptabel, Lieberman. Das ist ein Vertragsbruch – nein, das ist ein Vertrauensbruch«, sagte Nathanson.

»Wenn man ein Gebot übertritt, ist das ein Vertrauensbruch«, sagte Lieberman ruhig. »Ihnen den Scheck wieder zurückzugeben, ist gesunder Menschenverstand.«

»Ich habe einen Anwalt«, sagte Nathanson. »Zwei Anwälte, Greenblatt & Greenblatt.«

»Schicken Sie die Greenblatts los«, sagte Lieberman. »So, und jetzt muß ich einen Mörder finden. Jemand hat eine Frau erstochen. Das ist im Moment ein bißchen wichtiger.«

»Dana Rozier«, sagte Nathanson. »Ich habe es in den Nachrichten gesehen. Sind die Roziers Juden?«

»Ich glaube nicht, Rabbi«, sagte Lieberman.

»Gott sei Dank«, sagte Rabbi Nathanson.

»Meine Frau bringt den Scheck zurück. Ihr Anwalt und mein Anwalt können sich ja zusammensetzen und uns nachher die Rechnung schicken, so daß wir mit großer Sicherheit beide Geld in dieser Angelegenheit verlieren. Auf Wiedersehen, Rabbi.«

»Es wäre leichter, vernünftig zu sein«, bemühte sich Rabbi Nathanson mit großem Selbstbewußtsein noch einmal.

»Darin sind wir uns einig«, sagte Lieberman und legte auf.

»Was war das denn?« fragte Hanrahan.

Lieberman tippte mit dem Finger auf das Telefon und wechselte das Thema.

»Laß uns tauschen. Ich spiele den netten Typen bei Rozier, und du spielst den fiesen Typen bei Patniks.«

»Meinst du, wir könnten bei dieser Sache falsch liegen, Rabbi?« fragte Hanrahan.

»Bei Rozier? Nein, Father Murphy, der steht ganz oben auf der Verdächtigenliste. Bei Patniks, da würde ich sagen, der hat sie nicht umgebracht, aber der weiß irgendwas. Vielleicht hat Rozier ihn bezahlt, und er wollte im letzten Augenblick aussteigen. Und unser Harvey hat ein verflucht gutes Alibi. Ganz sauber.«

»Wer hat Dana Rozier dann umgebracht?« fragte Hanrahan.

Lieberman zuckte die Achseln. Sein Telefon klingelte wieder. Er nahm ab und hörte Bess sagen: »Abraham, Rabbi Nathanson hat mich gerade angerufen und ungefähr zehntausend Dollar für Änderungen am Haus verlangt.«

»Weißt du, wo der Scheck ist?«

»In meiner Hand. Ich möchte ihn am liebsten in kleine Fetzen reißen.«

»Steck ihn in einen Umschlag und gib ihn bei der B'nai-Shalom-Synagoge ab.«

»Ich schicke ihn mit Federal Express mit der Bitte um eine Empfangsbestätigung«, sagte Bess.

»Noch besser«, sagte Lieberman. »Ich muß Schluß jetzt machen.«

»Lisa will mit dir reden.«

»Bess . . .«

»Dad.« Das war die Stimme von Lisa, so ruhig und bestimmt wie die des übergeschnappten Rabbi.

»Lisa«, sagte er und schaute Hanrahan dabei an, der gerade aufstand und zur Kaffeemaschine ging.

»Wir müssen miteinander reden, heute.«

»Ich werde versuchen, heute früher nach Hause zu kommen.«

»Heute, nicht heute abend.«

»Ich bin zum Lunch im T & L, so gegen zwei, vielleicht ein bißchen früher.«

»Ich werde da sein.«

»Arbeitest du nicht?«

»Heute nicht«, antwortete sie.

Lisa legte den Hörer auf, als Hanrahan mit zwei Tassen Kaffee zurückkam. Er gab eine davon Lieberman und setzte sich.

»Mit Koffein?« fragte Lieberman und betrachtete die Tasse, auf der in lila Buchstaben AMSTERDAM CRUISES stand.

Hanrahan zuckte die Achseln. Lieberman trank seinen Kaffee.

»Wollen doch mal sehen, ob wir ein Loch oder zwei in der Story unseres leidgeprüften Ehemannes finden können.«

»Wenn . . .«, fing Hanrahan an und drehte sich auf seinem Stuhl, um ein paar Zentimeter weiter von der Höllenglut abzurücken, die das Heizungsrohr die ganze Zeit über ausströmte.

»Wart mal«, unterbrach Lieberman und hörte zufällig mit, was Francis Acardo einen Schreibtisch weiter ins Telefon sprach.

»Francis!« rief Lieberman.

Acardo hielt die Hand über den Hörer und sagte: »Schießerei in der Praxis von Doc Berry. Ein Polizist ist verletzt. Die Wagen sind schon unterwegs. Es herrscht das reinste Chaos, wie üblich.«

Hanrahan und Lieberman sprangen beide auf und liefen wortlos zur Tür des Mannschaftsraums. Bei normalem Verkehr waren sie in weniger als zwölf Minuten in der Argyle Street. Mit Blaulicht schafften sie es in acht. Drei schwarzweiße Polizeiwagen mit eingeschaltetem Blaulicht riegelten die Straße ab. Menschen, die meisten von ihnen Asiaten, standen links und rechts auf dem Bürgersteig und wurden zurückgehalten von zwei Polizistinnen in Uniform. Lieberman machte einen Bogen um den Polizeiwagen, der den Broadway abriegelte, und parkte in der zweiten Reihe.

Der Regen hatte aufgehört, wenigstens für einen Augenblick. Die Straße war naß und die Wolken grau und grollend.

Sie gingen an den Polizistinnen, die die Menge zurückhielten, vorbei und sahen einen jungen Streifenbeamten neben dem verdrehten Körper eines jungen Schwarzen knien. Der Tote hielt die Hände noch gegen den Bauch gepreßt, als hätte er einen furchtbaren Krampf, und sein Gesicht war vom Todeskampf qualvoll verzerrt. Er hatte sich wie ein Fötus zusammengerollt, um zu sterben.

»Der hier ist tot, Abe«, sagte der Polizist auf den Knien. »Ein Messer, zwei Dollar und ein bißchen Kleingeld in der Tasche. Keine Geldbörse, kein Ausweis.«

»Ein Officer ist verletzt?« fragte Hanrahan.

Der kniende Polizist deutete auf den Eingang zu Jacob Berrys Büro.

Ein Grüppchen von Leuten, alles Polizisten, saß auf den Stufen – von Ferne sah es so aus, als ob sie eine Kaffeepause machten. Draußen hörte man die Sirene eines Krankenwagens, nicht weit weg. Und irgendwo oben schrie ein Mann wütend herum.

Eine dritte Polizistin, Shea, stand auf, als sie die Detectives sah, und Lieberman konnte jetzt erkennen, daß ein älterer Cop, Hugh Jensen, am Fuß der Treppe den Kopf von Guy Matthews auf seinem Schoß hielt. Matthews war voller Blut. Er rang nach Luft, und seine Brust hob und senkte sich.

»Es ist die Lunge, glaub' ich«, sagte Jensen. »Sieht schlimmer aus, als es ist. Hoffentlich. Wenn dieser Scheißkrankenwagen nur endlich käme und die Blutung stillen würde . . .«

»Was ist passiert?« fragte Hanrahan.

Von oben schrie die Stimme wieder, aber man konnte kein Wort verstehen.

»Sieht aus wie eine Schießerei oben im Büro vom Doc«, sagte Shea. »Einer von den Tätern ist oben, er ist angeschossen. Zwei sind raus auf die Straße gerannt. Matthews ist hinterher. Er war aber schon angeschossen.«

Sie deutete auf eine Blutspur auf der Treppe.

»Sieht so aus, als hätten sie draußen einen Fluchtwagen stehen gehabt«, sagte Jensen, »aber den hat jemand gestohlen, während sie in der Praxis vom Doc waren. Der Tote da draußen hatte eine Pistole. Matthews hat ihn erschossen. Der andere ist weggerannt. Es gefällt mir nicht, wie er atmet«, sagte er und sah auf den verletzten Officer herab.

Matthews rang jetzt schwer nach Luft und hatte die Augen geschlossen. Hanrahan ging zu ihm hinüber, kniete sich hin und öffnete mit den Fingern den Mund des verletzten Officers. Er drehte Matthews' Kopf zur Seite und nach unten, griff ihm in den Mund und holte einen schleimigen Blutklumpen heraus. Dann drückte er seinen Mund auf den Mund des röchelnden Mannes und fing an, das Blut herauszusaugen, das er auf Jensens Schuhe spuckte. Officer Shea biß sich auf die Unterlippe, aber sie wandte sich nicht ab.

Der Krankenwagen war jetzt ganz nah, seine Sirene heulte direkt vor der Tür. Lieberman ging die Treppen hinauf. Der Schreihals war wieder voll in Fahrt. In Dr. Berrys Untersuchungszimmer sah Lieberman einen jungen Schwarzen, kräftig wie ein Baumstamm, die Hände mit Handschellen auf den Rücken gefesselt, der von zwei Officers in Uniform festgehalten wurde. Der junge Mann saß auf demselben Stuhl, auf dem Lieberman selbst vor zwei Tagen gesessen hatte, versuchte aber andauernd aufzustehen. Aus einem Loch in seinem rechten Hosenbein quoll Blut.

»Dieser Blödmann«, schrie der Junge mit einer hohen Stimme und sah durch den Raum Jacob Berry an, der fassungslos hinter seinem Schreibtisch saß. Auf der Aktentasche vor Jacob lag die Pistole, die er einen Tag zuvor gekauft hatte. »Wo ist Lonny? Was macht ihr mit Iago? Mann, ich will 'nen

Anwalt ha'm. Ich will 'nen Arzt ha'm, aber nicht diesen Blödmann da.«

»Halt den Mund!« zischte einer der beiden Cops durch die Zähne und drückte den Schreienden wieder auf den Stuhl. Der Cop war groß und schwer. Beide Cops waren groß und schwer. Sie mußten auch groß und schwer sein, damit der Schreihals auf dem Stuhl sitzen blieb.

Lieberman ging zu Jacob Berry hinüber, der den schreienden Mann anstarrte, als wenn er ihn überhaupt nicht hörte, so als hätte man ihn gerade erst aufgeweckt und als müßte er sich Mühe geben, einen Sinn in dem ganzen Chaos zu entdecken, das ihn umgab.

»Alles in Ordnung, Doc?« fragte Lieberman und faßte ihn an der Schulter.

Jacob nickte. »Ich habe auf ihn geschossen«, sagte er, nahm die Brille ab und sah zu Lieberman auf.

»Ja«, sagte Lieberman.

»Nein, nicht auf ihn«, sagte Jacob und schaute zu dem wütenden jungen Mann hinüber. »Der Polizist hat auf ihn geschossen. Ich ... ich glaube ... ich weiß, ich habe auf den Polizisten geschossen. Ich sollte ihm helfen. Ich bin Arzt. Ich muß etwas tun.«

»Im Moment hätte es keinen Sinn, daß Sie etwas tun«, sagte Lieberman. »Wo haben Sie die Pistole her?«

»Die Pistole? Die habe ich von jemandem gekauft, von einem Mann, gestern. Ich hatte Angst.«

Lieberman seufzte. Der junge Schwarze war jetzt mürrisch und still, nachdem er noch einmal »Verdammter Blödmann« gerufen hatte.

»Sie haben sich also illegal eine Waffe gekauft«, sagte Lieberman. »Ich habe Ihnen doch gesagt, ich würde Ihnen helfen.«

»Ich konnte doch nicht länger warten!« sagte Berry und warf die Hände in die Luft.

Es war ein Geschiebe und Gezerre vor der Tür und auf der Treppe, Stimmen von Rettungssanitätern waren zu hören.

»Ich muß einfach helfen«, sagte Jacob Berry, rieb sich mit dem Ärmel über die Augen und stand auf.

»Klar«, sagte Lieberman und machte Platz.

Jacob Berry warf dem festgenommenen Mann, der ihn verflucht hatte, nicht einmal einen flüchtigen Blick zu. Statt dessen eilte er zu dem Polizisten hinüber, um ihm Hilfe zu leisten, zu dem Mann, der ihm vielleicht das Leben gerettet und auf den er geschossen hatte. Lieberman fuhr sich mit dem Finger über den Schnauzbart und ging zu dem sitzenden Jungen.

»Besorgen Sie mir 'nen verdammten Arzt!« brüllte der Junge. »Ich blute!«

»Er heißt Albert Davis«, sagte einer der Polizisten. »Sozialversicherungsausweis, vier Dollar, ein Kondom und einen Ausweis mit Foto von einem Drugstore in der Geldbörse. Wohnt auf dem MLK Drive in der Nähe vom Michael-Reese-Krankenhaus.«

Lieberman nickte und wandte sich Albert Davis zu.

»Einer von deinen Freunden ist tot«, sagte er.

»Tot?« fragte Dalbert und schaute zur Bestätigung von einem der uniformierten Polizisten zum anderen. »Wer?«

»Wie sehen Iago und Lonny aus?« fragte Lieberman.

»Woher kennen Sie die Namen?« fragte Dalbert und geriet in Panik.

»Du hast sie uns vor einer Minute gesagt, Albert«, sagte Lieberman ruhig. »Willst du nun wissen, wer tot und wer weggerannt ist?«

»Weggerannt? Iago ist ein schmächtiger Bursche. Lonny ist groß und schwer, hat eine Narbe wie ein Blitz überm Auge.«

»Die Nachnamen, Albert!« drängte Lieberman.

»Keiner sagt Albert zu mir. Dalbert. Ich heiß' Dalbert. Besorgen Sie mir 'nen verdammten Arzt. Wer ist tot?«

»Die Namen, Dalbert!«

»Ich kenne keine Nachnamen!« sagte der Junge mürrisch, als ein Rettungssanitäter in Blau in den Raum gerannt kam.

»Iago ist tot«, sagte Lieberman.

Dalbert biß sich auf die Unterlippe, nickte und schwieg jetzt, während der Sanitäter sich hinkniete, um sein Hosenbein abzureißen und die Schußwunde zu untersuchen.

»Nichts anrühren und die Spurensicherung anrufen«, sagte Lieberman zu den zwei Polizisten. »Lassen Sie die Waffe liegen, wo sie ist.«

Die beiden Polizisten nickten.

Die Treppe war leer, als Lieberman nach unten ging, nichts zu sehen, außer der Blutspur von Guy Matthews. Draußen wurden die Türen des Krankenwagens gerade geschlossen. Ein zweiter Krankenwagen kam die Straße hochgefahren.

Die Menschenmenge war größer geworden. Jensen und Shea halfen dabei, sie zurückzuhalten, aber der Anblick von Bill Hanrahans blutverschmiertem Mund und Gesicht reichte aus, selbst den unverschämtesten Gaffer zur Räson zu bringen. Hanrahan versuchte, so gut es ging, sich das Blut mit einem Taschentuch abzuwischen, aber das klappte nicht so recht.

»Wie geht's dir, Father Murphy?«

Hanrahan nickte.

»Ich komm' schon klar, Rabbi.«

»Der Tote heißt Iago«, sagte Lieberman und schaute dabei auf das Tuch, das über die Leiche gedeckt war. »Der Flüchtige heißt Lonny. Ich habe eine Personenbeschreibung.«

Jensen kam auf die Detectives zu und sagte: »Da ist 'ne Frau bei den Schaulustigen, der gehört das Restaurant dort drüben. Sie sagt, der, der abgehauen ist, ist durch die Gasse in südlicher Richtung weggerannt. Sie meint, er hätte eine Pistole in der Hand gehabt.«

»Danke«, sagte Lieberman.

Jensen warf einen kurzen Blick auf Hanrahans grauenerregendes Gesicht und ging dann wieder zurück, um die Menge zurückzuhalten.

Polizeiwagen mit Blaulicht kamen jetzt herbei. Der Krankenwagen, der den angeschossenen Polizisten abtransportierte, jagte in Richtung Edgewater-Krankenhaus davon; das Geheul seiner Sirene wurde mit zunehmender Entfernung leiser. Applegate und Acardo sprangen aus einem der Wagen.

»Wo ist Berry?« fragte Lieberman.

»Ist mit Matthews im Krankenwagen mitgefahren«, antwortete Hanrahan.

»Laß uns in das Restaurant gehen, da kannst du dich waschen«, sagte Lieberman.

»Er hat keinen großen Vorsprung, Abe«, sagte Hanrahan und ging Richtung Restaurant.

»Ich erledige die Anrufe«, sagte Lieberman, und die Menschenmenge teilte sich, um den massigen, blutverschmierten Polizisten durchzulassen.

Lieberman teilte Applegate und Acardo den letzten Stand der Dinge mit und überließ es ihnen, sich um die Details zu kümmern und daraus eine vollständige Geschichte zu machen. Lieberman ging zum Wagen und erledigte die Anrufe: Durchkämmt das Viertel und haltet Ausschau nach einem jungen Schwarzen mit einer blitzförmigen Narbe durch die Augenbraue! Wahrscheinlich bewaffnet. Mit Sicherheit gefährlich. Versucht, die S-Bahnen und U-Bahnen nach Norden und Süden abzufangen, und durchsucht sie. Überprüft die Busse! Überprüft die Taxen! Das würde alles nicht schnell genug gehen, das wußte Lieberman, aber es mußte einfach gemacht werden. Der junge Mann namens Lonny war wahrscheinlich jetzt schon aus dem Viertel heraus. Allein, ängstlich und bewaffnet. Eine schlechte Kombination.

Lieberman hatte eine Idee. Er rief das Chapultapec Restaurant auf der North Avenue an.

»Sí«, antwortete eine Männerstimme.

»Es Emiliano allá?« fragte Lieberman.

»¿Quién es esto?«

»Lieberman. Es necesario que hablo con Emiliano immediatamente.«

»Emiliano no está aquí.«

»Búscale. Tiene prisa. Diga que tengo algo a decir de Chuculo Fernandez. ¿Comprende?«

»Comprendo. Su número?«

Lieberman gab ihm die Telefonnummer des T & L Deli und sagte dem Mann, er würde in einer Viertelstunde da sein.

»Bueno«, sagte der Mann und legte auf.

Die Wagentür öffnete sich und Hanrahan schlüpfte hinein, mit nassen Haaren und nassem Jackett.

»Siehst gut aus so, wieder sauber, Murph.«

»Ich hab' eben einen Sauberkeitsfimmel, Rabbi.«

»Ich weiß. Hast du Lust auf einen frühen Lunch?«

Lieberman legte den Gang ein, als Hanrahan lächelte und nickte.

Eine Viertelstunde später parkten sie auf der Devon, einen halben Häuserblock von Maishs T & L entfernt. Die Wolken sahen düster aus, aber es gab keinen Wolkenbruch, als sie an Kim's Fernseh- und Videorecorder-Reparaturladen, dem Dollar Store, der ebenfalls dem Koreaner Kim gehörte, und dem Früchtemarkt der Gebrüder Pistoki vorbeigingen.

Der T & L Deli war leer, bis auf Maish, der hinter dem Tresen ein Buch las, und einen Alten Knacker, den rothaarigen Al Bloombach, der ganz allein an dem Tisch saß, der für die Alten reserviert war, vor sich eine Tasse Kaffee und ein angebissenes Bagel. Für die Lunch-Gäste köchelte irgend etwas auf dem Herd vor sich hin. Ein Topf Kohl. Lieberman war sicher, daß es sich um einen verbotenen Topf Kohl handelte. Eine Schikane, die von Dr. Jacob Berry verhängt worden war, der seinerseits – wenn er von seinem kleinen Schock erwachte – mit noch viel größeren Schikanen zu rechnen hatte.

»Wo sind denn alle hin?« fragte Lieberman.

»Zum Baseballspiel. Der Sohn von Syd hat einen Kleinbus gemietet. Sie sind alle zum Spiel gefahren«, erklärte Al Bloombach.

»Und du?« fragte Lieberman, ging mit Hanrahan zur Theke und setzte sich auf einen Hocker, der mit rotem Kunstleder bezogen war.

»Mein Ischias«, antwortete Al. »Wer sitzt schon gerne mit Ischias im Regen? Und um ganz ehrlich zu sein, ich bin gar kein großer Baseballfan. Football ja, bei Football guck' ich bis zum Umfallen, bis zum Abwinken zu.«

Maish sah von seinem Buch auf und begegnete dem Blick seines Bruders.

»Wie geht's Yetta?« fragte Abe.

»Wie immer«, antwortete Maish mit einem Achselzucken.

»Und wie geht's Maish?«

»Weißt du doch. Maish-haut-nichts-um«, sagte Maish. »Was kann ich dir anbieten, William?«

»Kaffee. Was schmeckt denn heute auf Roggenbrot gut?«

»Ein Sandy-Koufax-Sandwich: Pastrami, gehackte Leber und Krautsalat mit einer Essiggurke«, sagte Maish.

»Optimal für Sodbrennen!« rief Al Bloombach.

»Das nehm' ich«, sagte Hanrahan.

»Und du, Abe?« fragte Maish.

»Selterswasser, und toaste mir ein Bagel. Ohne Butter.«

»Wieder auf Diät?« fragte Maish.

»Mein Cholesterin ist ein bißchen zu hoch«, antwortete Abe.

Maish rief die Bestellung zu Manuel in die Küche durch und wandte sich mit seinem hausbackenen Bulldoggengesicht seinem Bruder zu.

»Wir kommen Freitag zum Abendessen«, sagte Maish. »Bess hat uns eingeladen.«

»Zum Abendessen und zum Gottesdienst«, sagte Abe.

»Ich gehe nicht mehr zum Gottesdienst«, sagte Maish und entdeckte einen Fleck auf der Theke, wahrscheinlich ein Senffleck. Er machte sich mit einem nassen Lappen darüber her.

»Gott und ich reden im Moment nicht miteinander. Wenn dein einziger Sohn von einem Verrückten auf der Straße völlig grundlos abgeknallt wird, dann kann's passieren, daß man so wird. Das ist ganz natürlich. Was meinst du, William?«

Maish goß eine Tasse Kaffee ein und stellte sie vor Hanrahan hin.

»Ich bin katholisch«, sagte er.

Maish nickte, als wäre das eine äußerst sinnvolle Bemerkung.

»Ein Katholik. Da darfst du nie sauer auf Gott sein. Du sollst Liebe machen statt Krieg. Tja, ich hab' da etwas im Radio gehört, das hat mir eingeleuchtet, auch noch von einem Araber. Das Gegenteil von Krieg ist nicht Liebe. Das Gegenteil von Krieg ist Frieden. Du mußt deinen Feind nicht lieben. Das ist gar nicht normal. Frieden, na ja, das ist natürlich eine ganz andere Sache. Wenn Gott mit mir Frieden machen will, weiß er, wo er mich finden kann, aber bislang ist er noch nicht vorbeigekommen, und er hat mir auch noch kein Telegramm geschickt.«

»Maish«, versuchte es Abe.

»Selters und ein Bagel und ein Sandy Koufax. Ich weiß.«

Das Telefon klingelte, als Maish wegschlurfte, um das Selterswasser zu holen. Lieberman lehnte sich über die Theke, tastete nach dem Telefon, fand es beim vierten Klingeln und stellte es vor sich auf die Theke.

»Hallo«, sagte er. »Maishs T & L.«

»Viejo«, ertönte die Stimme von Emiliano »El Perro« Del Sol, dem Anführer der Tentáculos, der Bande, die die North Avenue immer dann beherrschte, wenn genügend Mitglieder gerade mal nicht im Knast saßen.

»Emiliano, ich möchte dir einen Deal vorschlagen.«

Lieberman stellte sich vor, wie der leicht verrückte El Perro im Chapultapec Restaurant im Halbdunkel saß oder in seiner erst kürzlich erworbenen Bingohalle auf der Crawford Avenue.

»Sie möchten mir einen Deal vorschlagen?« sagte El Perro. »Woll'n Sie nicht erst mal fragen, wie's mir geht? Wie's meiner Mutter geht? Wie's meiner Schwester geht? Wie's Piedras geht?«

»Wie geht's denen?« fragte Lieberman, als Maish gerade ein großes Glas Selters vor ihn hinstellte.

»Bueno«, sagte El Perro. »Meiner Familie geht's gut. Ich paß auf meine Familie auf. Sie wissen das. Ich paß auch auf Sie auf. Sie sind wie ein Onkel zu mir, ein verrückter Onkel, Tío Loco.«

Lieberman hatte sich den Ruf, auf den Straßen verwegen zu sein, erworben, als er für die Wache auf der North Avenue arbeitete, bevor er zur Clark Street versetzt wurde.

Zum Teil war dieser Ruf verdient. Aber das meiste daran war reines Kalkül. Doch Emiliano Del Sol hatte das alles als Teenager geglaubt und respektierte den alten jüdischen Polizisten, der in jeder Hinsicht genauso wild war wie er selbst.

»Chuculo Fernandez«, sagte Lieberman, nachdem er an seinem Selterswasser genippt hatte. »Ist der auch wie ein Bruder?«

»Eher wie ein Cousin, wissen Sie?«

»Der steckt in Schwierigkeiten, Emiliano.«

»Yo sé, viejo. ¿Qué tiene que decir?«

»Quiero ayudarle«, sagte Lieberman. »Ich suche einen jungen Schwarzen namens Lonny. Hat keinen Nachnamen. Den versuche ich noch herauszubekommen. Er hat eine Narbe, die durch seine rechte Augenbraue verläuft. Ist mit zwei Typen namens Iago und Dalbert zusammen. Iago ist tot. Dalbert blutet, und Lonny ist in den Straßen mit einer Kanone unterwegs. Dalbert kommt von der South Side. Lonny wahrscheinlich auch.«

»Und wenn wir ihn finden . . .?«

»Dann lassen wir Chuculo laufen«, sagte Lieberman und sah dabei Hanrahan an, der gerade einen Teller mit einem riesigen, wunderbar duftenden Sandwich vorgesetzt bekam.

»Vero? Er kann dann gehen, einfach so? Haben Sie wirklich solche cojones, Viejo? Sie lassen meinen Mann Chuculo laufen?«

»Du hast mein Wort, Emiliano. Aber es muß schnell passieren, und Lonny darf nicht verletzt werden. Wenn du ihn bis morgen vormittag findest, kannst du Chuculo Fernandez abholen, und er steht morgen nachmittag um drei wieder vor dem Chapultapec mit dem Messer in der Tasche. Finden wir ihn aber zuerst, gibt's keinen Deal.«

»Ich mag Sie, Viejo«, sagte El Perro.

»Das Wissen um diese Zuneigung hält mich in den Augenblicken der Schwäche aufrecht«, sagte Lieberman.

El Perro lachte. »Sie sind schon ein verrückter Schweinehund«, sagte er.

»Ich versuche, meine Truppe bei Laune zu halten«, sagte Lieberman. »Morgen vormittag.«

»Wenn er lebt, finden wir ihn. Ich setze Los Negros auf ihn an.«

Los Negros waren die Oliveros, zwei Brüder und ein Cousin, Schwarze aus Panama City. Los Negros konnten auf die South Side gehen und nach Lonny suchen. Alle anderen Tentáculos hätten nur kühle Blicke geerntet und keine Antworten bekommen, und die Chancen ständen zehn zu eins, daß jemand verletzt werden würde.

»Klingt gut«, sagte Lieberman.

El Perro legte auf, und Maish brachte das getoastete Bagel. Hanrahan lachte und sagte: »Du bist ja ein ganz krummer Hund, Rabbi.«

»Was?« fragte Maish.

»Wir müssen Fernandez morgen so oder so gehenlassen, egal, was passiert«, erklärte Lieberman und schaute sehnsüchtig auf das Sandwich, das sein Partner gerade verdrückte. »Unsere Zeugin hat gekniffen.«

»Wie wär's mit einem Omelette ohne Eigelb, mit Zwiebeln und ein paar Pilzen?« fragte Maish.

Lieberman zuckte resigniert die Achseln.

Maish nickte und rief die Bestellung nach hinten durch.

»Wie geht es dir denn so, Father Murph?«

»Ich freue mich verkünden zu können, daß mein Appetit wieder da ist.«

»Ich wußte gar nicht, daß er je weg war.«

»Kurzfristig«, sagte Hanrahan und biß ein Stück von der Essiggurke ab. »Ist die Wahrheit, Abraham. Glaubst du, daß Iris und ich es schaffen könnten? Ich meine, verheiratet?«

»Wer weiß?« sagte Lieberman und aß das letzte Stück von seinem Bagel auf.

»Die Ehe ist eine Institution«, rief Al Bloombach. »Eine Institution für Geisteskranke.«

Al kicherte und war stolz auf sich und fand es nur schade, daß kein anderer Alter Knacker anwesend war, der seinen Witz zu schätzen wußte.

»Du bist mir 'ne große Hilfe, Rabbi«, sagte Hanrahan.

»Heirate sie«, sagte Lieberman und hielt sein leeres Glas zum Nachschenken hoch.

»Ich bin ein verantwortungsloser irischer Cop mit einem Alkoholproblem, das wiederkommen kann, wenn ich nicht aufpasse. Sie ist Chinesin und wird von ihren eigenen Leuten verstoßen.«

»Dann heirate sie nicht«, sagte Liebermann.

»Ist das dein Rat? Heirate sie oder heirate sie nicht?«

»Das ist auch mein Rat«, sagte Maish und schlurfte in die Küche.

»Wenn ihr Kinder habt . . .«, rief Bloombach.

»Keine Kinder«, sagte Hanrahan. »Wir sind beide zu alt für Kinder.«

»Father Murph«, sagte Lieberman. »Wenn ich dir keinen Rat gebe, dann kannst du mir auch später nicht die Schuld geben, daß ich dir einen schlechten Rat gegeben habe, wenn es schiefläuft. Für einen guten Rat bekomme ich auch keine Anerkennung, aber damit läßt sich's leichter leben.«

Hanrahan nickte.

Maish trug das Omelette aus der Küche und stellte es direkt vor Lieberman hin. Es roch gar nicht so schlecht.

»Nach dem Essen ...«, begann Lieberman.

»Patniks für mich. Rozier für dich«, sagte Hanrahan.

»Und tea for two«, rief Al Bloombach.

»Der Mann da hat ganz dringend Gesellschaft nötig«, sagte Lieberman und untersuchte sein Omelette mit der Gabel.

Hinter den beiden Polizisten ging die Tür des T & L auf und jemand sagte: »Hallo, Onkel Maish.«

Lisa. Lieberman hatte seine Tochter ganz vergessen.

»Ich bin schon unterwegs, Rabbi«, sagte Hanrahan, zählte fünf Dollar ab und legte sie auf die Theke, als er aufgestanden war.

»Ich tu' so, als ob's mir gutginge, Lisa«, sagte Maish.

»Wie geht's, Lisa?« sagte Bill Hanrahan und überließ seinen Partner seiner Familie.

»Okay«, sagte sie, ging an ihm vorbei und setzte sich neben ihren Vater.

»Freut mich«, sagte Hanrahan. »Wir treffen uns auf der Wache, Abe.«

»Auf der Wache«, wiederholte Lieberman.

»Was kann ich dir anbieten, Lisa?« fragte Maish. »Manny hat den eingelegten Weißfisch fast fertig.«

»Kaffee und Toast«, sagte sie und sah ihren Vater an.

Lieberman wandte sich ihr zu und begegnete dem Blick seiner Tochter. Sie sah ernst aus.

»Abe«, sagte sie. »Todd wird sie heiraten. Er will die Scheidung, und er wird sie heiraten.«

»Weiß ich schon«, sagte Lieberman und merkte im selben Augenblick, daß er einen Riesenfehler gemacht hatte.

»Du wußtest das und hast mir nichts davon gesagt?«

»Er hat es erwähnt, als er die Kinder gestern abend nach Hause gebracht hat«, sagte Abe und gab die Suche nach irgend etwas Substantiellem in dem Omelette auf. »Ich habe noch keine Gelegenheit gehabt, mit dir zu sprechen.«

»Ich kann nicht mit denen in derselben Stadt leben«, sagte sie.

»Es ist eine Großstadt mit vielen Vororten«, sagte Abe. »Du überläßt ihnen alles, was nördlich der Howard Street liegt, und nimmst dir den ganzen Rest.«

»Das ist gar nicht lustig«, sagte sie und sah zu, wie ihr Onkel eine Tasse mit heißem Kaffee vor sie hinstellte. »Wie geht's Tante Yetta?«

»So wie's Tante Yetta immer geht«, sagte Maish und ging mit einem Achselzucken weg.

»Du solltest ihm helfen, Abe«, flüsterte Lisa und nahm ihre Kaffeetasse.

»Ich versuch's ja, Lisa«, sagte er. »Um welche Angelegenheit geht es?«

»Angelegenheit?«

»Du und deine Mutter. Am Telefon. Ich weiß doch immer genau, wann etwas los ist.«

»In Chicago kann ich nicht bleiben«, sagte sie. »Hier gibt es zu viele . . . Ich kann nicht bleiben.«

Lieberman wünschte sich, daß er seiner Tochter die Aussicht auf Dr. Jacob Berry schmackhaft machen könnte, aber Berrys Chancen waren jetzt ernsthaft in Frage gestellt. Es war sogar durchaus möglich, daß Dr. Berrys Lizenz als Arzt in Gefahr war und daß ihm, falls Matthews starb, eine Anklage wegen Totschlag im Affekt und illegalem Waffenbesitz drohte. Lieberman suchte im Kopf fieberhaft nach einem passenden Ersatz. Er erwog sogar Alan Kearney, verwarf diese Vorstellung aber sofort wieder.

»Wo willst du denn hin?«

»Nach San Francisco«, sagte sie. »Ich wollte immer schon in San Francisco leben, das weißt du doch.«

Abe wußte nichts davon, aber er nickte zustimmend.

»Wann denn?«

»Ziemlich bald, schon nächsten Monat. Direkt nach Barrys Bar Mitzwah. Ich möchte, daß du Todd sagst, daß ich mit der Scheidung einverstanden bin. Ich will nichts von ihm, auch keinen Unterhalt für die Kinder.«

»Ich werde es ihm sagen.«

»Und du kannst mir die Unterlagen schicken, die unterschrieben werden müssen.«

»Mach' ich«, versprach er. »Sonst noch etwas?«

»Ja, ich habe schon mit Mom darüber gesprochen. Sie hat gesagt, daß sie einverstanden ist, wenn du einverstanden bist.«

Lieberman spürte es kommen. Er schaute seine Tochter an in der Hoffnung, sie einschüchtern zu können, so daß sie nachgab, aber die letzten fünfunddreißig Jahre hatten ihm klargemacht, daß das hoffnungslos war.

»Du möchtest die Kinder bei uns lassen«, sagte er.

»Nur eine Zeitlang«, sagte sie. »Ich glaube, ich kann einen Job bei einem Pharmaunternehmen in Oakland finden, aber die Lebenshaltungskosten dort, die Fahrtkosten, und bis man sich erst mal eingerichtet hat . . .«

»Todd könnte doch helfen«, sagte Abe.

Lisa schaute tief in ihren dampfenden Kaffee und schüttelte den Kopf.

»Von Todd will ich nichts mehr.«

Nein, du willst was von mir und deiner Mutter, dachte Abe, aber diesmal war er schlau genug, nichts zu sagen. Außerdem, die Aussicht, Barry und Melisa eine Zeitlang bei sich zu haben, ohne daß Lisa ihm ständig sagte, wie man richtig mit ihnen umzugehen hatte, war verlockend.

»Laß es uns zeitlich begrenzen«, sagte Lieberman.

»Nur für sechs Monate«, sagte sie. »Und ich komme euch an den langen Wochenenden immer besuchen. Ich bekomme einen günstigeren Preis, wenn ich das im voraus buche.«

»Sechs Monate«, wiederholte Abe.

»Vielleicht ein bißchen kürzer, vielleicht ein bißchen länger. Ich hielte es gar nicht aus, wenn ich lange von Barry und Melisa getrennt wäre.«

»Ich bin über sechzig, Lisa. Deine Mutter ist . . . ein bißchen jünger.«

Ihre Augen sahen ihn an, feucht und bittend, voller Hoffnung, mit einem Blick, den er an ihr fast dreißig Jahre lang nicht gesehen hatte.

»Abgemacht«, sagte er mit einem Seufzer.

Sie umarmte ihn, etwas, das sie in den letzten zwanzig Jahren nur einmal getan hatte, in der Nacht, in der David, der Sohn von Maish, ermordet worden war.

»Was ist los?« fragte Maish und kam mit Kaffee, um nachzuschenken.

»Lisa zieht nach San Francisco«, sagte Abe. »Die Kinder bleiben bei Bess und mir, bis sie sich dort eingelebt hat.«

Hinter Lieberman wurde die Tür geöffnet, und jemand sagte: »Was riecht denn hier so gut, Maish?«

»Gekochter Kohl und eingelegter Weißfisch«, sagte Maish.

Die hektische Mittagessenszeit hatte begonnen.

»Gregor, was tust du gerade?«

Als George Patniks von der Gegenüberstellung zurückkam, hatte er seiner Mutter sowenig wie möglich erzählt und war nach unten in sein Zimmer gegangen, um dort ruhelos auf und ab zugehen und zuzuhören, wie Sally Jessie und seine Mutter über ihm lachten.

Er versuchte, über das Malen nachzudenken, über ein neues Bild, etwas Leichtes zur Abwechslung – Bäume, ein Park, Kinder, Orangen, irgend so etwas –, aber ihm fiel nichts ein. Er tigerte auf und ab.

Rozier war hinter diesem Spiegel gewesen, hatte ihn angeschaut, ihn taxiert, wohl wissend, daß die Polizei einen Verdacht hatte. War Rozier jetzt zu Hause? Oder saß er in seinem Auto und suchte George, mit einem langen, scharfen Messer im Gürtel?

Dann, nach einer vollen Stunde des Aufundabgehens und weit in die Oprah-Winfrey-Talkshow hinein, holte George das Bild des Mörders und der sterbenden Frau hervor, verpackte es in Pappe, klebte es mit Klebeband zu, packte dann eine Tasche und ging nach oben.

»Ich fahre nach Seattle, Ma«, sagte er. »Ich rufe Tommy an und sage ihm, er soll nach dir schauen. Wenn jemand kommt und nach mir fragt, sag' nur, ich bin nach Seattle zu einer Kunstausstellung gefahren.«

»Du gehst auf eine Kunstausstellung mit nur einem einzigen Bild?«

»Ich habe die anderen schon verschickt.«

»Wann denn? Wohin hast du die anderen verschickt?«

»Letzte Woche. Du hast geschlafen.«

»Gregor, was ist denn los?«

»Der verdammte Fernseher ist zu laut, das ist los. Ich kann nicht nachdenken. Ich kann nicht malen. Ich bin eine Woche weg, vielleicht auch zwei. Versprochen. Ich muß jetzt los. Ich ruf dich an.«

»Was ist denn los, Gregor?« fragte sie noch einmal und bot ihre ganze Kraft auf, um sich aus dem Sessel zu hieven.

»Ich gehe jetzt, Ma«, sagte er. »Ich ruf' dich an.«

Er ging los und ließ sie dort stehen – dick und massiv –, vor dem seriösen Gesicht von Oprah, die gerade über Kinder mit einer sehr seltenen Krankheit sprach.

»Ich ruf' dich an«, sagte er an der Tür noch einmal. »Mach dir keine Sorgen.«

Er öffnete die Tür, ging einen Schritt nach unten und stand einem der Polizisten gegenüber, die er nach der Gegenüberstellung gesehen hatte, ein großer schwerer Cop mit einem rosigen Gesicht.

»Einen Koffer in der einen Hand und etwas, das wie ein eingepacktes Bild aussieht, in der anderen«, sagte Bill Hanrahan. »Und da ich ein guter Detektiv bin, kombiniere ich, daß Sie ein bißchen verreisen wollen.«

»Ich wollte gerade meine Bewährungshelferin anrufen, bevor ich losfahre«, sagte George. »Ich habe vielleicht die Gelegenheit, einen guten Verkauf in Seattle zu tätigen.«

»Mein Partner meint, diese Seattle-Geschichte ist Schwachsinn, George«, sagte Hanrahan lächelnd. »Warum gehen wir nicht rein und reden über heute morgen und schauen uns vielleicht ein paar von Ihren Arbeiten an? Abe sagt, Sie haben Talent.«

»Ich verpasse meinen Bus«, flehte George.

»Das ist wohl wahr«, stimmte Hanrahan traurig zu und hörte im Geiste die Stimme seines Vaters. »Das ist wohl wahr.«

Eupatniaks, das war der Name, fiel Harvey Rozier wieder ein. Er hatte es bei jedem Patniks im Telefonbuch probiert – bei den dreien, die aufgeführt waren –, aber jetzt suchte er nach einem Eupatniaks. Er war sich nicht sicher, wie man das genau schrieb, aber wie viele Möglichkeiten gab es denn schon?«

Nach fünf Minuten hatte Harvey die Liste auf drei Namen reduziert. Er rief den ersten an und fragte, ob George da sei.

»George wohnt hier nicht«, sagte die Frau. »Sein Bruder Tommy wohnt hier. Wenn Sie George wollen, müssen Sie bei Wanda anrufen.«

»Ich habe die Nummer nicht.«

Die Frau am anderen Ende der Leitung stieß einen Ich-werde-ausgenutzt-Seufzer aus und gab Harvey eine Telefonnummer.

»Entschuldigen Sie«, sagte er und kehrte den Charmanten heraus, »könnten Sie mir vielleicht auch die Adresse geben?«

Er rechnete damit, daß sie bei dieser Bitte nachfragen würde, warum er sie brauche, aber sie gab ihm einfach eine Adresse in der Clyborne Street.

»Danke«, sagte er und legte auf.

Ganz einfach, das war so einfach gewesen.

Betty saß gerade im Wohnzimmer und wartete auf ihn, als er herunterkam. Sie hatte eine Zeitschrift in der Hand. Sie ließ sie auf den Boden fallen und stand auf.

»Ich muß noch mal weg, Betty«, sagte er. »Nicht für lange.«

»Aber Harvey . . .«, begann sie.

Er lächelte und ging auf sie zu, um sie zu umarmen, hielt aber inne, als er merkte, daß noch jemand im Zimmer war. Er drehte sich um und entdeckte Lieberman, der dort saß und Kaffee trank.

»Wenn Sie in Eile sind«, sagte der Detective, »komme ich mit Ihnen.«

»Ich . . . nein. Das hat Zeit. Ich wollte nur ins Büro, um auf andere Gedanken zu kommen, mich um eine Sache zu kümmern, mit der die Angestellten Schwierigkeiten haben.«

Lieberman nickte und sah Betty Franklin an, die zweifelsohne nervös war und nach Roziers indiskreter Bewegung so aussah, als würde sie jeden Moment umkippen.

»Gut, dann wollen wir uns mal über die Gegenüberstellung von heute vormittag unterhalten«, sagte Lieberman.

# 12 Gewöhnliche Straßen

Lonny Wayne stieg eine Haltestelle vor Irving Park aus dem Sheridan-Bus und machte sich auf in Richtung Broadway. Er wußte nicht genau, wohin er ging, aber er war nach Süden unterwegs und damit ganz grob in Richtung Heimat.

Direkt vor der Irving-Haltestelle war ein Polizeiwagen an dem Bus vorbeigefahren. Lonny hatte sich auf seinem Sitz nach unten rutschen lassen und war sicher, daß ein alter Schwarzer, der so tat, als wenn er die Zeitung las, ihn insgeheim beobachtete. Als der Polizeiwagen vorbei war, drehte Lonny sich nach dem Mann mit der Zeitung um. Der Mann steckte weiterhin seine Nase in die Zeitung. Der Bus war ziemlich leer: drei alte Frauen und der Mann mit der Zeitung. Durch die Windschutzscheibe des Busses konnte Lonny sehen, wie der Polizeiwagen langsamer wurde. Lonny zog an der Kordel, und der Bus bremste sachte an der nächsten Ecke. Lonny erhob sich ganz lässig; eigentlich wollte er losrennen, zwang sich aber dazu, cool zu bleiben, und stellte sich dann vor die Scheißtür und wartete eine Ewigkeit, bis der Fahrer sie endlich aufmachte.

Endlich öffnete sie sich mit einem Klack, und er sprang heraus. Als der Bus abfuhr, schaute der Alte mit der Zeitung durch das Fenster etwas mitleidig zu ihm herab.

Lonny eilte Richtung Broadway, und die Pistole in seiner Jackentasche stieß ihm bei jedem Schritt in die Seite.

Er würde zurücklaufen in sein eigenes Viertel, sechzig Blocks entfernt. Nur nicht in einem Bus oder in der S-Bahn gefangen werden. Zurücklaufen und dann . . . ja, was dann?

Iago war tot, das war klar. Verdammter Mist. Ein Bulle. Kommt einfach so zur Tür herein. Kanone in der Hand und ballert rum. Und dann das Arschloch von Arzt. Der ballert auch rum. Und dann Iago, der ballert zurück. Und der Bulle bricht zusammen, und Dalbert schreit. Lonny war über den am Boden liegenden, stöhnenden Bullen weggesprungen, Iago direkt hinter ihm. Sie waren die Treppen heruntergerannt und übereinander gestolpert. Und dann Iago auf der Straße, wie er mit der Kanone herumfuchtelt. Das verdammte Auto war weg. Und dann der Schuß, und Iago lag am Boden.

Lonny war sich nicht sicher, wer Iago erschossen hatte. Er hatte die Kanone aufgehoben und war eine Gasse entlanggerannt. Scheiße, soweit er wußte, war Dalbert auch tot oder redete jetzt gerade mit den Bullen.

Lonny war nicht blöd. Er zwang sich, nicht zu rennen. Er hatte ein ziemliches Stück zu gehen und über allerhand nachzudenken. Selbst wenn Dalbert auch tot war, würden sie herausbekommen, daß sie alle drei befreundet gewesen waren. Der Arzt mit der Kanone konnte ihn identifizieren. Und was war mit Reno, dem Drogenhändler, dem sie den Wagen geklaut hatten? Der würde es in der Zeitung oder im Fernsehen sehen, Iagos Namen sehen, sich zusammenreimen, wer seine Kiste gestohlen hatte und in eine Schießerei mit den Bullen verwickelt war, und der wäre dann auch noch hinter Lonny her, vielleicht sogar noch schneller als die Bullen.

Auf der anderen Seite des Broadway war ein Burger King. Lonny überquerte die Straße, ging hinein, kaufte drei Cheeseburger und eine Cola und setzte sich so, daß er die Eingangstür im Auge hatte.

Er hatte nur noch knapp drei Dollar übrig und konnte nirgendwo hingehen, aber er hatte eine Pistole und nicht viel zu verlieren.

Lonny behielt die Eingangstür im Auge und sagte sich, daß die Bullen nicht jeden Taco Bell und Burger King abklappern konnten, nicht wegen ihm, nicht wegen einem schwarzen Burschen. Er hatte nie gesehen, daß die Bullen so was machten. Es gab dafür nicht genug Bullen. Er hatte Zeit, ein bißchen Zeit wenigstens.

Er mußte aus der Stadt raus. Das war's. Raus aus der Stadt,

eventuell nach Atlanta, wo seine Cousine Jackie wohnte. Keinem was sagen. Lonny fröstelte, er kaute an einem trockenen Burger und fragte sich, was mit seiner Spucke los war. Lonny war noch nie weiter als zehn Meilen außerhalb der Stadtgrenze von Chicago gewesen. Atlanta war so weit weg wie China, aber er mußte weg und er brauchte Geld. Er würde seine Mutter anrufen, seine Schwester und ihnen sagen, daß es ihm leidtäte, ihnen aber nicht sagen, wo er hinginge. Die Bullen konnten noch nicht da sein. Noch nicht. Er hatte noch Zeit. Nicht, um nach Hause zu gehen, sondern um anzurufen. Dann fiel ihm Skilly Parker ein, der die Bar in der Zweiundvierzigsten hatte. Skilly versuchte sein Auto zu verkaufen. Das war vor einer Woche gewesen – nein, vor zwei Wochen. Skilly trieb sich in der Ease Inn Bar herum. Er wollte dreihundert in bar für den Wagen, einen Chevy Baujahr '72 mit zurückgedrehtem Tacho, der aber Papiere und alles hatte.

Dreihundert in bar.

Lonny konnte seinen zweiten Burger nicht aufessen. Er ließ ihn mit dem unausgepackten dritten Burger auf dem Tisch liegen und stand auf.

»Bring deinen Müll weg«, sagte eine zerlumpte alte weiße Lady mit einer Einkaufstasche vor sich auf dem Tisch.

Lonny ignorierte sie und ging zur Tür. Scheiße, was hatte er schon zu verlieren? Er hatte eine Kanone. Er mußte aus der Stadt raus, und er brauchte Geld.

Er war noch nicht einen ganzen Block vom Burger King weg, als der Regen wieder einsetzte. Es regnete gar nicht viel, aber Lonny mußte ein ganzes Stück gehen bei dem Regen. Er schlug den Jackenkragen hoch und beschloß, den Gemischtwarenladen neben dem Krankenhaus zu überfallen, ein praktischer kleiner Laden für Ärzte, Krankenschwestern und die Leute vom Reinigungsdienst. Kleine Gerichte zum Mitnehmen, verschiedene Fruchtsorten, heißer Kaffee. Das war heimisches Territorium. Dort gab es Unterschlupfmöglichkeiten, wenn er damit fertig war, bis er aus der Stadt abhauen konnte.

Lonny machte bei einer Telefonzelle halt, kramte in seinen Taschen, fand ein Fünfundzwanzigcentstück und schlug die Nummer vom Ease Inn nach. Ungefähr die Hälfte der Seiten in dem Telefonbuch waren herausgerissen. Die rechte Seite unter »E« war noch heil. Ein gutes Zeichen. Er ließ das Fünfundzwanzigcentstück in den Schlitz fallen und drückte die Tasten.

»Ease Inn«, sagte eine Männerstimme.

»Is' Skilly da?« fragte Lonny.

»Ja. Ich hol' ihn.«

Lonny schaute die Straße rauf und runter und trat von einem Bein aufs andere. In dieser Gegend gab es nicht viele Schwarze, aber in den Läden und Restaurants, an denen er vorbeigekommen war, hatte er doch hier und da welche gesehen.

»Skilly hier«, sagte eine nervöse Stimme.

»Lonny, Lonny Wayne hier: Sag' mal, Mann, willste den alten Chevy immer noch verkaufen?«

»Ja, den verkauf' ich noch«, sagte Skilly. »Willste den kaufen?«

»Wie lange biste noch da?«

»Bis du hier ankommst mit dreihundert Mäusen in bar.«

»Wie spät is' es denn jetzt?«

»Kurz nach eins auf der Bud-Light-Uhr über Howards Kopf«, sagte Skilly.

Lonny dachte blitzschnell nach. Scheiß drauf. Er würde es mit der U-Bahn riskieren und auf der Chicago Avenue einsteigen.

»Ich bin um vier mit Bargeld da«, sagte Lonny. »Und du hast dann den Wagen und die Papiere da.«

»Geht klar«, sagte Skilly und legte auf.

Lonny war naß und durchgefroren. Er steckte die Hände in die Jackentaschen und eilte die Straße hinunter und deckte so die kostbare hin- und herschlenkernde Pistole ab, damit sie vom Regen nicht naß wurde.

Ein langer Fußmarsch und eine kurze U-Bahn-Fahrt ohne Störung, und Lonny Wayne war wieder auf heimischem Territorium.

Er kam dort an – dreißig Minuten nach den drei Schwarzen mit spanischem Akzent, die gerade alle Stammkneipen, Bars und Fast-food-Läden nach einem Typen namens Lonny abklapperten, der eine dunkle blitzförmige Narbe durch die rechte Augenbraue hatte.

Liebermans Blick wanderte von Rozier zu Betty Franklin und verharrte dann bei ihr. Wenn sie Harvey Rozier nicht abgeblockt hätte, als er ins Wohnzimmer kam, und Rozier Lieberman nicht gesehen hätte, dann wäre vielleicht ... So dachte sich Lieberman jedenfalls.

Lieberman kannte diesen nervösen, schuldigen Blick, aber im Gesicht von Harvey Rozier fand er ihn nicht. Er gehörte Betty Franklin, die einen Meter von Rozier entfernt stand und sich Mühe gab, Liebermans festem Blick auszuweichen.

Rozier und Betty Franklin? Sie war so alt, daß sie seine Mutter sein könnte, und Roziers ermordete Ehefrau war eine Schönheit gewesen – nicht, daß Betty Franklin eine häßliche Frau war, aber trotzdem ... Kenneth Franklin war ein Mann, der bald sterben würde, ein reicher Mann, der bald sterben würde. Ein Motiv drängte sich hier geradezu auf.

»Nur noch ein paar Fragen«, sagte Lieberman im Stehen. »Sie müssen sicherlich die Beerdigung regeln und alle möglichen Dinge. Ich weiß noch, als meine Mutter gestorben ist. Ich mußte mich um alles kümmern. Mein Bruder und ich. Mein Vater war schon tot.«

»Ich weiß Ihre Anteilnahme zu schätzen«, sagte Rozier. »Wenn Danas Leiche vom Gerichtsmediziner freigegeben wird und vom Bestattungsunternehmen hergerichtet werden kann, dann ist die Beerdigung schon morgen.«

Betty Franklin schloß die Augen, als Harvey Rozier sprach. Sie rang verzweifelt die Hände, sie rang tatsächlich die Hände.

Lieberman konnte sich nicht erinnern, daß jemand das wirklich mal tat, seit er es zuletzt bei Mary Astor in »Der Malteserfalke« gesehen hatte.

»Ich muß Ihnen mal was erzählen«, sagte Lieberman, kratzte sich am Kopf und lächelte. »Meine Mutter, können Sie sich das vorstellen, sie war schon zehn Jahre Witwe, eine fast siebzigjährige Frau, hatte einen Herzinfarkt in der Badewanne, wo sie mit dem Sohn des Geschäftsfreundes meines Vaters, Bernie Witt, gerade badete. Bernie kann damals nicht älter gewesen sein als ...« Lieberman sah Rozier jetzt an und fuhr fort: »Sie.«

Das Resultat war eindrucksvoller und besser, als Lieberman erwartet hatte.

Betty Franklin sah aus, als ob sie gleich zusammenbrechen würde. Sie holte tief Luft und ging zu einem Tischchen in der Nähe, um sich mit einer Zigarette zu beruhigen.

»Können wir jetzt zur Sache kommen, Detective?« fragte Rozier und achtete sehr darauf – da war Lieberman sich sicher –, Betty Franklin nicht anzusehen, die an einem Feuerzeug herumfummelte.

»Entschuldigen Sie«, sagte Lieberman. »Es war ein langer Abend. Ein schwerer Tag. Mit Familienproblemen.«

»Ich würde gerne ins Büro fahren«, sagte Rozier.

»Ein oder zwei Fragen und ...« Lieberman öffnete die Hände, »und ich bin wieder weg.«

»Haben Sie etwas dagegen, wenn Mrs. Franklin in das andere Zimmer geht, während wir uns weiter unterhalten?« fragte Rozier. »Ich glaube, die letzten zwei Tage haben sie schon genug durcheinandergebracht ...«

»Aber mit Mrs. Franklin möchte ich ja gerade sprechen«, sagte Lieberman.

Betty Franklin hätte beinahe das Feuerzeug fallen lassen, mit dem sie sich gerade die Zigarette anzünden wollte.

»Mit mir?« sagte sie und schaute Harvey an, der ihren Blick immer noch mied.

»Tut mir leid, Ihnen das sagen zu müssen«, sagte Lieberman mit gequälter Miene, während er sich hinsetzte, die Hände im Schoß gefaltet. Der Sessel mochte eine Antiquität sein, aber er war unbequem. Dennoch gab Lieberman sich alle erdenkliche Mühe, den Eindruck zu erwecken, als könne er dort stundenlang zufrieden sitzen bleiben. »Aber mein Partner Hanrahan ...« Lieberman schüttelte den Kopf, »der ist der Ansicht, Mr. Rozier habe irgend etwas damit zu tun, was seiner Frau passiert ist. Oder zumindest, daß er etwas weiß.«

»Ihr Captain hat mir gesagt ...«, fing Rozier entrüstet an, während Betty Franklin es bis zu einem Sessel schaffte, wo sie in perfekter Haltung saß, eine unangezündete Zigarette in der Hand.

»Und Ihre Beschwerde fand Beachtung. Bill ist gerügt worden, aber ... er läßt nicht locker, und ich fürchte, Captain Kearney hat ihm gesagt, er soll noch weitere Nachforschungen anstellen. Er soll sich zwar von Ihnen fernhalten, das schon, soll aber weitere Nachforschungen anstellen.«

»Das ist doch Wahnsinn«, sagte Rozier und warf Betty Franklin einen kurzen Blick zu, um nachzusehen, wie sie sich hielt. »Ich glaube, ich muß Sie jetzt bitten, zu gehen, Lieberman.«

»Wie Sie meinen«, sagte Lieberman und erhob sich aus dem Sessel. »Mrs. Franklin, könnten Sie mich wegen ein paar Fragen zur Wache begleiten?«

Ein Keuchen entfuhr Betty Franklin.

»Moment mal«, sagte Rozier und stellte sich verärgert vor Lieberman. »Sie geht hier nicht weg oder beantwortet irgendwelche Fragen, bevor ich mit Ken gesprochen habe. Sind Sie verrückt, Lieberman?«

»Ich bin der Cop, nach dem Sie gefragt haben, erinnern Sie sich?« sagte Lieberman. »Ich bin der Meinung, wir sollten gemeinsam einige Antworten finden und sie an Hanrahan und Kearney weitergeben und damit klarmachen, daß Sie auf keinen Fall an der Sache beteiligt sind.«

»Es ist entsetzlich«, sagte Betty Franklin mit einem Schaudern.

»Entsetzlich«, stimmte Lieberman mit einem teilnahmsvollen Seufzer zu.

»Die Ehefrau eines Mannes wird ermordet, und sofort wird er verdächtigt«, sagte Rozier. »Wird das immer so gemacht?«

»Normalerweise schon«, sagte Lieberman. »Oder, wenn der Mann umkommt, verdächtigen wir die Ehefrau. Es ist dumm und einfältig und beweist nur die Phantasielosigkeit der Polizei, aber Sie wären erstaunt, wenn Sie sähen, wie oft sich das als richtig herausstellt. Diesmal natürlich nicht. Sie sind sehr kooperativ und hilfsbereit gewesen. Das habe ich dem Captain gesagt, aber . . .«

»Detective, hören Sie bitte auf, herumzuschwätzen, und stellen Sie Ihre Fragen!« sagte Betty Franklin mit ganz leiser Stimme, die sie gerade noch unter Kontrolle hatte.

»Ich glaube wirklich nicht . . .«, fing Rozier an.

»Sie saßen das ganze Konzert über neben Mr. Rozier?« fragte Lieberman und trat zwischen Rozier und Betty Franklin.

»Ich konnte ihn die ganze Zeit über sehen«, sagte sie und schaute dabei Rozier an, der mit geballten Fäusten dastand.

»Das habe ich nicht gefragt«, sagte Lieberman. »Saßen Sie neben ihm?«

»Wir hatten Plätze nebeneinander. Dana, Harvey, Ken und ich«, fuhr sie fort. »Und . . . weil Dana sich nicht wohl fühlte, bestand Harvey darauf, weiter hinten zu sitzen, wo er hinausgehen und sie anrufen und fragen konnte, wie es ihr geht. Verstehen Sie?«

»Und Sie haben ihn das ganze Konzert über gesehen . . . wie viele Reihen weiter hinten saß er denn?«

»Das weiß ich nicht mehr. Acht oder zehn«, sagte sie.

»Sie hatten das ganze Konzert über den Kopf nach hinten gedreht und haben Mr. Rozier angesehen?«

»Nicht das ganze Konzert über«, gab sie zu. »Aber häufig. Ken und ich, wir haben uns Sorgen gemacht.«

Sie gab sich jetzt große Mühe, Rozier nicht in die Augen zu sehen.

»Jetzt reicht es, Lieberman«, sagte Rozier hinter ihm, aber Lieberman machte weiter.

»Sind die Lichter während des Konzertes angeschaltet?« fragte er.

»Auf der Bühne ja. Der Saal ist nicht völlig dunkel, aber das Licht ist gedämpft.«

»Mein Partner ist jetzt gerade dort«, log Lieberman, wie auch die Geschichte mit seiner Mutter in der Badewanne erlogen war. »Er läßt das Licht auf Konzertniveau herunterdimmen, und dann wird jemand auf dem Stuhl sitzen, wo Mr. Rozier gesessen hat, und mein Partner wird da sitzen, wo Sie und Mr. Franklin gesessen haben. Was meinen Sie, was er dort sehen wird?«

»Ich . . . ich«, stammelte sie.

»Lieberman, ich war im Konzert, verdammt nochmal. Ich kann mich an alles in der Aufführung erinnern, an jede Nuance, an jeden kleinen Ausrutscher. Ich werde keine Sekunde davon jemals vergessen. Es ist ein Alptraum, den ich nie loswerde. Ich hätte bei Dana zu Hause sein sollen. Ich hätte . . .«

Lieberman drehte sich jetzt ganz zu Rozier herum, während Betty Franklin aufstand, um Harvey bei der Hand zu nehmen. Harveys Blick traf auf den von Abe Lieberman, und Harvey konnte sehen, daß der Polizist ihm seine Geschichte längst nicht mehr abnahm und sich auch keine Mühe mehr gab, dies vorzutäuschen.

»Mein Partner ist ein mißtrauischer Mensch«, sagte Lieberman. »Er hat so ziemlich alles schon mal erlebt. Besitzen Sie einen Kassettenrecorder, so einen kleinen, den man mitnehmen kann?«

»Einen Kassettenrecorder?« fragte Rozier.

»Ja, so einen kleinen«, sagte Lieberman und deutete mit den Händen die ungefähre Größe an.

»Einen Kassettenrecorder hat doch heute jeder«, sagte Rozier. »Was wollen Sie damit andeuten?«

»Ich?« Lieberman deutete auf sich und sah Mrs. Franklin an. »Ich nichts. Aber Bill glaubt, Sie hätten das Konzert aufnehmen und es sich nachher anhören können. Eine verrückte Idee. Ich habe ihm gesagt, daß das verrückt ist. Ich habe gesagt, wenn Sie Ihre Frau hätten umbringen wollen, hätten Sie jemanden bezahlt, der das für Sie tut. Aber Bill, Bill sagt, Sie würden keinem trauen und würden es niemals riskieren, von einem anderen völlig abhängig zu sein. Ich fürchte, mein Partner hält ebensowenig von Ihnen wie Sie von ihm.«

»Verschwinden Sie, Lieberman!« sagte Rozier. »Und zwar sofort.«

»Ich werde darauf bestehen müssen, daß Mrs. Franklin mit auf die Wache kommt und unter Eid eine Erklärung unterschreibt, daß sie Sie keinesfalls länger als zwanzig Minuten aus den Augen gelassen hat. Ganz einfach, und schon bin ich aus Ihrem Leben verschwunden. Ich sage Ihnen, Mr. Rozier, Captain Kearney wird nicht lockerlassen, bis sie das unterschrieben hat.«

»Lieberman, warum zum Teufel sollte ich Dana umgebracht haben?«

»Mrs. Franklin«, antwortete Lieberman und ließ einen Augenblick verstreichen, bevor er weiterredete. »Denken Sie nach, bevor Sie antworten. Hat es eine Zeitspanne gegeben, länger als zwanzig Minuten, für die Sie nicht beschwören können, daß Harvey Rozier sich in jenem Saal befand? Ich werde Ihrem Mann dieselbe Frage stellen . . .«

Rozier legte Betty Franklin den Arm um die Schultern.

»Ich weiß es nicht«, sagte sie und schluchzte. »Ich weiß es nicht. Aber Harvey hat Dana nicht umgebracht, und er hat auch niemanden bezahlt, um Dana umbringen zu lassen. Das würde er nicht tun, das könnte er gar nicht . . .«

»Weil er sie geliebt hat«, sagte Lieberman.

»Er könnte es nicht«, sagte sie, und Lieberman glaubte ihr, daß sie das glaubte.

»Ich werde Kenneth Franklin bitten, einen Prozeß gegen das Chicago Police Department anzustrengen, gegen Sie und Ihren Partner und gegen die Stadt Chicago«, sagte Rozier und zeigte mit dem Finger auf Lieberman. »Sie haben mir und meinen engsten Freunden so zugesetzt, daß wir am Rande des Zusammenbruchs stehen.«

»Das ist Ihr gutes Recht«, sagte Lieberman und ging zur Haustür.

»Ich werde von jetzt ab ohne meinen Anwalt weder mit Ihnen noch mit irgend jemand anderem vom Police Department sprechen«, fuhr Rozier fort und half Betty Franklin in einen Sessel.

Lieberman verließ das Haus der Roziers ohne ein weiteres Wort.

Er hatte ein mögliches Motiv gefunden, aber ihm fehlten immer noch die Beweise.

Im George Patniks Zimmer standen ein Bett, eine Kommode, ein Tisch mit zwei Stühlen und ein Polstersessel. Hanrahan fand den Polstersessel überraschend bequem. Er faltete seine Hände auf dem Schoß und schaute George an, der auf der Bettkante saß, ohne etwas zu sagen.

»Was ist los?« fragte George.

Der Polizist sagte kein Wort.

»Er hat mich nicht identifiziert«, sagte George. »Das konnte er auch gar nicht. Ich habe nämlich gar nichts getan.«

»Er?« sagte Hanrahan endlich.

»He, ich kann lesen, was in der Zeitung steht, und sehen, was im Fernsehen läuft. Der Rozier-Mord. Der Alte von der Polizei hat mich schon gefragt, ob ich Rozier kenne. Zwei und zwei sind vier. Er. Punkt. Ganz einfach.«

Hanrahan nickte und schaute sich im Zimmer um, und

sein Blick blieb bei dem verpackten Bild hängen, mit dem George zur Haustür hinausgegangen war.

»Sie sind gut«, sagte Hanrahan. »Ein bißchen zu morbid für meinen Geschmack, aber Sie beherrschen Ihr Handwerk. Sie haben Stil und ein gutes Farbgefühl.«

»Verstehen Sie was von Malerei?« fragte George mißtrauisch.

»Meine Ex-Frau hat ein bißchen gemalt«, erklärte Hanrahan. »Ich habe ein paar Bücher gelesen und einen Aufbaukurs an der DePaul University gemacht, ich habe versucht, mit ihr Schritt zu halten.«

»Versucht?«

»Sie hat mich verlassen.«

»Tut mir leid.«

»Passiert vielen Cops«, sagte Hanrahan. »Dreht Ihre Mutter den Fernseher immer so laut auf?«

»Ja, immer.«

»Das muß Sie doch verrückt machen«, sagte Hanrahan verständnisvoll.

»Ich hab' mich dran gewöhnt. Ich sag' ihr nur ab und zu, sie soll ihn leiser machen.«

»Ich habe da ein Problem, George«, sagte Hanrahan und sah sich um, wie um sicherzugehen, daß keiner plötzlich aus dem Schrank springen und seine Offenbarung mit anhören würde. »Wollen Sie's hören?«

»Ja, okay.«

»Ich kenne da eine Frau, die ich heiraten will, aber ihre Verwandten meinen, daß ich nicht der Richtige für sie bin. Wollen Sie wissen, warum nicht?«

George zuckte die Achseln.

»Man sagt mir plötzliche Gewaltausbrüche nach«, sagte er und schüttelte den Kopf, als habe er gestanden, eine seltene Krankheit zu haben.

»Warten Sie«, sagte George und stand gleichzeitig vom Bett auf.

»Sie wollten gerade aus der Stadt verduften und Ihre Bewährungsstrafe zur Flucht benutzen«, sagte Hanrahan und blieb sitzen.

»Ich wollte das mit meiner Bewährungshelferin absprechen. Das hab' ich Ihnen doch erzählt«, sagte George mit weinerlicher Stimme.

»Die Tasche gepackt, ein Bild verpackt unterm Arm. Da haben Sie sich wohl drauf verlassen, daß sie zustimmt, nicht wahr?« sagte Hanrahan.

»Na ja, schon. In der Vergangenheit war sie damit immer einverstanden. Ich sag' ihr immer, wo sie mich erreichen kann, wo sie nach mir fragen kann.«

Hanrahan schüttelte ungläubig den Kopf.

»Was?«

»Rozier kennt dich, Pitty-Pitty. Ich habe hinter diesem Spiegel gesessen und sein Gesicht beobachtet. Er kennt dich. Mein Captain denkt sich die Sache so, daß Harvey Rozier dich angeheuert hat, damit du seine Frau umbringst.«

»Nie im Leben!« sagte George entrüstet und sah sich im Zimmer nach jemandem um, der ihm Glauben schenken würde.

»Erscheint dem Captain aber so. Und ich finde, das klingt recht überzeugend, oder nicht?«

»Ich hab' noch nie jemandem was getan. Im ganzen Leben noch nich'.«

»Sie haben dich wegen unerlaubtem Waffenbesitz geschnappt«, erinnerte ihn Hanrahan.

»Da war ich doch noch 'n Kind«, flehte George.

»Pitty-Pitty, ich glaube, ich verliere gleich die Beherrschung. Ich spüre, wie mir mein irisches Blut hochkommt«, sagte Hanrahan und hörte die Worte seines Vaters, seine Stimme.

»Ich schwör's bei meiner Mutter oben«, sagte George, die Hand aufs Herz gepreßt. »Ich schwör's bei dem Vater, dem Sohn und dem Heiligen Geist, bei der Jungfrau Maria. Ich habe diese Frau nicht umgebracht.«

»Ich bin katholisch, Pitty-Pitty«, sagte Hanrahan so leise, daß George ihn kaum hören konnte. »Lüge also nicht im Namen des Herrn.«

»Ich lüg' nich'. Ich . . .«

»Und du schwörst beim Namen der Heiligen Jungfrau, daß du nicht weißt, wer Dana Rozier umgebracht hat?«

George stand da, schweigend.

»Pitty-Pitty, ich glaube, dafür wanderst du in den Knast. Ich glaube, der gute alte Harvey Rozier wird eines Morgens zu dem Schluß kommen, daß er einen Fehler gemacht hat, und sich doch plötzlich an dich erinnern. Dann steht dein Wort gegen seines, und dein Wort ist keinen Pfifferling wert.«

George ging zur Wand neben dem Fenster, legte seine Hände flach auf die kühlen Steine, ließ den Kopf hängen und drehte sich dann um.

»Was steht darauf, wenn man einen Mord mit ansieht und ihn nicht sofort meldet?«

»Weiß ich nicht. Es kann ja viele Gründe geben, warum jemand einen Mord nicht sofort meldet. Aus Angst. Oder sagen wir, weil der Mann schon vorbestraft ist. Die Polizei kann bei einem ehrlichen Zeugen sehr großzügig sein, selbst wenn er ein bißchen spät kommt.«

»Werde ich straffrei ausgehen?« fragte George.

»Das ließe sich arrangieren«, sagte Hanrahan.

»Ich hab' gesehen, wie Rozier seine Frau umgebracht hat. Sie beschützen mich vor ihm. Wenn ich straffrei ausgeh', werd' ich es bezeugen.«

»Steht immer noch dein Wort gegen seines, George.«

»Ich werd' Ihnen mal was zeigen«, sagte George.

Er ging zu dem eingepackten Bild und fing an, das braune Packpapier abzureißen.

## 13 Tricks und Fallen

»Doktor Berry«, sagte Detective Applegate, und Jacob Berry sah von seinem Wartezimmerstuhl aus zu dem Polizisten auf.

Das Wartezimmer im Edgewater-Krankenhaus roch immer noch leicht nach Zigaretten, obwohl es schon fast ein ganzes Jahr lang ein Nichtraucherzimmer war. In einer Ecke lief eine Kaffeemaschine. Auf den Tischen lagen die Zeitungen säuberlich aufgestapelt. Es gab noch zwei andere Leute in dem postoperativen Wartezimmer außer Jacob Berry und seinem Bruder, der neben ihm saß. Eine hübsche junge Lateinamerikanerin, die mit einem offenen Buch auf dem Schoß aufrecht an der Fensterseite saß, und eine ältere Frau im rosafarbenen Kittel einer freiwilligen Helferin.

Die ältere Frau, deren Haar fast rosafarben war, fragte flüsternd, ob einer der Polizisten einen Kaffee oder ein Stück Kuchen haben wolle.

»Nein, danke«, sagte Acardo, der an Applegates Seite saß.

Die Berry-Brüder sahen fast wie Zwillinge aus – dieselbe Größe, dasselbe Gewicht, dieselbe Brille –, obwohl Isaac Berry gut zehn Jahre älter war, sein Haar voller, er hatte sichtlich graue Strähnen in seinem Backenbart und einen müden Blick. Im Gegensatz dazu sahen sich die Polizisten kein bißchen ähnlich. Applegate war groß, schwarz, hatte eine Brille und trug einen säuberlich gebügelten dunkelblauen Anzug und eine perfekt dazu passende Krawatte mit roten und blauen Streifen. Sein Partner Acardo war klein, weiß, hatte fast eine Glatze und wirkte irgendwie unordentlich. Auf den Straßen und im Mannschaftsraum waren sie unter dem Namen »Black an White« bekannt.

Jacob Berry erkannte den weißen Officer wieder. Berry hatte Acardo vor ungefähr zwei Monaten ärztlich untersucht. Im Hinblick auf seine körperliche Gesundheit hätte Acardo eigentlich ein hoffnungsloser Fall sein müssen. Er ernährte sich völlig falsch, trieb keinen Sport und stand kurz davor, zum Alkoholiker zu werden. Seine wesentlichen Körperfunktionen waren jedoch in Ordnung. Er hatte keinen zu hohen oder zu niedrigen Blutdruck, und sein Cholesterinspiegel lag eindeutig innerhalb der vernünftigen Grenzen.

»Ja«, sagte Jacob.

»Wir hätten von Ihnen gerne eine Beschreibung des Mannes, der geflohen ist«, sagte Applegate. »Glauben Sie, daß Sie uns helfen können?«

»Ich ... er war ungefähr einsdreiundachtzig groß, dunkle Haarfarbe, trug Jeans ... nein, eine Lederja ... ich bin mir nicht sicher. Er hatte eine Narbe. Hier.«

Jacob deutete einen Schnitt über die Stirn und herunter durch sein rechtes Auge an.

»Eine dunkle Narbe. Ich würde sagen, sie war mindestens ein Jahr alt, vielleicht sogar noch älter.«

»Sonst noch etwas?« fragte Applegate höflich.

»Ich glaube, er war der Anführer«, sagte Jacob.

»Officer Matthews«, fragte der andere Dr. Berry. »Ist er, wissen Sie, ob ...?«

»Er ist in kritischem Zustand, aber er lebt«, sagte Applegate. »Die Kugel hat eine Rippe und die rechte Lunge durchschlagen, hat sich dann gedreht und ist ins Zwerchfell eingedrungen.«

»Ich habe auf ihn geschossen«, sagte Jacob und schaute von einem Polizisten zum anderen.

»Jake«, sagte sein Bruder. »Ich glaube, du solltest jetzt nichts mehr sagen.«

»Nach Aussage der Rettungssanitäter haben Sie aber auch im Krankenwagen sein Leben gerettet«, sagte Acardo.

»Gott sei Dank«, sagte Isaac Berry und streichelte seinem Bruder die Hand.

»Tut uns leid, Doktor«, sagte Applegate, »aber wir müssen Ihnen Ihre Rechte vorlesen.«

»Moment mal . . .«, sagte Isaac Berry und erhob sich aus dem Kunstledersitz, der dabei ein schmatzendes Geräusch machte.

»Nicht«, konterte sein Bruder.

»Die hätten meinen Bruder umgebracht, wenn er die Pistole nicht gehabt hätte«, beharrte Isaac.

»Officer Matthews hat den Raubüberfall unterbrochen, nicht Dr. Berry«, sagte Applegate gelassen. »Wir sind eigentlich nicht hier, um Sinn und Zweck der Anklage zu diskutieren, sondern wir teilen Sie Ihnen lediglich mit.«

Acardo leierte die Rechte des Angeklagten herunter, während Isaac Berry sich die größte Mühe gab, verärgert auszusehen, und der immer noch sitzende Isaac Berry über die Schulter der hübschen Lateinamerikanerin hinweg aus dem Fenster sah.

»Besitz und Einsatz einer illegalen Waffe«, sagte Applegate. »Tätlicher Angriff mit besagter Waffe. Tätlicher Angriff . . .«

»Warten Sie«, sagte Isaac. »Tätlicher Angriff mit einer tödlichen Waffe?«

»Die Anklage ist von einem Albert Davis erhoben worden, einem der drei Männer, die heute morgen in die Praxis Ihres Bruders eingedrungen sind. Er behauptet, er sei unbewaffnet gewesen und Dr. Berry habe auf ihn geschossen. Ich schätze, daß Officer Matthews auf ihn geschossen hat, aber das werden wir erst erfahren, wenn sie die Kugel aus Davis' Bein herausoperiert haben.«

»Das ist doch Irrsinn«, sagte Isaac Berry, und seine Stimme wurde lauter. »Ein Mann kommt in die Praxis meines Bruders, um ihn auszurauben und ihn möglicherweise umzubringen. Der Mann wird angeschossen, und er will Jacob . . . Das kann er doch nicht machen.«

»Ich fürchte doch«, sagte Applegate. »War er unbewaffnet, Dr. Berry?«

»Sag jetzt nichts, Jacob«, sagte Isaac.

»Der Kleine mit dem entstellten Gesicht hatte die Pistole«,

sagte Jacob mit matter Stimme. »Einer von denen, ich weiß nicht genau welcher, hatte ein ... der Untersetzte – der hatte das Messer.«

»Sind Sie sicher?« fragte Acardo.

»Ja, da bin ich mir ganz sicher.«

»Sie werden mit uns auf die Wache kommen müssen, Doc«, sagte Acardo und schaute die beiden Ärzte an, um sicherzugehen, daß es keinen Ärger geben würde.

»In Ordnung«, sagte Jacob und stand mit Applegates Hilfe langsam auf.

»Jake, sag jetzt nichts mehr, kein einziges Wort. Ich werde dafür sorgen, daß so schnell wie möglich ein Anwalt auf der Wache ist.«

»Ich glaube, wir sollten jetzt gehen, Doktor«, sagte Applegate sanft.

»Das ist gesetzwidrig, eine klare Verletzung der Rechte meines Bruders«, behauptete Isaac beharrlich.

»Nein, Sir«, sagte Applegate. »Es mag Ihnen vielleicht nicht gerecht erscheinen, aber es ist vollkommen legal.«

»Woher wollen Sie das wissen? Sind Sie Anwalt?« fragte Isaac und trat zwischen die Polizisten und den Ausgang des Wartezimmers.

»Ja, ist er«, sagte Acardo.

»Juristische Fakultät der DePaul University, Examen neunzehnhundertvierundachtzig«, sagte Applegate. »Also, ich weiß, Sie sind durcheinander, aber wenn Sie einen von uns auch nur anrühren, begehen Sie eine Behinderung der Justiz, und wir müssen dann jede Menge Papierkram erledigen, und die ganze Angelegenheit könnte dann sehr kompliziert werden.«

»Isaac, bitte. Es wird alles gut werden«, sagte Jacob Berry und faßte seinen Bruder am Arm.

»Oh, Jake, was hab' ich bloß gemacht? Ich habe dich überredet, in diese gottverdammte Stadt zu kommen, und jetzt ...«

»Ich komme schon klar«, sagte Jacob und ging mit den beiden Polizisten zur Tür. »Der Officer ist nicht tot. Er hat mir das Leben gerettet, und ich habe auf ihn geschossen. Kannst du dir das vorstellen?«

Jacobs Blick traf auf den der hübschen Lateinamerikanerin. Er hatte das Gefühl, daß sie sich das tatsächlich vorzustellen versuchte, und ein Ausdruck glitt über ihr teilnahmsloses Gesicht, der klarmachte, daß ihre Vorstellungskraft es mit seiner Tat aufnehmen konnte. Applegate und Acardo nahmen Jacob Berry in die Mitte und geleiteten ihn den Flur mit dem blauen Teppich entlang.

Applegate war der Meinung – eine Meinung, die er nur seinem Partner anvertraute und die sich auf eine fast fünfzehnjährige Erfahrung gründete –, daß Dr. Jacob Berry eine größere Sensation in den Fernsehnachrichten sein würde als der Mord an Dana Rozier. Die öffentliche Empörung, die Angst vor schwarzen Einbrechern und die Debatte über Schußwaffenkontrolle würden aus Dr. Berry einen Helden oder einen Märtyrer machen. Der zusammengesunkene Mann zwischen ihm und Acardo würde alles in allem höchstwahrscheinlich mit Strafaussetzung und einer Geldstrafe davonkommen. Die American Medical Association, die amerikanische Medizinervereinigung, würde wohl eine offizielle Rüge erteilen, aber das würde Berry nicht vom Praktizieren abhalten. Er würde die Stadt verlassen müssen, aber Acardo bezweifelte, daß das dem jungen Arzt hier und jetzt besonders viel ausmachte. Applegate und Acardo hatten das schon öfer gesehen. Ein leicht verändertes Drehbuch, aber immer dieselbe Geschichte. Man könnte eine Menge Zeit und dem Steuerzahler viele Dollar sparen, wenn man Dr. Jacob Berrys Sachen packte und ihn mit dem nächsten Zug in die Wüste schickte. Aber so funktionierte das leider nicht.

»Auf der Rückfahrt halten wir kurz für einen Kaffee an«, sagte Acardo. »Möchten Sie einen?«

Sie betraten den leeren Krankenhausfahrstuhl.

»Ich weiß nicht«, sagte Jacob und sah dabei Applegate an. »Ich weiß nicht.«

Lonny stand auf dem Parkplatz und beobachtete den Eingang des Gemischtwarenladens. Eine Reklamewand für Zigaretten der Marke Virginia Slims, auf der eine gertenschlanke, hellhäutige Schwarze mit den weißesten Zähnen und den vollsten Lippen der Welt abgebildet war, leuchtete ihm von der Ziegelmauer des Ladens aus grell entgegen. Daneben hing ein Schild, das einen Rabatt von einem Dollar auf eine Sechserpackung Cola ankündigte. Lonny versuchte erst gar nicht, vor dem Regen Schutz zu finden. Er war total durchnäßt und erschöpft. Er stand einfach nur hinter einem Auto und wartete, bis keine Kunden mehr im Laden waren. Dann schaute er sich um, um sich zu vergewissern, daß niemand mehr in den Laden hineinging, bevor er schließlich über den Parkplatz lief und die Eingangstür aufmachte.

Der ganze Tag war ein Alptraum gewesen. Und das ging jetzt gerade so weiter. Lonny Wayne trug keine Waffen. Lonny Wayne raubte keine Läden aus. Lonny Wayne vergrätzte keine Drogenhändler, indem er ihre Autos klaute. Lonny Wayne wollte einfach nur ein paar Dollar in der Tasche haben, ein Auto, und das Mädchen, das er gestern bei McDonald's getroffen hatte. Wie hieß die noch? Ihr Name stand auf einem Zettel in seiner Geldbörse. Er stellte keine großen Ansprüche. Er wollte ja nicht mal die heiße Mieze auf dem Virginia-Slims-Werbeposter haben.

Lonny nahm etwas aus einem Regal, eine Packung mit kleinen runden Kuchen der Marke Dolly Madison. Er brachte sie nach vorne an den Tresen, wo einer dieser Leute aus Indien oder sonstwoher stand und wartete und zusah, wie das Wasser aus Lonnys Klamotten auf den Boden tropfte.

»Sonst noch etwas?« sagte der schlanke dunkelhäutige Mann.

Lonny legte die Kuchen auf die Theke und zog seine paar

Dollar aus der Tasche. Der Mann hinter der Theke, der schon Penner und Drogenabhängige, Räuber und Verrückte – Männer wie Frauen – in den letzten vier Jahren in diesem Laden gesehen hatte, war mißtrauisch, aber täglich kamen Dutzende von Leuten mit Lonnys leerem Blick in seinen Laden. Geld war eben Geld. Der Mann öffnete die Kasse, um die zwei Eindollarscheine hineinzulegen und Lonny sein Wechselgeld zu geben. Lonny sah Scheine in den Fächern. Er mußte sicher sein, daß es überhaupt eine Chance gab, dreihundert Mäuse zu kassieren, bevor er die Sache abzog.

Befriedigt zog Lonny die Pistole aus der Tasche und richtete sie auf den Mann.

»Ich habe eine Frau, eine Mutter und drei kleine Kinder«, sagte der Mann, so wie er es schon bei den letzten beiden Raubüberfällen gesagt hatte.

»Ich bin kein Witwenmacher«, sagte Lonny. »Los, leg einfach die Scheine auf den Tisch, aber fix. Alle Scheine, auch die unterm Geldfach, und drück ja keine Knöpfe oder Alarmanlagen oder so'n Scheiß, verstehst du?«

»Ja«, sagte der Mann und begann, die Geldscheine aus der Kasse zu nehmen und auf die Theke zu legen.

Die Pistole mit der Linken immer noch auf den ängstlichen Mann gerichtet, raffte Lonny alle Geldscheine zusammen und stopfte sie in die Jackentasche.

»Weißt du, wer ich bin?«

»Nein«, sagte der Mann.

»Gut«, sagte Lonny. »Das soll auch so bleiben. Du wartest fünf Minuten, bevor du die Bullen rufst, klar?«

»Jawohl«, sagte der Mann.

»Und wenn du mich je wiedersiehst, sagst du immer, daß du mich nicht kennst, verstanden?«

Lonny ging jetzt rückwärts in Richtung Ausgang.

»Denn, wenn du mich je identifizierst, dann krieg ich dich, oder meine Freunde kriegen dich. Hast du das verstanden?«

»Jawohl«, sagte der Mann wieder.

Das ist leicht, und ich mach das toll, dachte Lonny. Ich besorg' mir den Wagen, fahr' nach Georgia und mach das noch mal, wenn ich Geld brauche. Ich und Dalbert und Iago hätten das schon viel früher machen sollen.

Er griff hinter sich nach der Tür und schaute kurz nach hinten auf den Parkplatz, um sicherzugehen, daß keiner kam. Ganz hinten auf dem Krankenhausparkplatz lief gerade ein Mann durch den Regen zu seinem Wagen.

Und dann schoß Mohammed Achman Izar auf Lonny Wayne und beendete Lonnys Traum.

Lonny fuhr herum und feuerte auf den Ladenbesitzer, aber das einzige, was er traf, war die Glastür einer Vitrine für Milchgetränke. Mohammed war ein viel besserer Schütze. Er hatte mehr Übung.

Lonny sprintete durch die Tür, hörte, wie hinter ihm eine Alarmanlage schrillte, Geldscheine fielen ihm aus der Tasche – er hoffte inständig, daß es sich bloß um Eindollarscheine handelte –, und er fragte sich gleichzeitig, ob er jetzt eine Kugel im Kopf hatte. Er rannte, tauchte zwischen den Autos ab und stopfte die Pistole wieder in seine Jackentasche. Er rannte.

Der Wald aus den bekannten Hochhäusern, den Mülleimern und dem Verkehr war nur ein paar Blocks entfernt. Er rannte und fragte sich, ob er wohl plötzlich tot umfallen würde. Lonny keuchte, er atmete schwer. Er rutschte aus und fiel hin, behielt aber die Hand in der Tasche, um das Bündel Scheine festzuhalten. Und schon war er wieder auf den Beinen, die Hand am Ohr. Als er sie wegnahm, klebte Blut daran.

Lonny tastete seine Kopfhaut ab, konnte aber kein Loch finden.

»Heute hat jeder 'ne Scheißkanone«, keuchte er und rannte in Richung der Hochhäuser, wobei ihn die Alarmanlage hinter ihm bis zur Erschöpfung anstachelte. »Iago, der Doc, sogar dieser gottverdammte Inder.«

Er hatte es geschafft. Das Schrillen der Alarmanlage hinter ihm verebbte allmählich. Er hatte es geschafft. Zwischen zwei

Hochhäusern mit Gärten aus Müllhalden, hinter einem überfüllten Müllcontainer. Lonny lehnte sich gegen eine Mauer, wo man ihn nicht sehen konnte, der Regen prasselte herab, und unter dem Überhang des Müllcontainers holte er Luft und ließ zu, daß seine erschöpften Beine zitterten, während er die Geldscheine in seiner Tasche zählte.

Zweihundertdreiundachtzig Dollar.

Für Skilly Parker mußte das reichen.

Lonny faßte sich ans Ohr. Es blutete, das Stück, das von seinem Ohr noch übrig war. Lonny hielt seine Hand gegen das Ohr gepreßt und schaute sich um. Er drückte den regennassen Ärmel auf die Wunde und zwang sich dazu, weiterzugehen. Er war am Leben. Er hatte immer noch eine Chance. Aber Gott, es war plötzlich furchtbar kalt geworden in Chicago.

Sie würden ihm folgen. Harvey Rozier war sich jetzt sicher, daß die Polizei ihm folgen würde. Aber er mußte entwischen, er mußte zu Patniks nach Hause, mußte ihn umbringen – aber viel sorgfältiger, viel cleverer als bei Dana. Er hatte den Mord an Dana zu kompliziert gemacht. Lieberman saß jetzt wahrscheinlich draußen und wartete darauf, daß er herauskam und zur Arbeit fuhr. Sollte er doch warten. Sollte er sich doch seine Gedanken machen. Harvey ging ans Fenster, von wo aus er die Einfahrt und die Straße sehen konnte. Ja, ein Auto parkte auf der anderen Straßenseite, der Motor lief im Leerlauf. Abgase, die sich mit kaltem Regen mischten und sich in Dampf verwandelten. Lieberman.

Harvey hatte Betty Franklin davon überzeugen können, daß es für sie sinnvoller war, nach Hause zu gehen und sich auszuruhen. Er hatte ihr unter Küssen versichert, daß er sie liebe und daß er nichts, aber auch gar nichts mit Danas Tod zu tun hatte. Sie glaubte es, weil sie es glauben wollte, weil es ihr wichtig war, es zu glauben.

Harvey ging durch das Schlafzimmer und schaltete den Fernseher ein. Bilder von Kriegen und Seifenopern flackerten vorüber, ein Zeichentrickfilm über einen Hund, ein alter Spielfilm. Er schaltete den Fernseher wieder aus.

Wenn Betty ihm keinen Glauben schenkte, wenn Betty ihn im Stich ließ, dann hätte er Dana völlig umsonst umgebracht. Ken hatte Harvey erzählt, daß er nicht mehr länger als sechs Monate oder bestenfalls noch ein Jahr zu leben hatte, und Betty hatte das eines Nachts in einem Schlafzimmer im Palmer House bestätigt. Harvey hatte geweint, und Betty hatte ihren Liebhaber über die Aussicht, seinen besten Freund, seinen Vertrauten, zu verlieren, hinweggetröstet.

Regen schlug gegen das Fenster und trommelte auf das Dach. In der Ferne grollte Donner. Dana war keine Heilige, und ihre Ehe, zumindest in den letzten fünf Jahren, war nur noch Show gewesen. Aber – das mußte er zugeben –, Dana hatte ihre Rolle gut gespielt, und sie war dafür belohnt worden. Sie hatte sich nie mit ihm gestritten, hatte sogar selten mit ihm gesprochen, was Rozier ganz gut in den Kram paßte. Über Scheidung hatten sie nie gesprochen. Harvey hätte es sich gar nicht leisten können, ihr das auszubezahlen, was sie sich erbeten hätte, selbst wenn sie eingewilligt hätte, und er bezweifelte, daß sie überhaupt je eingewilligt hätte.

Wenn Harvey es Lieberman hätte erzählen können, hätte er gesagt, daß Dana diejenige war, die oftmals und ganz offen untreu gewesen war, daß Dana seine Freunde abgeschleppt hatte, seine Angestellten, und daß sie sogar gesagt hatte, sie spiele mit dem Gedanken, den alten Ken anzumachen, nur um zu sehen, wie er auf die Einladung reagieren würde.

Das Telefon klingelte.

Harvey war verhältnismäßig beständig in seiner Ehe gewesen.

Das Telefon klingelte immer noch. Der Anrufbeantworter schaltete sich ein, aber der Anrufer hinterließ keine Nachricht.

Gerade dieser Vorschlag von Dana hatte ihn auf Betty Franklin gebracht und die Millionen, die sie erben würde, wenn Ken starb, ganz zu schweigen von dem Vermögen der Familie, das sie bereits besaß.

Harvey glaubte nicht an das ewige Leben oder an die ewige Verdammung. Harvey glaubte, daß, ganz gleich welcher Himmel oder welche Hölle existierten, das Ganze hier auf der Erde stattfand, und man machte etwas für sich daraus, oder man war bloß ein Opfer. Sie würden alle mal sterben müssen, Ken eben früher. Betty, vielleicht mit ein bißchen Nachhelfen, ein wenig später, und Harvey ganz zuletzt. Wenn die Polizei ihn nicht zu fassen bekam, dann gab es auch keine Bestrafung, nur eine Belohnung und die ferne Aussicht auf einen unauffälligen Tod. Das Telefon klingelte erneut. Harvey nahm ab.

»Ja«, sagte Harvey.

»Hier ist Mr. Edgar, Mr. Rozier, Edgar vom Ständigen Reparaturdienst. Ich habe von Ihrem Trauerfall gehört. Es tut mir sehr leid, Sie jetzt zu stören, aber ich brauche dringend den roten Werkzeugkasten, den ich vor ein paar Tagen bei meinem Besuch in Ihrem Haus vergessen habe. Ich muß einen Auftrag außerhalb der Stadt erledigen.«

Harvey setzte sich und holte tief Luft.

»Ich fürchte, Sie können jetzt nicht kommen«, sagte er und war sich ziemlich sicher, wie offensichtlich sein Anrufer auch, daß die Polizei das Telefon abhörte.

»Und ich fürchte, ich muß darauf bestehen, die Werkzeuge zurückzubekommen, bevor ich fahre. Ich kann ohne sie nicht fahren«, sagte der Mann. »Ich hab' gar nicht bemerkt, daß die Werkzeuge fehlen, es ist mir erst heute morgen in der Telefonzelle an der Tankstelle, der Shell-Tankstelle gegenüber von der Kirche, aufgefallen. Ich hoffe, Sie verstehen mich.«

»Ich glaube schon«, sagte Harvey. »Ich werde tun, was ich kann, um Ihnen behilflich zu sein.«

»Gut«, sagte der Mann und hängte ein.

Harvey trat wieder an das Schlafzimmerfenster. Lieberman, oder wer immer das war, war noch da draußen. Betty würde mit Ken in ein oder zwei Stunden zurück sein. Harvey mußte sich beeilen, mußte sich sputen, und er hoffte, daß er die Mitteilung des Mannes richtig verstanden hatte.

Harvey ging an den Schrank, holte seine Sportschuhe heraus sowie einen alten Regenmantel und faltete ein paar Autohandschuhe aus Leder zusammen und steckte sie in die Jackentasche. Dann ging er nach unten, durch die Bibliothek und in die Garage. Harvey hatte den roten Werkzeugkasten aus dem Safe geholt, und er stand jetzt offen in einem Regal neben einem Werkzeugkasten aus Aluminium. Harvey ging um seinen Lexus herum, öffnete den roten Werkzeugkasten, nahm das kleine Brecheisen heraus und steckte es in die tiefe Tasche seines Regenmantels. Dann öffnete er die Hintertür und vergewisserte sich, daß sie nicht observiert wurde. Doch dafür lag kein Grund vor, es gab keinen Grund für die Polizei, anzunehmen, daß er weglaufen würde, mit Sicherheit nicht zu Fuß.

Harvey schlug den Mantelkragen gegen den Regen hoch und lief über den Rasen und durch eine kleine offene Stelle zwischen den Büschen, dieselbe Strecke, die er gerade zwei Abende zuvor benutzt hatte, als er seine Frau umgebracht hatte. Er bahnte sich einen Weg durch das wüste abgestorbene Unterholz aus Bäumen und Büschen und kam in der Sackgasse auf der Camino Real Road heraus.

Er sprang über Pfützen und lief im Laufschritt die Straße hinunter zur Ecke an der Kirche, der First Methodist Church. Er lief über die Straße zur Shell-Tankstelle und sah sich überall nach Patniks um. Nichts. Patniks hatte das Telefon erwähnt. Harvey überquerte die Straße, wich dabei dem vorübersausenden Verkehr aus und rannte zur Telefonzelle. Das Telefon klingelte gerade. Harvey nahm ab.

»Hallo«, sagte er.

»Ich habe ein Problem, Mr. Rozier«, sagte Patniks. »Ich muß schnell weg. Die Bullen waren da und haben mich unter Druck gesetzt. Sie haben mir gedroht und gesagt, daß sie wissen, daß ich was weiß, und haben mir Angebote gemacht, die nur

Scheiße waren. Ich habe zum Schein mitgespielt und bin dann zum Badezimmerfenster raus. Die sind hinter mir her, Mr. Rozier, und wenn sie mich schnappen, ich laß mich nicht einbuchten für den Mord an Ihrer Frau.«

»Ich weiß überhaupt nicht, wovon Sie reden, wer auch immer Sie sind, aber wenn Sie irgendwas über den Mord an meiner Frau wissen, dann denke ich, Sie sollten sich stellen.«

»Ich verstehe«, sagte George. »Aber Sie müssen mich auch verstehen. Ich muß mein ganzes Leben hier zurücklassen, meine Mutter, meine Arbeit. Ich muß meine Bewährungshelferin verladen und hier abhauen. Wie wär's, wenn Sie mich abholen? Ich denke darüber nach, mich zu stellen und auszusagen, was ich gesehen habe, und Sie denken darüber nach, zehntausend in bar mitzubringen. An der Tierscheune im Lincoln-Park-Zoo. Um vier Uhr. Damit haben Sie noch ein paar Stunden Zeit, um zur Bank zu gehen.«

»Ich kann nicht ...«, fing Harvey an, aber George Patniks hatte schon aufgelegt.

Harvey konnte nicht nach Hause, um seinen Wagen zu holen. Er holte ein Fünfundzwanzigcentstück heraus und rief bei den Franklins an. Ken meldete sich.

»Ken«, sagte Harvey. »Ich muß über einiges nachdenken. Ich mache einen Spaziergang im Regen. Du und Betty, ihr schließt euch bitte selber auf, wenn ihr vorbeikommt. Ich bin vor sechs wieder zurück.«

»Tja«, sagte Franklin, »bist du sicher, daß du allein sein möchtest? Betty hat mir gesagt, daß Liebowitz ...«

»Lieberman«, verbesserte Harvey.

»Liebowitz, Lieberman – jedenfalls ein jüdischer Name. Was macht das schon für einen Unterschied? Der Mann hat Betty völlig durcheinandergebracht, er hat dich beschuldigt ...«

»Er hat mich nicht beschuldigt, Ken«, sagte Harvey. »Er war so vorsichtig, mich nicht zu beschuldigen. Er hat gesagt, daß andere mich beschuldigen.«

»Clever«, sagte Franklin mit einem Seufzer. »Diese Leute sind gerissen. Ich muß mich mit denen öfter auseinandersetzen, als du dir vorstellen kannst, und die sind gerissen.«

Harvey vermied es, auf Franklins Vorurteil zu reagieren. Er hatte es schon öfter gehört, war aber anderer Meinung und machte aus dieser fehlenden Übereinstimmung keinen Hehl. Rasse, Religion und Glauben bedeuteten Harvey Rozier gar nichts. Alle Menschen waren gleich. Alle lebten und starben und waren ein Nichts. In einem größeren Zusammenhang stellten Rasse und Glauben keine großen Unterschiede dar, waren es nicht wert, Vorurteile zu entwickeln, waren die Zeit und den Aufwand einfach nicht wert. Reine Zeitverschwendung, Vorurteile waren dumm und unproduktiv.

»Macht euch einfach selber auf«, sagte Harvey. »Ich werde gegen sechs zurück sein. Ich verspreche es.«

»Gegen sechs, Harvey«, sagte Ken mit Nachdruck wie ein besorgter Vater, der erfährt, daß sein Sohn vielleicht spät von einem Rendezvous nach Hause kommen könnte.

Harvey hängte ein und schaute prüfend in seine Geldbörse. Etwas weniger als vierhundert Dollar. Er rief ein Taxi und ging in die Tankstelle, um dort zu warten.

Er würde sich von dem Taxifahrer zur Rush Street fahren lassen. Von der Rush Street würde er zum Zoo laufen. Er hatte Zeit genug.

Im Zoo würde er George Patniks dazu bringen, mit ihm durch die Büsche zu seinem angeblich dort abgestellten Wagen zu gehen, wo das Geld und der Werkzeugkasten im Kofferraum warteten. Im Gebüsch würde Harvey George Patniks dann mit seiner eigenen Brechstange erschlagen.

Harvey wollte nicht, daß der Regen aufhörte. Er wollte, daß es ordentlich runterkam. Ein Monsun hätte ihm gut gepaßt, so ein Regen, bei dem die Leute zu Hause blieben und nicht im Park herumliefen.

Als das Taxi an der Tankstelle vorfuhr, war Harvey äußerlich ruhig und entschlossen. Dieses Mal würde er die Sache einfach machen. In die Büsche, zuschlagen, das Brecheisen in einen Kanal schmeißen, ein Taxi zurück zur Shell-Tankstelle, und ab nach Hause, total ungehindert. Es war machbar. Und es war notwendig.

# 14 Kreise und Konfrontationen

Drei alte Männer mit Baseballkappen saßen zigarrenrauchend auf wackeligen Stühlen unter der Markise von Onkel Will's Gebrauchtmöbelladen. Da sie nichts anderes zu tun hatten, als über alte Gegner zu reden und zuzusehen, wie es regnete, beobachteten sie Lonny Wayne, wie er die Straße schwankend herunterkam und leise Selbstgespräche führte.

»Das da ist 'n verrückter Bursche«, sagte Herbie McCallister und deutete mit seiner nassen Zigarre auf Lonny.

»Das da ist 'n Junkie von der Straße, und sonst nix«, antwortete Eddie Jackson darauf. »Haste noch nich' genug von denen gesehen, daß du die gleich erkennst? Sorgt der Herrgott auf deine alten Tage dafür, daß du nicht mehr alles mitkriegst?«

»Ein verrückter Bursche«, beharrte Herbie, als Lonny beinahe gegen den Bordstein gelaufen wäre.

»Ihr seid beide so blind wie 'ne Schlange«, sagte Little Whitney Styles, der nicht viel größer als ein Zwerg war, mit dicken Brillengläsern. »Der Junge da blutet aus 'm Kopf.«

»Nö, tut er nicht«, sagte Herbie verächtlich.

»Ich lüg doch nich'. Ihr werdet's schon sehen.«

Lonny stolperte an ihnen vorbei; die drei Männer schwiegen, bis er gut zwanzig Meter weg war, aber selbst dann flüsterten sie noch.

»Und ob der blutet«, sagte Eddie Jackson.

»Die Diskussion ist beendet«, sagte Little Whitney. »Zahltag, Gentlemen.«

»Spinnst du, oder was?« fragte Herbie. »Hat doch keiner nich' mit dir gewettet!«

»Herbie hat recht«, sagte Eddie Jackson.

»Der geht beim Ease Inn rein, guckt mal«, sagte Little Whitney.

Sie guckten, und Lony Wayne öffnete die Kneipentür, schwankte hinein und wurde von der Dunkelheit verschluckt.

Regenwasser und Schweiß und womöglich ein bißchen Blut liefen Lonny in die Augen, als er versuchte, sich an die fast vollständige Dunkelheit zu gewöhnen. In der Ecke über der Theke gab ein Typ im Fernsehen gerade die Baseballergebnisse bekannt und sagte, daß die Spiele überall im Mittelwesten wegen Regen ausfielen.

»Mensch«, ertönte eine Stimme hinter der Theke. »Weißt du, daß dir ein Ohr fehlt? Du blutest überall auf meinen Fußboden.«

»Skilly Parker, bist du hier?« fragte Lonny und konnte jetzt Gestalten erkennen, eine Gestalt an der Theke und zwei oder drei Gestalten in einer Sitznische ganz vorne.

Neonreklame für Coors, Bud und Swedish Vodka leuchteten über dem Tresen. Fotos von Boxern, alle mit Autogrammen, waren auf den Spiegel hinter dem Tresen geklebt.

John Mogabi, Kid Gavilan, Randy Sandy, Joe Louis. Der einzige, von dem Lonny schon gehört hatte, war Joe Louis, aber er wußte nicht viel über ihn, außer daß er Weltmeister gewesen war und gestorben war in dem festen und aberwitzigen Glauben, daß die Spaghettifresser-Banden ihn umbringen wollten.

»Skilly!« sagte Lonny mit Nachdruck und fühlte sich bleischwer und schwindelig. Der Alkoholgeruch machte das Ganze nicht gerade erträglicher.

»Hier«, sagte der Barmann, und ein Gegenstand traf Lonny.

Er schrie auf und riß die Pistole heraus.

»He, Mann, ganz ruhig«, sagte der Barmann. »Das war nur ein Handtuch, damit kannst du dich saubermachen und das Blut stillen. Das Ding da kannst du wegstecken.«

Lonny konnte jetzt klarer sehen. Der Barmann, Howard Caroline, dem der Laden auch gehörte, stand hinter dem Tresen. Am Ende der Theke saß Skilly Parker ruhig vor seinem

Drink, trug eine schwarze Hose und einen schwarzen Pullover und hatte seine Haare straff nach hinten gekämmt wie Onkel Tom. Skilly konnte nicht älter als zwanzig sein.

»Was is' los, Lonny, mein Freund?« fragte Skilly gutgelaunt.

Lonny drückte das Handtuch gegen sein Ohr. Zuerst fühlte er einen stechenden Schmerz, dann angenehme Wärme.

»Ich hab' zweihundertdreiundachztig Dollar«, sagte Lonny und ging auf Skilly zu, die Pistole an seiner Seite.

»Kein Problem«, antwortete Skilly. »Damit kann ich leben.«

Lonny stand jetzt schwankend vor Skilly Parker.

»Hier ist der Schlüssel. Der Wagen steht draußen, direkt um die Ecke«, fuhr Skilly fort, zog einen einzigen Schlüssel aus der Tasche und ließ ihn die Theke entlangschlittern zu Lonny, der fast danebengegriffen hätte.

Skilly wandte sich von Lonny ab und betrachtete die Liste der ausfallenden Spiele im Fernsehen.

»Willst du dein Geld oder nicht?« fragte Lonny verwirrt.

»Leg's nur auf die Theke. Howard nimmt sich raus, was ich ihm schuldig bin, und gibt mir dann den Rest. Der Wagen ist vollgetankt. Öl muß alle hundertfünfzig Meilen oder so nachgefüllt werden. Die Papiere sind im Handschuhfach.«

»Nimm deine Schlüssel und geh, Junge«, sagte Howard. »Das Handtuch kannst du behalten.«

Lonny holte Geldscheine aus der Tasche und ließ sie auf die Theke fallen. Er steckte den Schlüssel ein und wollte gerade rückwärts aus dem Ease Inn herausgehen, als sich ein Arm um seinen Hals legte und er fühlte, wie irgend etwas gegen sein noch gesundes Ohr gedrückt wurde.

»Du hast nur noch ein Ohr, Mann«, sagte der Mann hinter ihm mit einem spanischen Akzent. »Willst du das behalten, oder willst du so aussehen wie der Schlangen-Freak im Zirkus?«

Lonny versuchte, mit der Pistole über die Schulter auf das

Gesicht des Mannes hinter ihm zu zielen, aber etwas Hartes und Schweres schlug ihm auf die Hand, und die Waffe wurde ihm weggerissen. Vor Lonny standen zwei Männer. Sie waren sehr schwarz und sahen sich sehr ähnlich.

»Hombre«, sagte der ältere der beiden, »sei kein Arschloch. Nimm die Hände runter, und du kannst deine Augen und deine Klöten, oder was davon noch übrig ist, behalten. Hast du mich verstanden?«

»Bringt ihn hier raus«, sagte Howard, der Barmann.

»Wir sind schon unterwegs«, sagte der Mann, der vor Lonny stand, derjenige, der gesprochen hatte.

Der Mann hinter Lonny, der ein Messer gegen Lonnys Ohr drückte, griff Lonny in die Tasche, holte den Autoschlüssel heraus und warf ihn Skilly Parker zu, der ihn mit beiden Händen auffing.

»Lonny, mein Freund«, sagte Skilly. »Die haben mir keine Wahl gelassen.«

Lonny Wayne fing an zu weinen.

Das Wetter war für Harvey Rozier günstig. Es regnete, es regnete stark, als er die Kapuze seines Regenmantels über den Kopf zog und die Rush Street überquerte.

Ein Blitzschlag. Es donnerte, und Harveys Herz klopfte, als er sich im Gehen die Lederhandschuhe anzog; durch den Regenmantel spürte er, wie das Brecheisen gegen seinen Schenkel schlug.

Taxis und Autos mit eingeschalteten Scheinwerfern rauschten die Straße an der Westseite des Lincoln-Parks neben dem Zoo entlang. Harvey lief eilig, Kopf vermummt, das Gesicht im Schatten seiner Kapuze verborgen.

Er konnte die Scheune des Zoos in der Ferne erkennen, unten am Hügel, hinter den Bäumen. Er konnte die Kühe im Innern hören, wie sie gegen den Sturm mit lautem Muhen anbrüllten, und er konnte die Tiere schon riechen, als er näher kam.

Links von ihm, Richtung Goethe Street, direkt hinter dem leeren Spielplatz, gab es ein paar Büsche, nicht so dicht, wie er geglaubt hatte, aber sie würden reichen müssen. Als er den Hügel hinunterging, teilweise von den Bäumen verdeckt, zog er langsam die Brechstange heraus und wischte sie sorgfältig unter seinem Regenmantel ab. Seine Lederhandschuhe quietschten auf dem Eisen. Der Regen prasselte auf die Blätter und auf das Scheunendach. Im spitzen Winkel ging Harvey auf das offene Scheunentor zu in Richtung Kinderzoo und blickte verstohlen hinter sich. Jemand war dort drin. Nur eine Person. Er hatte Angst gehabt, daß eine Familie vielleicht dort Zuflucht vor dem Regen gesucht hatte, aber es hatte fast den ganzen Nachmittag über in Strömen geregnet, und jeder, der deswegen in der Scheune festsaß, hatte es inzwischen sicherlich riskiert und war gegangen.

Harvey blickte sich kurz um und eilte dann auf das offene Scheunentor zu. George Patniks stand am Ende des kurzen Ganges zwischen den Kuh- und den Pferdeställen. Er ging einen Schritt vom nächstgelegenen Stall weg und steckte die Hände in die Taschen.

»Rozier?« fragte er.

Rozier, ein schlüpfriges, dunkelgrünes Kapuzengespenst, glitt langsam auf den offensichtlich ängstlichen Mann zu.

George trat einen Schritt zurück. Ein Pferd scharrte nervös auf dem Boden, und die Kühe muhten wie wild.

»Ich habe das Geld«, sagte Harvey leise.

»Sie werden nichts mehr von mir hören«, sagte George. »Das verspreche ich. Ich fange hier keine Erpressung oder so was an. Ich brauche nur genug Geld, um abzuhauen.«

»Sie werden nicht zurückkommen, und Sie werden auch nicht reden?« fragte Rozier ernst.

»Worüber könnte ich schon reden?« fragte George zurück.

»Über das, was Sie in meiner Küche gesehen haben.«

»Ich bin bereit zu vergessen, daß Sie sie umgebracht haben«, sagte George.

»Ich weiß nicht recht, George«, sagte Rozier und machte einen weiteren Schritt auf den Dieb zu. »Sie haben gesehen, wie ich einen Mord begangen habe. Wer weiß, was Sie alles für sich herausschinden wollen, wenn Sie eines Nachts bei einem Einbruch in ein Haus geschnappt werden?«

»Das würde ich niemals tun«, sagte George und nahm die Hände aus den Taschen. »Warum denn auch? Wie sollte ich denn erklären, daß ich vorher davon keinem was erzählt habe? Ich wäre doch mitschuldig. Ich schwöre es. Sie können da ganz sicher sein.«

»Ich glaube Ihnen«, sagte Rozier mit einem Seufzer. »Aber Sie können es mir nicht verübeln, daß ich ein bißchen nervös bin.«

»Nein«, sagte George. »Schauen Sie, wie wär's, wenn Sie mir das Geld geben und den Werkzeugkasten, und schon bin ich verschwunden?«

»Die Sachen sind im Kofferraum meines Wagens. Draußen auf der Straße. Sie werden wohl ein bißchen naß werden, aber dafür werden Sie auch voll entschädigt.«

»Im Kofferraum Ihres Wagens?« fragte George mißtrauisch. »Ich glaube, ich sollte vielleicht lieber hierbleiben, und Sie holen die Sachen.«

»Jemand könnte hier hereinkommen«, sagte Rozier.

»Das Risiko nehme ich in Kauf. Wenn jemand kommt, gehen wir irgendwo anders hin und machen da die Sache klar.«

»Ich glaube nicht, daß ich das riskieren will, George«, sagte Rozier und kam dabei auf George zu.

Harvey war sich sicher, daß er jetzt nah genug war, den Dieb zu greifen, falls der sich umdrehte und wegzulaufen versuchte. Seine Finger im engen Handschuh umfaßten das Brecheisen in seiner Tasche, und er entschied sich, schnell zu handeln und fest zuzuschlagen, sich zu vergewissern, daß der Dieb tot war, dann das Brecheisen fallen zu lassen, in Windeseile die Taschen des Mannes zu durchsuchen und hinauszulaufen in den Regen. Was konnte schlimmstenfalls passieren?

Jemand würde einen Mann in Regenmantel und Kapuze aus dem Zoo weglaufen sehen. Der Regenmantel würde im nächsten Mülleimer landen, und Harvey würde zur Rush Street gehen und sich ein Taxi nehmen, noch bevor irgend jemand überhaupt Zeit hatte, den Mord zu melden, selbst wenn die Person es mit eigenen Augen gesehen hatte. »Tun Sie's nicht, Mr. Rozier«, flehte George, als er sah, wie Rozier das Brecheisen aus der Tasche zog.

Die Kühe brüllten jetzt aus Leibeskräften, und die beiden Pferde in ihren Ställen scharrten mit den Hufen auf dem Zement unter dem Heu.

»Ich habe keine Wahl, George«, sagte er, bereit, sich auf George zu stürzen, während Georges Blick wild in der Scheune herumirrte auf der Suche nach einer Stelle, wo er hinspringen konnte.

Rozier kam auf ihn zu, die Brechstange über dem Kopf, während George versuchte, sich zu schützen.

»Er bringt mich um!« schrie George, als eine Stimme vom Eingang her rief: »Harvey!«

Harvey Rozier fuhr herum. Lieberman stand im Eingang, die Hände in den Manteltaschen.

»Ja, habt ihr jetzt endlich lang genug gewartet, verdammt nochmal?« weinte George, den Rücken fest gegen die Holzwand gedrückt; sein Atem ging in kurzen, heftigen Stößen.

Rozier drehte sich zu George Patniks um. In dem einzigen anderen Eingang des Gebäudes hinter dem Dieb standen Hanrahan und ein uniformierter Polizist in einer Regenjacke.

»Dieser Mann hat Dana getötet«, sagte Rozier und deutete auf Patniks. »Er hat mich angerufen, hat gesagt, er wolle sich stellen. Ich bin durchgedreht. Ich beschloß, hierher zu kommen und ihn umzubringen.«

»Lassen Sie das Brecheisen fallen, und wir gehen irgendwohin, wo es warm und trocken, ist und werden uns darüber unterhalten«, sagte Lieberman.

Rozier drehte sich um und schaute den Detective an.

Die Tiere waren jetzt förmlich in Panik geraten.

»Glauben Sie mir, Lieberman«, sagte Rozier und zog gleichzeitig seine Kapuze herunter, damit sein ernstes, tieftrauriges Gesicht zum Vorschein kam.

»Wir haben gehört, wie Sie mit Mr. Patniks geredet haben«, sagte Hanrahan.

Rozier drehte sich nach ihm um. Die Polizisten kamen auf ihn zu.

»Wir haben jedes Wort gehört«, sagte Lieberman.

»Ich habe ihn bei der Gegenüberstellung nicht erkannt, weil er sich die Haare gefärbt hat«, sagte Rozier. »Er hatte rote Haare, als er zu mir an die Tür kam, und er trug einen Schnauzbart.«

»Und Sie haben ihn nie hereingelassen, und Sie haben auch nie seinen Werkzeugkasten versteckt?« fragte Hanrahahn. »Und Sie haben auch gerade nur gestanden, Ihre Frau ermordet zu haben, um ihn in die Falle zu locken?«

»Ja«, sagte Rozier. »Ja.«

»Na gut, wir hören uns später das Band noch mal an«, rief Lieberman gegen das Gebrüll der Tiere an. »Aber ich glaube nicht, daß irgend jemand das glauben wird. Officer, lesen Sie Mr. Rozier seine Rechte vor, und wir bringen ihn an einen Ort, wo er sich ein paar von Georges Kunstwerken ansehen kann. Ich glaube, daß ein Bild besonders interessant für Sie sein dürfte.«

Während Hanrahan an George vorbei nach draußen ging, begann der Polizist damit, Rozier seine Rechte vorzulesen. Harvey nahm die Mundbewegungen des Mannes wahr, aber der Mißklang aus Tiergebrüll und donnerndem Regen machte daraus nur noch ein vages Rauschen.

»Ich will meinen Anwalt sprechen«, sagte Rozier entrüstet.

»Kein Problem«, sagte Lieberman, jetzt nur noch wenige Meter entfernt. »Sie können Mr. Franklin anrufen, bevor wir uns auf der Wache unterhalten. Wir werden ihm unser Beweismaterial vorlegen und ihm das Band vorspielen, und dann lassen wir Sie allein, damit Sie über Ihre juristischen Schritte beraten können. Wenn Sie nicht noch mehr auszusagen haben, bevor Sie mit Mr. Franklin sprechen, bleibt uns nur noch zu sagen, daß Sie hiermit verhaftet sind wegen des Mordes an Dana Louise Roberts-Rozier.«

Rozier hob langsam das Brecheisen und machte einen Schritt auf Lieberman zu. Lieberman zog die Hand aus der Manteltasche und richtete seine Pistole auf Roziers Bauch.

»Es ist sehr laut hier«, sagte Lieberman vernehmlich. »Lassen Sie jetzt einfach die Brechstange fallen, und wir gehen irgendwo anders hin, wo es ruhig ist.«

Rozier ließ die Brechstange fallen. Der Klang von Eisen auf Zement erschreckte die Tiere so, daß sie schlagartig verstummten.

# 15 Gezeiten am Abend

Simon, der Lieblingsober der Franklins im Speisesaal des Winnetka Harbor Club, sah, wie Ken hereinkam, und beeilte sich, ihn an den Tisch zu führen, wo seine Frau bereits wartete. Ken Franklin hatte sich verspätet.

An ihrem angestammten Tisch am Fenster, mit Blick auf den See, saß Betty und spielte mit einem Drink, wahrscheinlich Scotch oder was ihr sonst eingefallen war. Ihr Blick ging ins Leere, sie starrte in die Dunkelheit, die vom Horizont hier aufzog.

»Entschuldige, daß ich zu spät komme«, sagte Ken, während Simon seinen Stuhl bereithielt und er sich setzte.

Für einen Freitagabend waren wenig Leute da, aber es war auch noch früh. Ein paar Tische weiter waren die Piries bereits bei der Suppe, und hinter ihnen unterhielten sich Marjorie und Thomas Benson mit einer alten Frau, die Ken nicht kannte.

Alt war für ihn jedoch zu einem relativen Begriff geworden.

»Ich nehme . . .«, begann Ken.

»Mrs. Franklin hat bereits Ihren Drink bestellt«, sagte Simon mit einem Lächeln. »Einen Gin-Fizz.«

Ken nickte und schaute seine Frau prüfend an. Sie sah müde aus, ihre Schultern waren entblößt und eingesunken, sie trug Kens Lieblingskleid, das blaue aus Seide. Ihr Haar war gepflegt, weiß und makellos.

Sie schaute ihren Mann an, biß sich einen Moment auf die Unterlippe und fragte: »Was ist passiert?«

Auf dem Tisch standen schmale Stangen aus Brotteig. Ken nahm eine, brach sie halb durch und legte sie vor sich auf die weiße Tischdecke.

»Ich werde Harvey im Strafprozeß nicht vertreten.«

»Oh«, sagte Betty.

»Interessiert es dich, warum ich Harvey nicht vertreten werde? Es gibt vier Gründe dafür.«

»Ja«, sagte sie leise.

»Erstens, die Polizei hat umfangreiches Beweismaterial sichergestellt, unter anderem den Tonbandmitschnitt eines Gespräches, und einen Augenzeugen. Es gibt Methoden, wie man mit beidem fertig werden kann – sogar mit Indizienbeweisen –, aber ich bin davon überzeugt, daß Harvey Dana ermordet hat.«

Sie schwiegen, als Simon den Gin-Fizz vor Ken hinstellte und darauf wartete, daß Ken ihn probierte. Er nahm einen Schluck und nickte zustimmend. Erst danach legte Simon ihnen die Speisekarte vor.

»Möchten Sie gleich bestellen, oder möchten Sie lieber noch ein bißchen warten?«

»Geben Sie uns noch fünf Minuten, in Ordnung, Simon?«

»Selbstverständlich.«

Und Simon war verschwunden.

»Zweitens«, sagte Ken nach einem kräftigen Schluck aus seinem Glas, »bin ich sicher, daß, wer auch immer der Staatsanwalt sein wird – und ich habe Lon Saunders vorgeschlagen –, daß Harvey auf nicht schuldig plädieren wird. Falls er für schuldig befunden wird, wird der gesamte Strafprozeß mit Verzögerungen und Berufung mindestens zwei Jahre dauern. Wie du weißt, ist es sehr unwahrscheinlich, daß ich in zwei Jahren noch am Leben bin.«

Betty sagte nichts, aber ihre Augen waren zweifellos feucht.

»Ist das dein erster Drink heute abend?« fragte ihr Mann.

»Nein, mein dritter.«

»Der dritte Grund, warum ich Harvey nicht verteidigen werde, hat damit zu tun, daß du und ich mit Sicherheit von der Anklage als Zeugen vorgeladen werden.«

»Von der Anklage?«

»Ja. Und das bringt uns zum vierten Grund, warum ich

Harvey nicht verteidigen werde. Sein Motiv. Die Polizei ist der Ansicht, daß Harvey Dana umgebracht hat, damit er dich heiraten kann, wenn ich sterbe, und er Zugang sowohl zu meinem als auch zu deinem Geld hat. Möchtest du noch einen Drink? In deinem Glas sehe ich nur noch einen kleinen Eiswürfel.«

»Ja, danke«, sagte sie, und Ken wandte sich Simon, dem Ober, auf der anderen Saalseite zu. Ken deutete auf das leere Glas seiner Frau, und Simon hatte verstanden, nickte und ging zur Bar hinüber.

»Glaubst du das?« fragte Betty.

»Ob ich glaube, daß Harvey so etwas tun könnte? Ja. Ich denke den naheliegenden Gedanken eines Ehepartners, daß du und Harvey, daß ihr eine Affäre habt, ja, aber das spielt keine Rolle. Man wird dich verhören, und du wirst unter Eid aussagen müssen.«

»Das kann ich nicht«, schluchzte sie.

»Wir haben genug Probleme, mit denen wir uns auseinandersetzen müssen, ohne daß du in der Öffentlichkeit zusammenbrichst«, sagte er und warf dabei einen verstohlenen Blick zum Tisch der Bensons hinüber, um zu sehen, ob sie gemerkt hatten, daß Betty die Beherrschung verloren hatte. Nein, das war entweder nicht der Fall, oder sie waren zu höflich, sich etwas anmerken zu lassen. In den kommenden Monaten würde es sicher noch viele Augenblicke dieser Art geben.

»Es tut mir leid«, sagte sie und wischte sich die Augen, als Simon mit dem neuen Drink kam, ihn vor sie hinstellte und sich dann eilig entfernte.

»Elizabeth«, sagte Ken, »wenn dir meine Gefühle wirklich etwas bedeuten würden, so hättest du bis nach meinem Tod gewartet, um dich zum Narren zu machen. Glaubst du tatsächlich, daß Harvey Rozier in dich verliebt ist?«

»Ja«, sagte sie.

»Dann gibt es nichts mehr zu sagen«, sagte Kenneth Franklin und gab Simon ein Zeichen; er glitt an ihren Tisch.

»Ja, Mr. Franklin?«

»Wir werden beide den norwegischen Lachs nehmen, vom Grill. Und sagen Sie bitte André, daß wir ihn gerne mit einer knusprigen Glasur mögen. Beim letzten Mal war er fest, aber nicht knusprig.«

»Selbstverständlich«, sagte Simon. »Dazu Salat des Hauses?«

»Ja«, sagte Ken und lächelte seine Frau über den Tisch hinweg an. »Und Mrs. Franklin möchte wohl noch einen Drink. Es sieht so aus, als sei sie mit dem, den sie eben gebracht haben, bereits fertig.«

Chuculo Fernandez stand in der Eingangshalle der Clark-Street-Wache und sah weniger aus wie ein Mann, der gleich freigelassen wird, als eher wie einer, den man tatsächlich ungerecht behandelt hat.

»Viejo«, sagte El Perro. »Piedras ist draußen im Auto. Wollen Sie mit rauskommen und guten Tag sagen oder so?«

»Nein, bestell ihm viele Grüße«, sagte Lieberman.

Piedras war ein riesiges, ungeschlachtes, hirnloses Geschöpf, das El Perros Zuneigung zu dem alten Polizisten kein bißchen teilte.

Officer Catherine Boyd saß hinter ihrem Schreibtisch und schrieb. Nestor Briggs hatte eine Doppelschicht beendet und war nach Hause gegangen, zumindest für ein paar Stunden. Die Chancen standen gut, daß Nestor in Zivil wieder zurück auf die Wache kommen würde, um sich eine Zeitlang mit Catherine zu unterhalten.

»Nicht viel los heute abend«, stellte El Perro fest und sah sich dabei um.

»Liegt am Regen«, erklärte Lieberman. »Da bleiben die Leute im Haus. Die Rate der meisten Verbrechen sinkt, außer bei Mord. Mord, in Kneipen und zu Hause, geht sofort nach oben, wenn's regnet. Da müssen die Leute drinnen bleiben und werden reizbar.«

»Kein Scheiß?« sagte El Perro. »Chuculo, hast du das gewußt?«

Chuculo Fernandez nickte. El Perros rechte Hand schnellte vor und knallte dem jungen Mann eine ins Gesicht, das sich dabei so verzerrte wie das von einem Astronauten beim Start in den Weltraum.

»Emiliano«, sagte Lieberman, während Catherine Boyd von ihrem Bericht aufsah.

»Chuculo sollte mehr Respekt zeigen«, sagte El Perro. »Für Sie und für mich.«

Fernandez hatte mindestens sechs Leute aufgeschlitzt, das wußte Lieberman, und mit Sicherheit zwei weitere umgebracht. Seine Augen taten ihm weh und waren wäßrig, und er sah nicht so aus, als wenn er jetzt jemanden umbringen wollte.

»Despénseme«, sagte er. »Es tut mir leid.«

»Entschuldigung angenommen«, sagte Lieberman.

»Ich glaube, daß der Regen vielleicht gut zum Bingospielen ist«, sagte El Perro. »Was meinen Sie? Man kann nichts anderes tun außer vögeln, fernsehen oder rausgehen und Bingo spielen.«

»Das entzieht sich meiner Kenntnis«, sagte Lieberman.

»Wie kommt's, daß Sie nie in meine Bingohalle kommen? Es ist alles legal.«

»Ich weiß.«

»Wissen Sie, ich hab' mir was überlegt«, flüsterte El Perro und legte seinen Arm um Liebermans dürre Schultern. »Sie brauchen diesen B-I-N-G-O-Scheiß überhaupt nicht. Sie sagen einfach so, cinco, fünf. Wenn Sie eine Fünf irgendwo anders als unter B entdecken, dann sorg' ich dafür, daß Chuculo Ihre dreckige Unterwäsche frißt.«

»Die Aussicht darauf, daß Chuculo meine dreckige Unterwäsche frißt, wird wahrscheinlich dazu führen, daß ich die N-5 vergeblich suche.«

»Ich weiß zum Teufel oft nicht, wovon Sie überhaupt reden, Viejo, aber Sie gefallen mir. Hey, Ihre esposa, sie ist die Königin Soundso von Ihrer Kirche, richtig?«

»Die Präsidentin«, verbesserte Lieberman.

»Wenn sie meine Bingohalle haben will, um Geld aufzutreiben für die Kirche, geb' ich euch 'nen Abend gratis und ruf' die Zahlen selber auf. Keine Buchstaben.«

»Ich werde es mit ihr besprechen.«

»Lieberman«, sagte El Perro. »Sie halten Ihre Zusagen. Wenn Sie mal wieder was brauchen, noch so 'nen Deal, Sie wissen, wo Sie mich finden können.«

»Weiß ich, Emiliano«, sagte Lieberman.

»Un' du, Chuculo«, sagte El Perro und wandte sich dabei Fernandez zu, der sich nicht von der Stelle rührte und noch einen Schlag oder Schlimmeres erwartete, »vielleicht wird dir das 'ne Lehre sein, nich' mit dämlichen kleinen Mädchen rumzuvögeln.«

»Si«, sagte Fernandez.

»Gehen wir.«

Lieberman und Chuculo Fernandez hatten beide das dumpfe Gefühl, daß Chuculo eine lange Nacht vor sich hatte.

»Fahr vorsichtig«, sagte Lieberman, während El Perro Fernandez in Richtung Tür schubste.

»Innerhalb der Geschwindigkeitsbegrenzung, siempre«, sagte El Perro und ging lachend zur Eingangstür hinaus, wobei er zu Fernandez sagte. »Hast du das gehört? Der Mann hat Humor.«

Der Tod von Iago Simms und die Verletzung von Officer Guy Matthews waren ein Fall für Applegate und Acardo. Sie hatten Lonny Wayne bei den Tentáculos abgeholt, ihn festgenommen und ihm seine Rechte vorgelesen, bevor sie ihn in die Notaufnahme brachten. Falls Lonny Wayne nicht ins Krankenhaus mußte, würde es am späten Abend noch eine Gegenüberstellung geben. Jacob Berry, der bereits gegen Kaution freigelassen worden war, würde hinter der Glasscheibe sitzen und gebeten werden, Lonny zu identifizieren, der nicht mehr so aussah wie der Lonny, der versucht hatte, ihn am Morgen auszurauben. Das hier war ein einohriger Lonny Wayne, ein viel älterer Lonny Wayne.

Es war fast sechs. Die Sonne ging jetzt schnell unter. Lieberman rief Catherine Boyd gute Nacht zu und eilte zur Tür hinaus. Es war Sabbat, und Lieberman kam zu spät. Maish und Yetta wollten auch kommen, zumindest zum Abendessen. Abe hatte Hanrahan zu sich und seiner Familie eingeladen und gesagt, er sollte Iris mitbringen, aber der hatte abgelehnt und gesagt, da sei noch jemand, mit dem er reden müsse.

Es regnete immer noch.

Hanrahan saß in der Sitznische des Black-Moon-Restaurants dem Vater von Iris Chen gegenüber. Iris bediente an den Tischen und gab sich alle Mühe, nicht zu ihnen hinüberzusehen. In der Küche kochte Chou, der Onkel von Iris, den man für den Abend aus seinem Rentnerdasein geholt hatte, und kümmerte sich wie wild um die Bestellungen; das Ganze war eine echte Herausforderung für die Arthritis in seinen Fingern.

»Sehen Sie es doch einmal von dieser Seite, Mr. Chen«, sagte Hanrahan, die Hände vor sich auf dem Tisch gefaltet. »Wenn Iris mich heiraten will und es nicht darf, wie wird sie sich dann fühlen? Wem wird sie dann die Schuld geben?«

Chen sah ihn an und ließ nur ein unfreiwilliges Blinzeln als Antwort darauf zu.

»Ich trinke nicht mehr, und ich werde auch nicht mehr trinken. Meine Scheidung ist endgültig. Ich verdiene gut, habe ein ordentliches Haus, und ich liebe Iris. Wissen Sie, wie die anderen Polizisten uns nennen? Iris und Ire. Wir haben sogar Spitznamen. Wir sind ein Paar.«

Chen schwieg.

Geschirr klapperte. Die Leute an den anderen Tischen unterhielten sich. Die Küchentür pendelte auf und zu.

»Ich liebe sie«, sagte Hanrahan. »Aber sie wird mich nicht heiraten, bis Sie ihr sagen, daß es in Ordnung ist.«

»Es ist in Ordnung«, sagte Chen endlich leise. »Wenn Iris einverstanden, dann es ist in Ordnung.«

»Ich werde noch einmal mit Mr. Woo sprechen«, sagte Hanrahan und unterdrückte ein Grinsen. »Ich werde es ihm erklären.«

»Nicht nötig, mit Mr. Woo sprechen«, sagte Chen.

»Hören Sie«, fuhr Hanrahan fort. »Ich weiß, Sie stehen Mr. Woo sehr nahe, und Sie wollen ihn nicht verletzen, aber . . .«

Chen sagte etwas ganz schnell, wahrscheinlich auf chinesisch.

»Mr. Woo nicht mögen, er kann auf Klo sitzen mit ein Affe«, sagte Chen. »Das ist etwas, das wir sagen in China.«

»Ich werde es mir merken«, sagte Hanrahan.

»Hier ist Amerika, nicht China«, sagte Chen und stand langsam aus der Sitznische auf. »Sie haben Hunger?«

»Ich sterbe vor Hunger«, sagte Hanrahan und lächelte Iris an, die ihn durch den Saal hinweg ansah.

»Wir haben Spezial heute abend«, sagte Chen und lief in Richtung Küche. »Ihnen wird gefallen.«

Lieberman kam kurz vor halb sieben zur Haustür herein und wurde von seiner Frau folgendermaßen begrüßt: »Gottesdienst ist um acht. Maish und Yetta kommen später. Wir müssen jetzt essen. Du mußt dich rasieren, und ein Anwalt namens Seymour Greenblatt sitzt in der Küche und unterhält sich mit Melisa und Barry. Leg deine Pistole in die Schublade und sieh zu, daß du Greenblatt loswirst. Du kannst dich nachher rasieren.«

Er küßte sie, und sie lächelte. Sie hatte das grüne Kleid an, dasjenige, das er ihr für die Hochzeit der Tochter ihrer Cousine Dorothy gekauft hatte.

»Du siehst großartig aus«, sagte er und meinte es ehrlich.

Lieberman konnte durch das Wohnzimmer den Eßzimmertisch sehen, der für sieben Personen gedeckt war.

»Lisa ist noch nicht hier. Ihr Auto hatte einen Platten. Maish und Yetta helfen ihr.«

»Wissen die Kinder schon, daß Lisa ohne sie nach San Francisco gehen wird?«

»Ja. Barry hat gefragt, ob er das Zimmer von seiner Mutter haben kann, und Melisa hat gesagt, sie will auch nicht in sechs Monaten nach San Francisco gehen und überhaupt niemals, weil sie einen dort anstarren und mit AIDS anstekken«, sagte Bess.

»›Weil Sie einen dort anstarren und mit AIDS anstekken‹?«

»Die Schwulen, Lieberman. Sie ist clever, obwohl sie erst acht ist. Du redest besser mal mit ihr.«

Lieberman ging durchs Zimmer und sagte: »Ich werde mit ihr reden. Vielleicht sollten wir heute abend den Gottesdienst ausfallen lassen?«

»Lieberman«, sagte Bess hinter ihm. »Ich bin die Präsidentin der Synagoge.«

»Was will denn der berühmte Anwalt Greenblatt hier?« fragte Lieberman und ging in Richtung Schlafzimmer.

»Er will mit uns beiden sprechen.«

»Hast du Rabbi Nathanson den Scheck zurückgebracht?«

»Ich wollte, daß sie den Scheck heute noch in der Hand haben, deshalb habe ich ihn seiner Frau direkt nach dem Lunch übergeben«, sagte Bess. »Ich muß nach dem Essen sehen. Lieberman, eine kleine Portion Fleisch und keinen Wein.«

Und Bess stürmte davon.

Lieberman zog sich die Jacke aus, nahm Halfter und Pistole ab, legte beides in die Nachttischschublade und schloß die Schublade mit dem Schlüssel, den er um den Hals trug, ab. Er hätte sich gerne sofort rasiert, aber erst wollte er die Sache mit dem Anwalt hinter sich bringen.

Als er die Küchentür öffnete, sah er seine Enkel am Küchentisch sitzen und einen übergewichtigen Mann anschauen, der mehrere Haarsträhnen quer über seine Glatze gekämmt hatte. Vor dem Mann, der ein Sakko und Hosenträger trug, lag eine Aktenmappe zwischen den Tellern.

Das Abendessen roch stark und scharf nach Knoblauch.

»Mr. Lieberman«, sagte Greenblatt ernst.

»Mr. Greenblatt«, antwortete Lieberman und beugte sich zu Melisa herab, um die ihm dargebotene Wange zu küssen.

Bess stand an der Spüle mit verschränkten Armen.

»Ihre Frau hat heute nachmittag meinem Klienten diesen Scheck zurückgebracht«, sagte Greenblatt und holte den Scheck aus seiner Aktenmappe.

»Ja«, sagte Lieberman.

Greenblatt nickte und legte Beweisstück A wieder in die Aktenmappe zurück.

»Es handelt sich hier um eine Angelegenheit von großem emotionalem Kummer«, sagte Greenblatt. »Vereinbarungen wurden nicht eingehalten und Zeit und Mühe vergeudet.«

»Kommen Sie bitte zur Sache«, sagte Lieberman. »Meine Familie hat Hunger, und wir kommen zu spät zum Gottesdienst.«

Durch die Küchentür hörte man, wie die Haustür aufging, und dann wurden Stimmen laut. Maish, Yetta und Lisa waren da.

»In Ordnung«, sagte Greenblatt. »Meine Klienten, die Nathansons, sind mit fünfhundert Dollar einverstanden. Mit den fünfhundert Dollar zusammen würde dann eine Abmachung getroffen, daß kein Wort mehr über diesen unglücklichen Vorfall gesprochen wird.«

»Ich glaube, es ist besser, wenn Sie jetzt gehen, Mr. Greenblatt«, sagte Abe. »Wenn Sie irgendwelche Forderungen haben, können Sie unseren Anwalt anrufen.«

Barry lehnte sich vor und war fasziniert vom Zornesausbruch seines Großvaters.

»Mr. Lieberman«, sagte Seymour Greenblatt und stand dabei mit einigen Schwierigkeiten auf. »Sie mißverstehen mich.«

»Ich zahle Ihnen keinen Cent«, sagte Lieberman.

»Nicht doch«, sagte Greenblatt. »Die Nathansons sind diejenigen, die Ihnen fünfhundert Dollar anbieten und ihre aufrichtige Entschuldigung übermitteln.«

Lieberman stand da und schwieg.

Bess kam einen Schritt vor und sagte: »Sie wollen uns fünfhundert Dollar geben?«

»Ich habe den Scheck hier«, sagte Rechtsanwalt Greenblatt und griff tief in seine Aktenmappe, um mit einem Scheck wieder herauszukommen. »Als Gegenleistung hängen Sie bitte Rabbi Nathansons Verhalten nicht an die große Glocke. Ira geht es nicht gut. Er bekommt viel Druck von allen Seiten. Man versucht, ihn als Rabbi der B'nai-Shalom-Synagoge abzusetzen. Er geht herum und gibt Tausenddollarschecks aus und versucht, Absprachen über Häuser in der ganzen Gegend zu machen. Ira und ich sind seit Jahren befreundet. Das einzige, was er braucht, ist eine Zeitlang Ruhe und Frieden.«

»Wir werden ihn dabei nicht stören«, sagte Bess. »Und wir wollen keinen Scheck.«

»Fünfhundert Dollar!« rief Melisa.

Rechtsanwalt Greenblatt öffnete die Aktenmappe und steckte feierlich den Scheck wieder ein. »Danke«, sagte er, ließ die Aktenmappe zuschnappen und streckte seine aufgeschwemmte rechte Hand aus.

Lieberman nahm sie, als die Küchentür plötzlich aufging und Maish den Kopf hereinsteckte und fragte: »Also, essen wir jetzt, oder was?«

»Haben Sie schon etwas zum Abendessen vor, Rechtsanwalt Greenblatt?« fragte Lieberman. »Sie sind hiermit zum Essen eingeladen.«

Greenblatt lächelte und sagte: »Welch ein glücklicher Zufall, daß Sie mich fragen.«

Laio Woo saß allein im Refugium seines Siebenzimmerapartments auf der Wentworth Avenue. Es gab keinen Gegenstand im Raum, der nicht aus China importiert war. Es gab auch keinen Gegenstand im Raum, mit Ausnahme vielleicht von Mr. Woo selber und der schwarzen Seidenrobe, die er trug, der jünger als zweihundert Jahre war.

Vor Woo, auf einem niedrigen, schwarzglasierten Tischchen, stand eine Vase, eine farbenprächtige Vase mit den zarten, schmalen Rundungen einer jungen Frau. Ein Garten und eine junge Frau in der traditionellen Kleidung einer längst vergangenen Dynastie waren auf die Vase gemalt.

Diese Vase war nur eine Kopie des Originals. Diese Vase war nicht älter als vier- oder fünfhundert Jahre, aber es handelte sich um eine gute Kopie.

Als Laio Woo ein Junge in Peking war, hatte er die Geschichte von der Frau in der Vase zum erstenmal gehört, einer eingeschlossenen Göttin, die nur einmal alle hundert Jahre herauskam und wußte, daß sie nie zurückzukehren brauchte, wenn sie es schaffte, sich nicht in einen Sterblichen zu verlieben.

Die Göttin war jedoch so beschaffen, daß sie sich jedesmal verliebte und in jedem Jahrhundert einen trauernden Liebhaber zurückließ, wenn sie in die zerbrechliche Vase zurückkehrte.

Eine Legende und nur eine Legende, aber Woo hatte sein Leben der unermüdlichen Suche nach der Vase gewidmet, und zwar nach dem Original, falls es noch existierte. Er hätte alles, was er besaß, für diese Vase gegeben, alles, um das Original zu berühren, um die Göttin zu sehen, bevor er starb.

Laio Woo war schon alles mögliche in seinem Leben gewesen – ein armer Bettler, ein Dieb, ein Händler mit heißer Ware und, in zwei Fällen, der Grund für den Tod eines anderen Menschen. Er hatte außerdem, inzwischen mehr als vierzig Jahre lang, Iris Chen geliebt, seit sie ein junges Mädchen gewesen war. Nicht mit der Liebe, mit der man eine Frau zu sich nach Hause oder ins Bett holt, sondern mit der Liebe eines Sterblichen zu einer Göttin auf einer Vase. Woo wußte, daß die Wirklichkeit seine Liebe zerstören würde, so wie eine nachlässige Handbewegung die Vase vor ihm zerstören könnte.

Und deshalb hatte er Iris beobachtet. Und deshalb hatte er zugesehen, wie sie sich in einen Sterblichen verliebt hatte, einen unwürdigen Sterblichen, einen Weißen. Er könnte weitere Schritte unternehmen, um dieser Verbindung Einhalt zu gebieten. Er könnte das tun, aber er wußte, daß er es nicht tun würde.

Er erhob sich aus dem Sessel und zündete eine Kerze vor der Vase an. Dann ging er zur Tür und schaltete das Licht aus.

Laio Woo drehte sich zu der Vase um und stellte sich vor, wie die Göttin langsam tanzte, ganz delikat beim Flackern des Kerzenlichts. Über fünf Minuten stand er da und schaute und verließ dann das Zimmer, wobei er die Tür ganz sanft hinter sich schloß.

## 16 Vier Frauen um Mitternacht

Kenneth Franklin schnarchte leise, und im schwachen Schein des erleuchteten Zifferblattes der Uhr auf dem Nachttisch konnte Betty das weiße Gesicht ihres Mannes sehen. Er hatte seinen weißen Seidenpyjama an, und er lag flach auf dem Rücken, ohne Bettdecke, die Arme über dem Bauch gefaltet. Leise schnarchend. Seine Wangen waren tief eingefallen.

Sie waren früh nach Hause gekommen, hatten wenig gesprochen und waren ohne sich »Gute Nacht« zu wünschen ins Bett gegangen. Das einzige, was er gesagt hatte, war: »Ich habe den Wecker auf neun gestellt.«

Sie wollte ihn hassen, aber sie konnte es nicht. Sie wußte, daß sie es nicht konnte.

Sie hatte die Kissen hinter sich aufgetürmt und saß jetzt aufrecht im Bett und schaute ihn an; sie konnte nicht schlafen, wollte aber auch nicht aufstehen, um einen Schluck Wasser zu trinken oder durchs Haus zu gehen.

Sie würde jetzt schnell altern. Das wußte sie. Kenneth schwand jetzt sogar noch schneller dahin, entschlossen, sie in seinen Untergang mitzureißen.

Betty schlug die Bettdecke zurück. Der Roman, den sie auf ihrem Schoß vergessen hatte, purzelte mit flatternden Seiten zu Boden. Ken rührte sich nicht, und das leise Schnarchen blieb gleich.

Sie hatte keine Lust, nach ihren Pantöffelchen zu suchen. Sie ging eilig ins Badezimmer, schloß die Tür und betrachtete sich im Spiegel. Hier gab es keine Lügen. Ohne Make-up war ihre Niederlage klar und deutlich zu sehen, sie lag offen zutage.

Langsam und sorgfältig, obwohl sie nirgendwo hinging, öffnete sie die oberste Schublade der Frisierkommode und fing an, sich zu schminken. Sie mußte sich einfach im Spiegel ansehen können.

Obwohl sie selbst keine Vorstellung davon hatte, wieviel Zeit vergangen sein mochte, öffnete sich zehn Minuten später die Tür hinter ihr, und im Spiegel erkannte sie die bleiche, weißgekleidete Gestalt ihres Mannes.

»Du hast die Tür zugemacht. Du weißt doch, daß ich immer eine Lampe anhaben muß«, sagte er und ging wieder zu Bett.

Kein »Was zum Teufel machst du da?«. Kein »Willst du ausgehen mitten in der Nacht?«.

Betty Franklin konnte kaum atmen, und sie konnte sich auch nicht zu Ende schminken, und sie wußte, daß sie auch nicht wieder zu Bett gehen konnte, und sie konnte nicht durchs Haus gehen, und sie konnte es nicht ertragen, ihr Bild im Spiegel anzusehen.

Sie wollte laut schreien, aber das Schreckliche daran wäre, daß Kenneth Franklin darauf überhaupt nicht reagieren würde.

Es gab nichts, was sie tun konnte oder was sie tun wollte, und das war das Allerschrecklichste daran.

Wanda Skutnik rührte sich in ihrem Sessel vor dem Fernseher, auf dessen Bildschirm Greg Kinnear gerade mit großen Augen einen Filmstar anstarrte, an den sich Wanda schwach erinnern konnte; Greg Kinnear war früher in der Show »Talk Soup« aufgetreten, Wandas Lieblingsshow aller Zeiten. Der Filmstar war jung, dunkel und bildhübsch.

Die Haustür wurde geöffnet, langsam und behutsam. Wanda schloß die Augen. Auf Zehenspitzen und auf Socken tappten Schritte über den quietschenden Holzfußboden. Der Fernseher verstummte.

»Ma«, flüsterte George Patniks. »Bist du wach?«

Wanda knurrte und murmelte, die Augen immer noch geschlossen: »Ja, ich bin wach.«

»Laß uns schlafen gehen. Du sollst doch nicht im Sessel

schlafen. Da kriegst du Rückenschmerzen von. Da kriegst du Geschwüre und so was von.«

Er beugte sich hinunter, um seiner Mutter beim Aufstehen zu helfen, aber sie nahm seine Hand nicht.

»Gregor«, sagte sie. »Alles in Ordnung?«

»Mir geht's ganz gut«, sagte er. »Ich bin nur müde. Morgen bin ich im Fernsehen. Wirst du schon alles sehen. Aber mir geht's gut. Kein Ärger.«

»Aber ich dachte, die Polizei . . .«, fing sie an und nahm seine Hand.

»Es geht mir gut. Ich habe keine Probleme mit der Polizei. Ein Mann hat etwas Schlimmes getan, und ich habe es gesehen. Ich muß gegen ihn aussagen, sonst nichts.«

Mit der Hilfe ihres Sohnes setzte sich Wanda auf. Sie strich ihr violettes Kleid mit ihren aufgedunsenen Händen und Fingern glatt und schaute ihren Sohn an.

»Du siehst nicht gut aus, Gregor. Willste 'nen Happen essen? Corn Chex?«

»Ich bin nur müde, Ma.«

»Willst du reden, Gregor?«

»Es gibt nichts zu bereden«, sagte er mit einem schiefen Lächeln. »Ich werd' jetzt duschen, mich rasieren und eine Nacht mal richtig schlafen. Morgen früh, wirste sehen, bin ich wieder ganz der alte Gregor. Ma, was guckst du mich so an? Glaubst du, daß ich lüge? Oder was?«

Wanda sah zu ihrem Sohn auf und lächelte. Es war ein sehr knappes Lächeln, aber es reichte aus.

»Oh, Scheiße!« sagte George und schaute zur Seite.

Als ihr Sohn sich ihr wieder zuwandte, sah sie die Tränen in seinen Augen. Er kniete sich vor sie hin. Das hatte er noch nie getan, niemals, selbst als Kind nicht. Aber jetzt kniete er und legte den Kopf in den Schoß seiner Mutter. Sie streichelte ihm über das feuchte Haar, und er sagte: »Ich kann nicht runtergehen. Ich sehe sie immer vor mir. Ich kann nicht . . .«

»Dann schlaf auf der Couch«, sagte Wanda. »Ich bin nicht

müde. Ich guck' mir eine Wiederholung von einem Basketballspiel an, ohne Ton.«

»Ich hab' Angst, Mom«, sagte er, während sie ihn streichelte.

»Ich bin bei dir«, erwiderte sie. »Ich bin doch bei dir.«

Charletta Wayne saß am Fenster der Wohnung ihrer Eltern und sah auf die mondbeschienene Trümmerlandschaft hinaus, die sich unter ihr bis hin zur Achtunddreißigsten Straße erstreckte. Es war eine weiße und von Schatten zerfurchte Landschaft, das Ende der Welt.

Ihre Mutter und ihr Vater schliefen im Zimmer nebenan, oder sie taten zumindest so.

Charletta war vor weniger als einer Stunde nach Hause gekommen. Sie wäre schon viel früher von der Polizeiwache zu Hause gewesen, aber es war nicht so einfach, einen Taxifahrer zu finden, der bereit war, sie in dieses Viertel zu fahren, und sie konnte so spät nachts unmöglich die S-Bahn nehmen.

Charletta war nach Hause gekommen, hatte ihre Schuhe abgestreift und saß auf dem Stuhl am Fenster; sie hatte keine Lust, etwas zu essen, keine Lust, ihr Kleid auszuziehen, ihre Unterwäsche, keine Lust, sich abzuschminken.

Sie hatte mit Lonny gesprochen, hatte mit der Polizei gesprochen und mit dem Pflichtverteidiger vom Public Defender's Office, der ihren Bruder vor Gericht vertrat. Charlettas Mutter und Vater hatten sich geweigert hinzugehen. Der Vater war herzkrank, und ihre Mutter fühlte sich gedemüdigt. Und so fiel es, wie immer, Charletta zu, der Soliden, der Intelligenten, der einzigen in beiden Linien der Familie, die jemals aufs College gegangen war.

Sie hatte ihren Bruder beruhigt und hatte sich vernünftig und klug mit dem Pflichtverteidiger unterhalten, der ihr müde und ein bißchen dümmlich vorkam, aber wohlmeinend. Lieber Gott, dachte sie, falls es dich dort draußen zwischen den Ratten und dem Müll wirklich gibt, bewahre uns vor den Wohlmeinenden und Unfähigen.

Irgend etwas auf dem Gelände bewegte sich und stand dann still.

Morgen würde es noch schlimmer werden, und es würde alles an Charletta hängenbleiben, an ihr, die sie mutig und würdevoll war, aber ohne jeden Hauch von Schönheit.

Der jüdische Polizist, der wie ein alter müder Hund aussah, hatte viel Geduld mit ihr gehabt; er war den Fall Lonny mit ihr durchgegangen, hatte ihr erzählt, was die Ärzte gemacht hatten und daß sie sicher seien, daß er von seinen Verletzungen genesen und wieder ganz in Ordnung kommen würde.

»Ganz in Ordnung?« sagte sie.

»Eine unglückliche Formulierung«, sagte der Polizist. »Körperlich wird er okay sein.«

»Es tut mir leid«, sagte Charletta. »Aber ...«

»Sie brauchen sich nicht zu entschuldigen«, sagte der Polizist. »Ich hole den Anwalt vom Public Defender's Office, damit Sie mit ihm reden können. Möchten Sie einen Kaffee oder ein Sandwich?«

»Nein danke«, sagte sie.

Sie hatten in einem Wartezimmer im Untersuchungsgefängnis von Cook County gesessen. »Miß Wayne«, sagte der alte Polizist sanft, »Sie haben schon genug durchzustehen hier. Sie müssen dabei nicht auch noch Hunger haben. Kaffee und Thunfisch auf Weißbrot? Der Laden gegenüber ist gar nicht so übel. Er ist nicht gerade toll, aber auch nicht übel.«

»Wie könnte ich einem solchen Angebot widerstehen?«

»Ich bin sehr überzeugend«, sagte er und stand auf. »Möchten Sie etwas in den Kaffee?«

»Ein bißchen Milch«, sagte sie.

Er tätschelte ihre Hand und sagte, er sei sofort zurück. Und er saß bei ihr, bis der Pflichtverteidiger auftauchte, unordentlich und mit einer dilettantisch gebundenen Krawatte. Und jetzt war sie wieder in der Wohnung ihrer Eltern. Aber sie kam ihr nicht mehr wie ihr Zuhause vor. Sie war der Ort der Verzweiflung, vor dem sie flüchtete. Sie sah das Ende ihres Bruders voraus. Gefängnis, Vorstrafen. Mit Strafverkürzung wäre er in – was hatte der Anwalt gesagt? – vier Jahren wieder draußen, vielleicht sogar in weniger. Und dann?

Und sie sah ihre Ausbildung und ihre Zukunft in Gefahr, ihre Fluchtmöglichkeit. Sie sah ihre Eltern, die sie dringend brauchten. Sie sah einen Bürojob auf sich zukommen als Empfangsdame, eine Afroamerikanerin mit der Stimme einer Weißen war immer gut, um Telefondienst zu schieben.

Und sie haßte ihren Bruder. Sie haßte Lonny dafür, daß er schwach war, dafür, daß er ihre Zukunft gefährdete.

»Nein«, flüsterte sie in die Dunkelheit hinein, entschieden, ein bißchen ängstlich, aber wütend. »Nein, ich gebe es nicht auf. Ich werde nicht untergehen.«

Ein Peitschenknall von oben, ein Gewehrschuß. Sie sah aus dem Fenster. Irgend etwas auf einer Betonplatte unten auf dem Gelände sprang hoch und wand sich. Es war eine Ratte oder eine Katze.

Charletta schüttelte den Kopf.

»Nein«, sagte sie noch einmal. Und sie meinte es auch so.

»Lieberman, bist du wach?«

»Wann schlafe ich denn schon mal?« antwortete er.

Bess setzte sich auf und machte das Licht an. Abe schaute sie an.

»Willst du reden?« fragte sie.

»Habe ich denn eine Wahl?«

»Ja«, sagte sie.

Lieberman seufzte und setzte sich auf. »Nun rede schon«, sagte er.

»Worüber willst du denn reden?« fragte sie.

»Ich nehme nicht an, daß du darüber reden willst, wie die Chancen der Cubs stehen, das Entscheidungsspiel zu gewinnen?«

»Nein.«

»Das habe ich mir gedacht.«

»Rabbi Wass hat ganz passabel gepredigt, was meinst du?«

»Ganz passabel«, sagte Lieberman und unterdrückte ein Gähnen.

»Ich meine, wenn Homosexuelle in die Gemeinde eintreten wollen, dann sollte man sie willkommen heißen«, sagte Bess mit Nachdruck. »Juden sind Juden. Sie werden sich nicht bei der Hand halten oder so was, worüber sich Ida Katzman so große Sorgen macht.«

»Warum sollten sie sich nicht bei der Hand halten?« fragte Lieberman. »Du und ich halten uns auch bei der Hand.«

»Da hast du recht, Lieberman.«

»Die Sache läuft doch darauf hinaus«, sagte Lieberman, »daß es Ida Katzman, der ich das Vergnügen zu verdanken habe, daß mir der Rozier-Mord übertragen wurde, nicht gefällt, und Idas Geld ist entscheidend, damit die neue Synagoge nicht in die roten Zahlen kommt.«

»Ich habe nicht gesagt, daß es ihr nicht gefällt«, sagte Bess. »Aber es kam mir so vor, als würde es ihr nicht gefallen.«

»Kam mir auch so vor«, stimmte Lieberman zu.

»Willst du Orangensaft?« fragte Bess. »Ich könnte in der Mikrowelle ein bißchen Popcorn machen. Das kann dir nicht schaden.«

»Bess, ich liebe dich. Du bist die Frau meines Lebens. Du bist außergewöhnlich schön, und ich liebe es, dir zuzuhören und dich anzuschauen. Aber wann wirst du das eigentliche Thema zur Sprache bringen?«

Sie griff herüber und klopfte mit den Fingerknöcheln sanft auf seinen Kopf. Er gähnte.

»Lisa wird vielleicht die Kinder niemals wieder zu sich nehmen wollen«, sagte sie. »Sie liebt sie, aber . . . was meinst du?«

»Niemals ist eine lange Zeit«, sagte Lieberman. »Es reicht schon, wenn man sagt, daß sie die Kinder wahrscheinlich nicht mehr vor dem Ende meiner Lebenszeit zurücknehmen will, das – wenn ich jegliches schmackhafte Nahrungsmittel in der uns bekannten Welt meide – vielleicht nicht eintritt, bis Barry und Melisa erwachsen sind.«

»Sie ist so rastlos, Abe«, sagte Bess.

»Gib ihr dreißig oder vierzig Jahre. Sie wird da rauswachsen«, sagte er. »Popcorn klingt gut.«

»Wenn wir fertig sind«, sagte Bess. »Du hast nichts dagegen, wenn wir die Kinder nehmen?«

»Natürlich habe ich was dagegen«, sagte Lieberman. »Wer bin ich denn, Vater Teresa? Ich habe was dagegen. Ich habe etwas dagegen, daß Lisa so fühlt, wie sie fühlt. Genau dagegen habe ich was. Ich mache mir Sorgen um dich und um mich, die wir uns um zwei Kinder kümmern und sie vielleicht großziehen müssen, in unserem Alter.«

»Aber . . .«, half sie weiter.

»Schon gut. Schon gut. Schon gut. Ich stehe auf und mache das Popcorn«, sagte er. »Das mit den Kindern wird sicher nicht einfach, aber es wird schön werden. So, nun ist es heraus. Willst du ein Glas Orangensaft zum Popcorn?«

Bess nickte zustimmend und sagte: »Ein Krimi aus der Reihe ›Dünner Mann‹ hat vor ungefähr einer Viertelstunde auf dem Movie Channel angefangen. Willst du ihn sehen?«

Lieberman blieb in seinem Schlafanzug in der Tür stehen.

»Popcorn, Orangensaft, Myrna Loy, und dich im Bett«, sagte er. »Wer könnte einem solchen Angebot widerstehen?«